江苏省社会科学基金重大委托项目
“江苏文化精髓与精神标识研究”（24ZDW002）成果

江苏省社会科学基金重大委托项目
“江苏文脉工程精华编研究”（16WTD001）成果

江苏省“十四五”时期重点出版物出版专项规划项目

本卷编写人员

主　编： 冯　乾

评　注： 李昱圻

江蘇歷代文選

楹联卷

主编 徐兴无 曾学文

分卷主编 冯乾

广陵书社

图书在版编目（CIP）数据

江苏历代文选. 楹联卷 / 徐兴无, 曾学文主编 ; 冯乾分卷主编 ; 李昱圻评注. -- 扬州 : 广陵书社, 2025. 6. -- ISBN 978-7-5554-2257-0

Ⅰ. I218.53

中国国家版本馆CIP数据核字第2025D9Q604号

书　　名　江苏历代文选：楹联卷
主　　编　徐兴无　曾学文
分卷主编　冯　乾
评　　注　李昱圻
责任编辑　罗晶菊
出 版 人　刘　栋

出版发行　广陵书社
扬州市四望亭路 2-4 号　　邮编　225001
（0514）85228081（总编办）　　85228088（发行部）
http://www.yzglpub.com　　E-mail:yzglss@163.com
印　　刷　江苏凤凰扬州鑫华印刷有限公司

开　　本　720毫米 × 1020毫米 1/16
印　　张　22
字　　数　324千字
版　　次　2025 年 6 月第 1 版
印　　次　2025 年 6 月第 1 次印刷
标准书号　ISBN 978-7-5554-2257-0
定　　价　90.00 元

总　序

江苏有着悠久的历史和卓越的文化。江河湖海，皆是鱼米之乡；锦绣江南，誉为人间天堂。中国大运河发祥于此，沟通南北，连接中外，遂成华夏首出之地，递为东南都会中心。于是山川焕绮，性灵所钟。骚人咏歌，蔚为诗国。文章经世，俨然大邦。

江苏文脉开启于春秋时期。吴公子季札聘鲁观乐，叹为观止；言偃在孔子之侧，闻知大道。而江苏文学之兴则肇始于战国。《汉书·地理志》称吴、楚之地“文辞并发，故世传楚辞”。西汉吴、楚、淮南诸国，招纳词客；武、宣二帝，喜好文学，枚乘、枚皋、严忌、朱买臣、刘安、刘向等吴、楚之士皆长于辞赋，雅善议论。三国魏晋，吴有陆机、陆云兄弟，少有异才，文章冠世。东晋南朝，山水、玄言、声律之诗相继兴起；《文选》《诗品》《文心雕龙》等总集、论著并世而出；《抱朴子》《世说新语》《后汉书》等诸子、史传别开生面；文学与儒学、史学、玄学并列于国学，形成了江苏历史上第一个文学高峰时代。隋唐统一，扬州和江南成为诗家留连之地。孟浩然、李白、高适、杜甫、白居易、刘禹锡、杜牧、李商隐等大诗人于此或游或宦，留下千古佳句；而扬州诗人张若虚的《春江花月夜》，孤篇横绝，竟为大家。南唐君臣沉浸小令，吟风咏月，却感慨深沉。宋代文坛领袖欧阳修、王安石、苏轼、辛弃疾、陆游等在江苏皆有佳作，平山堂、半山园、放鹤亭、北固楼、瓜洲渡，风流宛在，脍炙人口。宋词境界开阔，范仲淹、秦观、叶梦得、范成大等江苏名家代不乏人，各领风骚。宋诗始开宗派，彭城陈师道被尊为江西诗派“三宗”之一；无锡尤袤、吴中范成大名列“中兴诗人”。明清两代，江苏经济发达，文教昌盛，城市文化与家族文化得到进一步发展，文学进入了第二个高峰时代。明代文坛如“前后七子”“唐宋派”，有徐祯卿、王世贞、唐顺之、归有光等江苏士人；明清易代，有顾炎武、归庄、吴嘉纪、吴伟业等抒发遗民情思；钱谦益、沈德潜、黄景仁、赵翼等诗作和诗论，均在清代诗坛独树一帜。阳羡词派、常州词派为清词大宗，或雄浑悲慨，或兴寄深闳。清代江苏骈文成就斐然，袁枚、汪中、洪亮吉等皆是大家；阳湖文派骈散结合，与安徽桐城古文分庭抗礼。江苏也是明清通俗小说、戏曲、说唱文学的沃土，冯梦龙《三言》、施耐庵《水浒传》、吴承恩《西游记》、梁辰鱼《浣纱记》、李玉《清忠谱》等，经典名著，层出不穷。江苏的女性作家众多，中国古代有著作可考的女作家中，江苏超过三分之一，尤以明清时期为盛，她们的创作为江苏古代文学增添了靓丽的风景。江苏的园林楼台，甲冠天下，吸引了历代名家争相书联题额，撰记作文，为江山增色，形成了情景交融的文学景观。

编纂地方文学文献，是江苏古代优秀学术传统。西汉目录学家、汉室宗亲、沛人刘向编纂的《楚辞》，上承《诗经》风雅篇什之意，下启中国地域文学编纂之绪。唐代丹阳人殷璠编选其当代诗集《荆扬挺秀集》和《丹阳集》，虽仅存书目或残篇，却是唐人编选唐代地方诗歌的开端。其中《丹阳集》选录开元天宝时代润州籍十八位诗人的作品，推崇建安风骨，展示了“时迁推变，俗异风革，信乎人文化成天下”的盛唐气象。宋代以后继有编纂，有北宋曾旼《润州类集》、马希孟《扬州集》，南宋郑虎臣《吴都文粹》等编。秦观曾经为《扬州集》作序，“推表废兴迁徙之迹”。明清两代是中国地方文学文献编纂的鼎盛时期，据《历代地方诗文总集汇编·前言》（国家图书馆出版社 2016 年版）统计，存世超过千种。在数量众多的江苏文学文献中，丹徒文士王豫编纂的《江苏诗征》一百八十三卷，收录清初至嘉庆间五千多位诗人的诗作，堪称中国古代部帙最大的以行政省命名的地方断代诗歌总集，表现出“江苏文教甲天下”的文化自信。这部巨帙的赞助者和审定者，清代大学者、仪征阮元又编有江苏扬州与南通州诗集《淮海英灵集》，又命阮亨与王豫编纂《续集》，皆是江苏地方文学文献的经典。

公元六世纪初，刘勰在南齐的都城建康完成了中国历史上第一部文学批评巨著《文心雕龙》。他在其中指出，文学的情思往往来自于自然和文化空间的启发，所谓“能洞监风骚之情者，抑亦江山之助乎”；而文学的变革兴衰往往受制于世道和时代的演进，所谓“文变染乎世情，兴废系乎时序”。唯有在更为广阔悠久的文化空间和历史长河之中，文学作品才能超越个人的情感与生命，突破具体的语境，并在后世不断的阐释之中，获得愈加丰赡的意义。古代学人对地方文学文献的编纂，正是这种文化意识的体现。他们通过收集整理乡邦文献，传承文化记忆，梳理文化脉络，考察历史变迁，为我们留下了宝贵的文化遗产。

正是本着对江苏古代文学成就及其学术传统的敬意，进而对江苏古代文学和文化做出我们的当代诠释，我们编纂了这套《江苏历代文选》。从经、史、子、集、方志以及名人信札、家族文献、文物碑刻等文献资料中遴选历代反映江苏历史、书写江苏社会、描绘江苏风光、刻画江苏人物、体现江苏智慧的韵文和散文，其中既有江苏人的作品，又有关涉江苏的篇章，按照文体或内容编为十五卷，每卷一册，包括诗歌、词曲、辞赋骈文、戏曲、楹联、论说文、书信、史传、碑志、序跋、杂记小品、楼台园记、家训嘉言、笔记小说、女性诗文等。当然，本书并不是江苏历代文学的文献总集，而是一部面向大众的普及读物，对所选作品略作解题，简明注释，点评作品的内容与价值，以期通过江苏历代文学的选本，为读者提供一条浏览江苏文脉、了解中华文化的方便途径。

2016 年，江苏省启动了“江苏文脉整理研究与传播工程”，编纂包括书目、文献、精华、方志、史料、研究六编的《江苏文库》，系统梳理江苏文脉，彰显江苏对中国文化的历史贡献，总结江苏文化的发展规律，为江苏的文化创新提供学术资源，是江苏历史上规模最大的典籍整理与文化研究工程。南京大学文学院的古代文学和古典文献专业承担着《江苏文库》“文献编”与“精华编”的整理与研究工作，也是与广陵书社合作编纂这套书的主要团队。编纂工作得到江苏省社会科学基金重大委托项目“江苏文脉工程精华编研究”和“江苏文化精髓与精神标识研究”的支持。这套书的编纂，尝试以“文选”响应“文库”，为传播江苏文化，讲好江苏故事，增强文化自信做一点文化普及工作。

由于江苏文学源远流长，名家辈出，佳作如林，典籍浩繁，且文体众多，地域不均，各卷的选编标准和文字表达难以整齐划一，尽管我们努力精选，但一定会有遗珠之憾，学术错误亦在所难免，希望读者们批评指正，帮助我们修订完善。

徐兴无　曾学文

2025年3月

前　言

楹联又名对联、楹帖、春帖等，大约起源于唐代，起初与立春习俗相关。在敦煌文献中已有与春联相关的记录，如唐玄宗开元十一年（723）刘丘子所撰的“三阳始布，四序初开”（《斯坦因劫经》第0610卷背面），可能就是春联。《宋史》卷四七九《孟昶传》记载后蜀之主孟昶“每岁除，命学士为词，题桃符，置寝门左右”，论者多将孟昶所撰“新年纳余庆，嘉节贺长春”（张唐英《蜀梼杌》）一联作为楹联文体的滥觞，然此说可能尚非确论。宋人将书写的宜春帖子贴于楹柱之上，遂名楹联。南宋亡后，元世祖召赵孟頫北上元大都，途经扬州明月楼，主人请其题字，赵氏为书“春风阆苑三千客，明月扬州第一楼”，此为有记载的江苏最早的楹联。无论如何，楹联发展至明清时期已蔚为大观，被广泛应用于士庶各阶层的社会生活中，在文体上也已经臻于成熟。

楹联以对仗作为文体的核心特征，早期在形式上较为简单，略同于骈文中的骈句和律诗中的对偶句，尚未成为成熟而独立的文体。在此后的发展演变过程中，楹联吸纳了诗骚骈赋及律诗、古文、词曲等文体的优长，变化多端，长短如意，裁量熔铸，亦庄亦谐，借以写景、叙事、抒情、议论，形成了独特的文体风貌。在中国古代文体中，楹联是集实用性与艺术性于一体的独特类型。首先，楹联与古代建筑紧密相连，它被广泛应用于楼观、园林、书院、庙宇、宅第、衙署、会馆等建筑空间中，为这些建筑物增添了浓厚的历史与人文色彩。其次，楹联与传统民俗和古代生活水乳交融，人们在节令喜庆、婚丧寿诞及各行各业中广泛使用楹联，使得这一文体具有极强的生命力与适应性，从而一直延续至今。

最后,楹联在内容上具有较强的思想性与文学性,在物质形态上以书法艺术的形式而存在,可以供人观赏品味,具有多重美学价值。

江苏地区自古人杰地灵,其优美的自然景观、丰富的历史遗迹及深厚的人文传统共同造就了楹联文学的渊薮。尽管因战争等因素,明清以来江苏地区的世家大族、名园胜迹与祠庙书院大多湮灭于历史的尘烟之中,楹联实物亦万不存一,仅余少量遗存(主要为书法卷轴),不过作为文本形态的许多楹联仍因被收入联话、联集等著作而得以幸存。本书选辑江苏相关联语三百余则,按题材分为景观联、书院联、祠庙联、哀挽联、杂题联五类。至于表现节令喜庆、婚嫁寿诞等内容的楹联及行业联、游戏联等概未收录。

第一部分为景观联。景观联与山水风景及园林建筑相关,多集中于南京、扬州、镇江三地,以及环太湖地区的苏州、无锡等地。如南京莫愁湖,扬州瘦西湖,镇江的金、焦、北固三山,苏州沧浪、虎丘等地,湖光山色,秀美无匹,名园古刹、台阁楼宇点缀其间,成为景观联的汇萃之所。本书所选景观联力求辞采优美,尤以意境为胜。第二部分为书院联。江苏文脉悠长,明清时期,科举尤其发达,培育了大批人才,这与古代的书院教育有着密切的关联。北宋杨时为"二程"嫡传,全祖望谓其为"南渡洛学大宗,晦翁、南轩、东莱皆其所自出"(《宋元学案·龟山学案》)。杨时后来于无锡创东林书院,传衍洛学,为江苏书院之祖。明代顾宪成、高攀龙等踵继龟山余绪,传衍道学正脉,心系家国天下,顾宪成所撰"风声、雨声、读书声,声声入耳;家事、国事、天下事,事事关心"一联,为千秋万世读书人立根骨、指道辙,功莫大焉。清代南京钟山书院,扬州安定书院、梅花书院,江阴暨阳书院等,多以经儒文宗为山长,如钱大昕、姚鼐、李兆洛等,他们以经史之学与锦绣文章教诲生徒,造士甚众。本书所选书院楹联或追述渊源,或阐明宗旨,或勖勉诸生,能对人才培养起到潜移默化的良好效果。第三部分为祠庙联。纪念先贤是中华民族的优秀传统，凡对国家与民族有重大贡献者，无论立德、立功、立言，皆可入祠庙受后人祭祀。江苏地区的祠庙入祀者有疏凿山川拯济黎民的大禹，也有为抗击外国侵略者壮烈牺牲的关天培，入祠者或由朝廷敕祀，或为乡民自发奉祀，均对弘扬中华正气、凝聚民族精神起到至关重要的作用。本书所选祠庙联皆可表彰贤德，追慕高风，能使后人借以凭吊缅怀，有所式法。第四部分为哀挽联。哀挽联兼具《文心雕龙》“哀吊”与“诔碑”二者特点。一是“情主于痛伤，而辞穷乎爱惜”“必使情往会悲，文来引泣”（《文心雕龙・哀吊》），即抒发对亡者的哀痛惋惜之情；二是“大夫之材，临丧能诔。诔者，累也，累其德行，旌之不朽也”（《文心雕龙・诔碑》），即称述表彰逝者的德行事功，达到令其不朽的目的。这一部分所选哀挽联的作者皆为江苏本地文人，以情文相生，能感人深至作为入选标准。第五部分为杂题联，这部分楹联多为斋室联，出于江苏文人的自撰与自书，其中多为言志抒怀或论学榷艺之作。这些楹联大部分从出版图录或拍卖图录辑出。

最后说明本书的编纂体例，景观联与书院联大体上先按行政区划编次，再按作者生年先后编次；祠庙联大体上先按行政区划编次，再按祀主生年先后编次；哀挽联主要按逝者卒年先后编次；杂题联主要按作者生年先后编次。本书对所选楹联作了注释和评析，因楹联多为字数简短，故注释与评析亦力求简明。在撰写分工上，景观联部分由李昱圻撰写，其余部分由冯乾撰写。谬误之处，敬请读者指正。

冯　乾

2025 年 3 月

目　录

景观联

书院联

祠庙联

哀挽联

杂题联

景观联

玄武湖联[1]

彭玉麟（1816—1890）

字雪琴，号退省庵主人，祖籍湖南衡阳，生于安徽安庆。抗击太平军有功，曾任两江总督、兵部尚书等职。卒赠太子太保，谥刚直。兼善诗画，著有《彭刚直诗集》。

大地少闲人，谁能作风月佳宾，湖山贤主；

前朝多圣迹[2]，我爱此荷花世界，鸥鸟家乡。

【注释】

〔1〕选自〔清〕邹弢撰《三借庐赘谭》卷十二。

〔2〕圣迹：圣人之遗迹。

【评析】

玄武湖又称后湖、北湖，位于江苏省南京市玄武区，为长江、古秦淮河道之遗存。相传刘宋元嘉二十五年（448）四月，青龙见于湖南，五月又见黑龙，因此得名。六朝刘宋时为水师操练场所，称“昆明池”。齐梁时为皇家园林。唐宋时期逐渐淤塞，一度被垦为农田。明洪武间加以治理，开衍为湖，并作为禁地存放黄册。明亡后始开湖禁。此联为彭玉麟任两江总督时所制，上联言玄武湖如此美景，但天下凡夫俗子忙忙碌碌，又有谁能驻足停留，欣赏胜景，得湖山之趣呢？作者问而不答。玄武湖有颇多历史掌故、佳话传说，故而下联起句云“前朝多圣迹”。然而，相对这些人文积淀，作者更关心、更热爱的却是“荷花世界，鸥鸟家乡”。无疑，彭玉麟便是上联提及的“闲人”之一，无愧“风月佳宾，湖山贤主”之称。作为封疆大吏，仍能葆有一份恬淡闲适之心，委实难能可贵。

玄武湖联[1]

薛时雨（1818—1885）

字慰农，一字澍生，号桑根老农，安徽全椒人。清咸丰三年（1853）进士，授嘉兴知县，后官至杭州知府，兼督浙江粮道。去官后，主讲于杭州崇文书院、江宁尊经书院、惜阴书院等，门生甚众。薛时雨工诗词，著有《藤香馆诗删》《藤香馆词》。

三百年方策犹存[2]，剩凫渚鸥汀，时有云烟入图画；

四十里昆明依旧[3]，听菱歌渔唱，不须鼓角演楼船[4]。

【注释】

〔1〕选自胡君复原编，常江点校重编《古今联语汇选》第一册（西苑出版社 2002 年版）。

〔2〕方策：简册，典籍。明洪武年间，朱元璋以玄武湖作为全国户口赋役总册、田亩档案的黄册存放地，建后湖黄册库，禁止民众入内。

〔3〕昆明：玄武湖在刘宋时被命名为昆明池，作为操阅水师的场所。

〔4〕楼船：有楼的大船。古代多用作战船，亦代指水军。《史记·平准书》："是时越欲与汉用船战逐，乃大修昆明池，列观环之。治楼船，高十余丈，旗帜加其上，甚壮。"

【评析】

此联充满对比。数百年间的典籍文献依然留存，可是那些书写历史的雄主权臣却早已湮没在历史的长河之中，只剩下来去的野鸭、鸥鸟和天空中飘忽变幻的云烟。池水依旧，菱歌渔唱之间，早已看不见水师楼船，也听不见操练时的鼓角，昔日帝王的雄风豪气自然也不复存在。整副对联写沧桑变化，给人以强烈的历史无常感。

玄武湖湖神庙曾文正公像联[1]

薛时雨

人间宰相[2],天上神仙,果然蓬岛归真[3],想圆峤方壶[4],相连一水;

小队曾来[5],大名不朽,留得湖山遗爱[6],比谢安王导,别擅春秋。

【注释】

〔1〕选自〔清〕梁章钜等撰,白化文、李鼎霞点校《楹联丛话·楹联新话》卷四(中华书局1987年版)。

〔2〕人间宰相:此词出自唐卢肇《逸史》。

〔3〕蓬岛:即蓬莱,传说有仙人和不死药。

〔4〕圆峤方壶:二者均为传说中的海上仙山。

〔5〕小队曾来:即指游赏光景。语出杜甫《严中丞枉驾见过》:"元戎小队出郊坰,问柳寻花到野亭。"

〔6〕遗爱:留于后世而被人追怀的德行、恩惠、贡献等。

【评析】

清同治十一年(1872),玄武湖湖神庙建成,时任两江总督的曾国藩去世,将其画像设于湖神庙中。薛时雨此联即题曾国藩像。上联写玄武湖之景致。首二句用俗语入联,即所谓"若非天上神仙宅,须是人间将相家",下三句以海上蓬莱、圆峤、方壶来形容玄武湖洲岛。下联称颂曾国藩之遗爱。"小队曾来",指曾国藩生前曾来玄武湖梁洲游赏;"大名不朽",言曾国藩虽死,其大名已致不朽;"湖山遗爱",指曾氏修湖神庙等事。末二句将曾国藩与东晋名臣谢安、王导相比较,认为三人皆为中兴名臣,功业相当,然曾氏卒后,更有湖山遗爱后世,故较王、谢更优。

玄武湖湖神庙联[1]

周维藩(1860—1930)

字介臣,安徽合肥人。清光绪二十四年(1898)二甲进士。曾以翰林游学日本,归国后,任吴淞统领。辛亥革命后率部起义,多有功勋。曾任陆军少将、国史馆协修、山西大同镇总兵兼骑兵旅旅长正参谋官、陆军部咨议等职。

对崔嵬古堞,凭吊南朝。有平湖清梵[2],野寺疏钟,胜迹易销魂。叹纷纷棋局掀翻,都付与流水声中,夕阳影里;

趁闲散功夫,来游东郭[3]。听莲外渔歌,芦边樵唱,群情差解意[4]。把处处山灵唤醒[5],齐送到山林软翠,涉浦寒青。

【注释】

〔1〕选自荣斌主编《中国名联大观》(北京出版社1999年版)。

〔2〕清梵:僧尼诵经之声。

〔3〕东郭:指玄武湖,因玄武湖在城东偏北,故称。

〔4〕差:略微、大致。

〔5〕山灵:山神。《北山移文》:"钟山之英,草堂之灵。"

【评析】

湖神庙遗址位于玄武湖梁洲,明洪武初建。《玄武湖志》载:"相传造册库时,一老人虑鼠损册。明祖问其姓,对曰:'毛。'明祖曰:'猫能伏鼠。'遂活埋之,立毛老人庙,春秋祀之。"《后湖志·神祀记》亦载其事,唯老人姓茅,"玄武湖西有神祠,附祠有方台,纵横可丈许。相传为洪武间都城耆民茅姓者献策,出上意表。上甚奇之,遂用其言。册库皆东西向,日朝出,册暴东影;

日夕入，册暴西影，万世利也。已而作窖，筑其人于中。”原庙毁于太平天国战火。清同治十年(1871)，两江总督曾国藩在梁洲重修。上联写历史沧桑变化，“平湖清梵，野寺疏钟”紧扣湖神庙的实际情况。棋局也是时局，瞬息万变，又忽成过往。“都付与流水声中，夕阳影里”从王安石《桂枝香·金陵怀古》中“六朝旧事随流水，但寒烟衰草凝绿”一句化出。下联拉回现实，渔人、樵夫随性歌唱，真情流露，让倍觉历史无常的作者稍感舒心。而这些天籁之音，竟把山灵唤醒，与山林、湖水交融合一，堪称传神。“软翠”“寒青”二词运用通感手法，更令人如临其境，可见炼字功夫。联中多用领字，一字领字有“对”“有”“趁”“听”，三字领字有“都付与”“齐送到”，使整联气脉流贯，虽多用四字对仗句，但不显得板滞。

玄武湖览胜楼联[1]

单之珩(生卒年不详)

安徽巢县(今巢湖)人。清光绪初任江宁候补同知。

甚繁华六代莫须提，望无边烟水，浑隔绝石城冠盖，金屋笙歌。便看物换星移[2]，觉岛屿潆洄[3]，总不教铁板铜琶[4]，拍入江东坡老曲；

尽消受一官权当隐，笑随分经纶，但检点花柳荣枯，渔樵作息。却喜清溪红树，任车裘去住，也算是闲云野鹤，游来世外武陵源[5]。

【注释】

〔1〕选自〔清〕邹弢撰《三借庐赘谭》卷十二。

〔2〕物换星移：景物改变，星辰移动。形容时序和世事的变化。唐王勃《滕王阁》诗：“闲云潭影日悠悠，物换星移几度秋。”

〔3〕潆洄：水流回旋貌。

〔4〕铁板铜琶：语出俞文豹《吹剑续录》：“东坡在玉堂日，有幕士善讴。因问：‘我

词比柳词何如？’对曰：‘柳郎中词，只好十七八女孩儿执红牙拍板，唱“杨柳岸晓风残月”；学士词，须关西大汉执铁板，唱“大江东去”。’公为之绝倒。”“执铁板”被后人演为“抱铜琵琶，执铁绰板”，因以“铁板铜琶”形容豪爽激越的文辞。

〔5〕武陵源：即桃花源。

【评析】

此联思路清奇，览胜楼在玄武湖梁洲。南朝宋孝武帝刘骏为观看水军训练而建此楼。相传萧梁时期昭明太子萧统曾读书于此。六朝时始建，清宣统元年(1909)重建。金陵览胜，易生怀古之感。首句却云“甚繁华六代莫须提”，打破历来金陵书写的常格。苍茫的玄武湖水早已将人间的纷争烦扰尽数隔绝。苏轼在《念奴娇·赤壁怀古》一词中怀古伤今，而作者置身于玄武湖中，摒除一切功利之念，与自然融为一体，自然不会有“早生华发”之忧、“人生如梦”之叹。于是，身为官宦的作者，便要在湖山胜境中权且做一隐士，放浪形骸，可谓豁达洒脱。作者以词法入联，多用领字与虚字勾勒，如“甚”“浑”“便”“总”“尽”“但”“却”“任”“也”，联字虽多，骈句虽密，而不觉冗长。

莫愁湖联〔1〕

陈奉兹(1726—1799)

字时若，号东浦，江西德化(今江西九江)人。清乾隆二十五年(1760)进士，曾任四川阆中知县、四川按察使、江宁布政使等职，政绩斐然。亦工诗，著有《敦拙堂集》十三卷。

此地曾传汤沐邑〔2〕；

何人错认郁金堂〔3〕。

【注释】

〔1〕选自〔清〕梁章钜等撰，白化文、李鼎霞点校《楹联丛话》卷六。

〔2〕汤沐邑：原指诸侯朝见周天子时住宿并沐浴斋戒的封地，后指国君、皇后、诸侯、重臣等收取赋税的私邑。

〔3〕郁金堂：语出沈佺期《古意》“卢家少妇郁金堂”。

【评析】

莫愁湖位于南京市建邺区秦淮河西侧，为长江古河道的遗留。《太平寰宇记》记载：“莫愁湖在三山门外，昔有妓卢莫愁家此，故名。”莫愁湖有“金陵第一名胜”之称。“此地曾传汤沐邑”，相传明太祖朱元璋与开国元勋中山王徐达对弈于胜棋楼，诏以为“汤沐邑”，赐予徐达。明中叶，莫愁湖为徐达后裔、魏国公徐氏别业。“何人错认郁金堂”，涉及莫愁之身份问题，有石城女、洛阳女、金陵女三种说法。《旧唐书·音乐志二》：“《莫愁乐》出于《石城乐》。石城有女子名莫愁，善歌谣……故歌云：‘莫愁在何处？莫愁石城西。艇子打两桨，催送莫愁来。’”此石城女之说。梁武帝萧衍《河中之水歌》云：“河中之水向东流，洛阳女儿名莫愁。”此洛阳女之说，由此说又引出洛阳女嫁为金陵卢氏妇之说。周邦彦《西河·金陵怀古》词云：“断崖树，犹倒倚。莫愁艇子曾系。”此金陵女之说。洪迈《容斋随笔》认为周邦彦以湖北钟祥之石城为南京之石头城。陈奉兹应当是认同洪迈之说，故云“错认”。此联在艺术上也颇具特色。大部分的对联，上下两联常常分别描绘两个不同层面的内容，而本联上下两联之间却是连贯而不可拆分的，类似律诗中的流水对，别具一格。

莫愁湖联[1]

李尧栋（1753—1821）

字东采，号松堂，浙江山阴（今浙江绍兴）人。清乾隆三十七年（1772）进士，入翰林院，为庶吉士。出为江宁知府，捐俸修葺莫愁湖。

后官至湖南巡抚。著有《写十三经堂诗集》等。

一片湖光比西子[2];
千秋乐府唱南朝[3]。

【注释】

〔1〕选自〔清〕梁章钜等撰,白化文、李鼎霞点校《楹联丛话》卷六。

〔2〕比西子:语出苏轼《饮湖上初晴后雨》:"欲把西湖比西子,淡妆浓抹总相宜。"

〔3〕千秋乐府:指南朝乐府中的《莫愁乐》。

【评析】

李尧栋在江宁知府任上曾疏浚莫愁湖,故感发为多。上联化用苏轼诗句,赞美莫愁湖的秀丽景致不输西湖。下联则发挥想象,仿佛在千百年后仍能听见动听的《莫愁》歌谣。南朝乐府中的《莫愁乐》共二首,其一云:"莫愁在何处,莫愁石城西。艇子打两桨,催送莫愁来。"其二云:"闻欢下扬州,相送楚山头。探手抱腰看,江水断不流。"此联上句虚实相生,下句纯为虚想;上联湖光之景,下联乐府之谣,视听并呈。

莫愁湖联[1]

沈　锽(1816—1878)

字骏声,号笠湖,直隶南通州(今江苏南通)人。清道光二十七年(1847)进士,曾任山东兖州运河候补同知。著有《蜗寄庐诗草》。

江水东流,淘尽了千古英雄儿女;
石城西峙[2],依旧是六朝烟雨楼台。

【注释】

〔1〕选自胡君复原编,常江点校重编《古今联语汇选》第一册。

〔2〕石城:古城名。又名石首城,故址在今江苏省南京市清凉山。本楚金陵城,汉建安十七年孙权重筑改名。城负山面江,南临秦淮河口,当交通要冲,六朝时为建康军事重镇。唐以后,城废。

【评析】

上联从苏轼《念奴娇·赤壁怀古》中的"大江东去,浪淘尽、千古风流人物"一句化出,颇为贴切,寥寥数言点出了金陵城的人事更迭、沧桑变化。下联"石城西峙",因石头城在南京城西。又暗用《旧唐书·音乐志二》:"石城有女子名莫愁,善歌谣,《石城乐》和中复有'莫愁'声,故歌云:'莫愁在何处?莫愁石城西。艇子打两桨,催送莫愁来。'""六朝烟雨楼台",用杜牧《江南春》"南朝四百八十寺,多少楼台烟雨中"语。此联不拘于莫愁湖常用故实,而是笔法开荡。上下联分别以长江与石城起兴,一动一静,写出历史的沧桑之感。

莫愁湖联〔1〕

俞 樾(1821—1907)

字荫甫,号曲园,浙江德清人。清道光三十年(1850)进士,任翰林院编修、国史馆协修、河南学政等职。先后主讲苏州紫阳书院、杭州诂经精舍、德清清溪书院、菱湖龙湖书院等。著有《春在堂全书》。

占全湖绿水芙蕖〔2〕,胜国君臣棋一局〔3〕;

看终古雕梁玳瑁,卢家庭院燕双栖。

【注释】

〔1〕选自〔清〕俞樾撰《春在堂楹联录存》卷一。

〔2〕芙蕖：荷花别称。

〔3〕胜国：被灭亡的国家，多指前朝。《周礼·周官》："凡男女之阴讼，听之于胜国之社。" 郑玄注："胜国，亡国也"。

【评析】

联首有俞樾小序，曰："楼有徐中山王像，相传王与明祖弈棋而胜，即以此湖赐之。湖中荷花弥望无际。" 胜棋楼位于莫愁湖畔，始建于明洪武初年。正门中堂有棋桌，相传为明太祖朱元璋与中山王徐达弈棋之所，楼内悬中山王像。绿水芙蕖为湖景，雕梁玳瑁为室景。兼用明初君臣弈棋赐湖及莫愁传说作为典故。沈佺期《古意》有"卢家少妇郁金堂，海燕双栖玳瑁梁"句。下句由此化出，是诗中夺胎换骨法。

莫愁湖联〔1〕

江　璧（生卒年不详）

字南春，甘泉（今江苏扬州）人。清同治四年（1865）进士，曾任江西武宁、万载等县知县，致仕后主讲江宁钟山书院。著有《黄叶山樵诗钞》。

粉黛江山，亦是英雄亦儿女；
楼台烟雨，半含水色半天光。

【注释】

〔1〕选自〔清〕马士图撰《莫愁湖志》卷下。

【评析】

上联议论，谓莫愁湖既有英雄之气，又有儿女之情，切莫愁湖的故实；

下联实景，写出烟雨中的莫愁湖景，天光水色，冲融滉漾，景致绝佳。对联清新淡雅，情景相生。

莫愁湖联[1]

曾广照（生卒年不详）

字仰皆，湖南衡阳人。历仕宝山县知县、江苏候补道，署徐州府知府。著有《湖山随在吟诗稿》。

憾江上石头，抵不住迁流尘梦，柳枝何处[2]，桃叶无踪[3]，转羡他名将美人，燕息能留千古迹[4]；

问湖边月色，照过来多少年华，玉树歌余[5]，金莲舞后[6]，收拾这残山剩水，莺花犹是六朝春[7]。

【注释】

〔1〕选自胡君复原编，常江点校重编《古今联语汇选》第一册。

〔2〕柳枝：洛中里娘爱慕李商隐而事未谐，后为东诸侯娶去。李商隐为之赋《柳枝》五首。

〔3〕桃叶：王献之爱妾，相传王献之曾为之作《桃叶歌》三首。

〔4〕燕息：安息。语出《诗经·小雅·北山》“或燕燕居息”。

〔5〕玉树：南朝陈后主所作歌曲《玉树后庭花》的省称，向来被视为亡国的征兆。

〔6〕金莲：指齐废帝东昏侯萧宝卷荒淫无度之事。《南史·齐纪下·废帝东昏侯》记载：“凿金为莲华以帖地，令潘妃行其上，曰：‘此步步生莲华也。’”

〔7〕莺花：语出丘迟《与陈伯之书》：“暮春三月，江南草长，杂花生树，群莺乱飞。”

【评析】

清光绪九年（1883）夏，曾广照撰此长联。虽是写莫愁湖，实是借题发挥。

首联感叹即便是江上坚固的石头城，也经受不住时间的迁流与历史的侵蚀，已如尘烟梦幻，更何况柳枝、桃叶这样的弱女子，她们的风流往事早已陈迹不存。末二句触及题义。言徐达、莫愁二人，一为名将，一为美人，却因在莫愁湖上燕息而得千古留名，令人羡慕。下联借问湖边的月色照见多少冉冉年华和朝代更迭。“玉树歌余”“金莲舞后”，借六朝故事写沧桑之感。末二句照见现实，写太平天国战争之后的金陵城由残破而渐渐焕发生机。对联铺陈史实，笔力厚重，顿挫有致，吊古伤今，情深文明。

莫愁湖亭联〔1〕

王闿运（1833—1916）

字壬秋，号湘绮，斋名湘绮楼，湖南湘潭人。曾在成都尊经书院、长沙思贤讲舍、衡州船山书院多地讲学。后任民国国史馆馆长。善今文经，著述颇丰，有《湘军志》《楚辞注》《湘绮楼诗集》等。

莫轻他北地燕支〔2〕，看画艇初来，江南儿女生颜色；
尽消受六朝金粉〔3〕，只青山无恙，春来桃李又芳菲。

【注释】

〔1〕选自〔清〕王闿运著《湘绮楼诗文集》。

〔2〕燕支：即胭脂，妇女用作化妆品，此处指代莫愁女。

〔3〕六朝金粉：金指花钿，粉指铅粉，均为妇女妆饰用品。六朝崇尚华靡，仕女多装扮艳丽。金粉也象征着六朝的侈靡豪奢。

【评析】

清同治十年（1871），王闿运应江宁布政使桂嵩庆之请撰莫愁湖亭联。上联写莫愁之秀色，下联写湖上之风光。《湘绮楼联语》载此联前有序曰：“同治十年，重新莫愁湖亭，桂芗亭司使要游索题。余案《乐府》，莫愁，河中人，嫁卢氏，卢亦北方名族。而石城艇子，说者歧异。盖丽质佳名，流传词赋，如宋子、齐姜之比，不宜侪之苏小、真娘，故为引附。”该序叙述了撰联之缘起及莫愁出身之歧义。《湘绮楼日记》记载王闿运在江行途中寄此联于桂嵩庆，联序文字与《湘绮楼联语》差不多，唯末尾多“以谂好事云”五字，透露出一段公案。民国时，俞平伯与朱自清同游莫愁湖，对王闿运此联颇为欣赏，但觉上联末“生颜色”三字与上文的语气不甚连贯，不解其故。后阅笔记，方知原作“无颜色”，下联“无恙”原作“依旧”，乃知以此嘲讽其时两江当局。此联悬出后舆论哗然，经桂嵩庆调解，始改成今本。王闿运胸怀纵横术与帝王学，据传他曾游说曾国藩反清自立，曾氏将他视为狂士妄人。后又因撰写《湘军志》与曾国荃交恶，故下联中“青山依旧”“桃李又芳菲”用以讽刺曾氏及其门人部曲。就联艺而言，“江南儿女无颜色”夸饰莫愁之美，较“江南儿女生颜色”高明不啻倍蓰。但江南士子认为以莫愁一人压倒江南，自然不快。又，王闿运撰江宁关帝庙联曰：“匹马斩颜良，河北英雄皆丧胆；单刀会鲁肃，江南名士尽低头。”以关羽一人压倒江南名士，与“江南儿女无颜色”同一机杼，必然容易引发公案。

鸡鸣寺豁蒙楼联〔1〕

梁启超（1873—1929）

字卓如，一字任甫，号任公，又号饮冰室主人，广州府新会县（今广东江门）人。清光绪年间举人，后师从康有为，成为清末戊戌维新变法领袖之一。变法失败后，流亡日本，政治理念渐趋保守。辛亥革命后曾任司法总长，对袁世凯复辟、张勋复辟猛烈抨击。提倡“诗界革命”“文界革命”“小说界革命”，大力支持新文化运动与五四运动。著述丰富，合编为《饮冰室合集》。

江山重叠争供眼；

风雨纵横乱入楼〔2〕。

【注释】

〔1〕选自裴国昌主编《中国名胜楹联大辞典》(中国旅游出版社1993年版)。

〔2〕联句出自陆游《南定楼遇急雨》:“行遍梁州到益州,今年又作度泸游。江山重复争供眼,风雨纵横乱入楼。人语朱离逢峒獠,棹歌欸乃下吴舟。天涯住稳归心懒,登览茫然却欲愁。”

【评析】

豁蒙楼位于南京市玄武区鸡鸣寺内。两江总督张之洞为纪念名列戊戌六君子的门生杨锐,故建此楼。“豁蒙”典出杜甫《八哀诗·赠秘书监江夏李公邕》“忧来豁蒙蔽”句,有忧时之意。1922年夏,梁启超受聘至南京东南大学讲先秦政治思想史,文史师生于鸡鸣寺豁蒙楼欢迎任公。寺僧因请梁氏题字,任公遂书陆游诗句为豁蒙楼联。“重叠”,陆游原诗作“重复”,改作“叠”字,颇佳。陆游是南宋著名诗人,一生致力抗金,屡遭主和派打压。梁启超心忧国事,主张变法改革,最终也以失败告终。读梁启超《读陆放翁集》二首中“集中什九从军乐,亘古男儿一放翁”“谁怜爱国千行泪,说到胡尘意不平”等句,便知二人虽相隔数百年,其拳拳之心与报国无门之愤懑却是完全相同的。民国以后,任公虽不复多言政治,但以“江山重叠争供眼,风雨纵横乱入楼”题豁蒙楼,隐约表达了他对时局之忧患与不满。

鸡鸣寺豁蒙楼联〔1〕

周钟岳(1876—1955)

字生甫,号惺庵,云南丽江府剑川州(今云南剑川)人。清光绪年间解元,后留学日本。知名政治家、书法家、诗人。曾任靖国联军总司令部秘书长、云南省政府代理省长、云南省政府内务司司长、国民政府委员、总统府资政等职。抗日战争期间,历任国民政府内政部部长、国民政府委员兼考试院副院长。曾参与《新纂云南通志》的纂写,著有《惺庵回忆录》《惺庵诗集》《惺庵日记》等。

龙战方平[2]，且喜河山尽还我；
鸡鸣不已[3]，朅来风雨正怀人[4]。

【注释】

〔1〕选自裴国昌主编《中国名胜楹联大辞典》。

〔2〕龙战：语出《易经》："龙战于野，其血玄黄。"这里比喻中日战争。

〔3〕鸡鸣不已：语出《诗经》："风雨如晦，鸡鸣不已。"象征恶劣环境。

〔4〕朅来：犹言来。

【评析】

抗战胜利后，周钟岳游览鸡鸣寺，以颜体行书在豁蒙楼题下此联。上联抒发了他对抗战胜利、河山收复、兵火暂息的由衷喜悦。下联写其隐忧。抗战虽然胜利，但当时国际形势仍波谲云诡，国共关系愈加紧张，周氏大有"山雨欲来风满楼"之感。此联既有对国家、民族命运的关切，又饱含强烈的忧患意识，以及反映了作者对时局的敏锐洞察。

清凉寺联[1]

薛时雨

四百八十寺[2]，过眼成墟，幸岚影江光，犹有天然好图画；
三万六千场[3]，回头是梦，问善男信女，可知此地最清凉。

【注释】

〔1〕选自胡君复原编，常江点校重编《古今联语汇选》第二册。

〔2〕四百八十寺：南朝皇帝与官僚信佛，频频兴修寺院。语出杜牧《江南春》："南朝四百八十寺，多少楼台烟雨中。"

〔3〕三万六千场：即三万六千日，约一百年，指人的一生。语出辛弃疾《鹊桥仙·贺余察院生日》："好将三万六千场，自今日、从头数起。"

【评析】

清凉寺，位于南京清凉山。始建于南朝，至南唐升元初(938)，李璟扩建兴教寺为清凉大道场，延高僧文益驻锡，后创建法眼宗。历宋明两代，至清咸丰三年(1853)，太平军占领南京，清凉寺毁。同治间在原址上重建，对联当作于此时。南朝时佛教最盛，寺庙如云，然而转眼间也化为废墟，消失在历史长河之中。只有江山未改，山光水色，宛如图画，令人沉醉。人生苦短，如梦幻泡影，不如怜取眼前，且享清凉。此联夹议论于叙述、描绘当中，富于哲理而不枯燥乏味。

扫叶楼联〔1〕

汪蟠春(？—1854)

字寿山，安徽人。清道光二十年(1840)举人。咸丰四年(1854)，太平军攻陷六安。汪蟠春暗中谋划恢复，事泄自杀。著有《砚香斋丛稿》等。

大江拖白练〔2〕；
钟阜起苍烟。

【注释】

〔1〕选自胡君复原编，常江点校重编《古今联语汇选》第一册。

〔2〕白练：白色熟绢。

【评析】

扫叶楼在南京清凉山麓，为明末清初画家、诗人龚贤故居。龚贤尝自作小照，衣僧装，持帚作扫叶状，因名其居曰“扫叶楼”。汪蟠春此联为五言联，凝练生动。从扫叶楼上看，大江在西，钟山在东，又有俯察仰观之别。上下联中“拖”“起”二字为句眼。谢朓在《晚登三山还望京邑》“余霞散成绮，澄江静如练”中首次将江水比作白练。此联“拖”字传神，将大江缓慢而又散漫的流动状态形象地展示出来，有别于谢朓笔下静态的澄江。下联中“起”字亦佳，写出钟山云蒸霞蔚之态。

扫叶楼联[1]

陈作霖（1837—1920）

字雨生，号伯雨，又号可园，江苏南京人。清光绪元年（1875）举人，曾任崇文经塾教习、奎光书院山长、上元和江宁两县学堂堂长等职。致力于收集、保存史志资料，曾参与纂修《〔同治〕上江两县志》，编有《金陵物产风土志》《南朝佛寺志》等。

满山落叶无根树；

胜国遗民有发僧[2]。

【注释】

〔1〕选自潘宗鼎编《扫叶楼集》卷七。

〔2〕有发僧：清军入关后逐渐推行“剃发令”，要求汉人剪发留辫，违者诛杀。因而许多遗民选择遁入寺庙或山林之中，誓不剃发。

【评析】

扫叶楼在龚贤逝后归清凉寺。道光间，陈作霖取其所得扫叶僧画像赠主持星悟供奉，并撰此联。上联用比兴法，落叶无根，随风飘荡；大树无根，亦成枯槁，比喻明亡后遗民之辛苦飘零。下联写这些遗民遁入山林、寺庙当中过着僧人一般的清苦生活，誓不剃发，以保留汉人之衣冠服饰。在“胜国遗民有发僧”这一平淡的陈述中表达了对遗民们坚守气节与大义的赞美。

扫叶楼联〔1〕

戈铭猷（1860—1937）

字伯鸿，号慎园，江苏东台人，民国著名报人戈公振的伯父。清光绪间附贡生，授职江西。清宣统元年（1909）任江西铜鼓厅同知。1914年任江西乐平县知事，1918年解职归里。著有《慎园诗钞》《中国沿海形势图说》《民佣堂随笔》等。

作叶与叶想，作非叶想，作非叶即叶想，庶几乎扫叶；

有凉之凉时，有不凉时，有不凉而凉时，是故曰清凉。

【注释】

〔1〕选自胡君复原编，常江点校重编《古今联语汇选》第一册。

【评析】

此联作于光绪三十三年（1907），以佛理阐释“扫叶”与“清凉”之名义，达到空诸所有的禅境。《般若波罗蜜多心经》云：“色不异空，空不异色，色即是空，空即是色，受想行识，亦复如是。”上下联中的“叶”“凉”即“五蕴”的“色”与“想”。

扫叶楼联〔1〕

杨　度（1875—1931）

字哲子，后改名度，曾剃发出家，法名虎，故别号虎公、虎禅，又号虎禅师、虎头陀，湖南湘潭人。曾留学日本。其学一生屡变，戊戌变法期间，接受康、梁维新思想；后发表《金铁主义说》，主张君主立宪；民国初年反对共和，参与袁世凯复辟活动，其君主立宪主张以失败告终；复赞同政党共和，晚年加入中国共产党。著有《虎禅师论佛杂文》等。

每因凭眺伤时局；
独倚江山念古人。

【注释】

〔1〕选自胡君复原编，常江点校重编《古今联语汇选》第一册。

【评析】

此联当作于杨度早年，或为1915年左右之作。民国成立后，内忧外患未消，社稷仍风雨飘摇。杨度当时主张君主立宪制，为筹安会“六君子”之一。袁世凯称帝之举披露，杨度为世所斥，故登楼凭眺，江山在眼，感伤时局，又觉自己所行不为世人所解，因而有陈子昂《登幽州台歌》“前不见古人，后不见来者”之感。龚贤作为明代遗民，尚能在扫叶楼中觅得一方清净。杨度多次参与政治运动，却每以失败告终，漂泊无定，不知所归，其内心苦痛可知。

驻马坡联[1]

刘坤一(1830—1902)

字岘庄,湖南宝庆府新宁县(今属湖南邵阳)人。入湘军,平太平军有功,累仕至两江总督、两广总督、南洋通商大臣等职。兴办洋务,组织东南自保,推动改革,多有功劳。卒于两江总督任上,追赠太傅,谥忠诚。其一生奏疏、公牍、诗文等编为《刘忠诚公遗集》。

许先帝驱驰[2],东连吴会[3];
有儒者气象,上继伊周[4]。

【注释】

〔1〕选自胡君复原编,常江点校重编《古今联语汇选》第二册。

〔2〕许先帝驱驰:答应为先帝刘备奔走效劳。语出诸葛亮《前出师表》:“先帝不以臣卑鄙,猥自枉屈,三顾臣于草庐之中,咨臣以当世之事,由是感激,遂许先帝以驱驰。”

〔3〕吴会:东汉分会稽郡为吴、会稽二郡,并称吴会。后亦泛称此两郡故地为吴会。语出《后汉书·蔡邕传》:“邕虑卒不免,乃亡命江海,远迹吴会。”

〔4〕伊周:伊尹与周公旦的合称。二人均曾摄政,功勋卓著。后以伊周指代执政能臣。

【评析】

驻马坡位于南京清凉山东麓。相传诸葛亮曾在此与孙权联辔驻马,视察地形。上联选取两方面概括诸葛亮生平:“许先帝驱驰”,用诸葛亮《出师表》句,展现诸葛亮与刘备之间的君臣情义;“东连吴会”指诸葛亮联孙吴以抗曹魏的战略。宋代二程、朱子皆言诸葛亮有“儒者气象”,可上与伊尹、周公旦比肩。上下联开合有度,颇具张力。

驻马坡联[1]

冯　煦(1842—1927)

字梦华,号蒿庵,晚号蒿叟,江苏金坛人。少好词赋,有“江南才子”之称。清光绪十二年(1886)进士,授翰林院编修。历官安徽凤阳府知府、四川按察使、安徽巡抚。辛亥革命后,寓上海,以遗老自居。工诗、词、骈文,尤以词名,总纂《江南通志》,著有《蒿庵类稿》,编有《宋六十一家词选》。

驻马此重经,莫向渠天发残碑[2],临硎断阙[3];
卧龙如可作[4],愿为我翦除异族,开济清时[5]。

【注释】

〔1〕选自胡君复原编,常江点校重编《古今联语汇选》第二册。

〔2〕天发残碑:即《天发神谶碑》,又名《吴天玺纪功碑》。东吴末帝孙皓立此碑于建业(今江苏南京)以制造“天命永归大吴”的谶言。

〔3〕临硎:三国吴宫门名。语出左思《吴都赋》:“阍闼谲诡,异出奇名,左称弯碕,右号临硎。”李善注:“吴后主起昭明宫于太初之东,开弯碕、临硎二门。弯碕,宫东门;临硎,宫西门。碕,巨依切。硎,口耕切。”

〔4〕卧龙:喻隐居或尚未知名的杰出人才。语出《三国志·诸葛亮传》:“(徐庶)谓先主曰:‘诸葛孔明者,卧龙也。’”

〔5〕开济:开创并匡济。语出杜甫《蜀相》:“三顾频烦天下计,两朝开济老臣心。”

【评析】

此联并不立足于诸葛亮事迹,而是借题发挥,映照现实,意旨深刻,文笔凝重。东吴末帝孙皓立《天发神谶碑》,但难挽东吴颓势;建昭明宫殿,却终成断阙残垣。历史潮流浩浩荡荡,吞没了无数王朝。作者来到驻马坡前,不愿面对"天发残碑"与"临硎断阙",彼时金陵刚经历太平天国战争,中国又遭受外国列强侵蚀,因而作者期盼能有像诸葛亮一样的能人志士,扫除异族,使中华大地重现太平。

驻马坡联〔1〕

佚 名

慕纶巾羽扇风流,俎豆维新〔2〕,恍之西蜀祠堂〔3〕,南阳庐舍〔4〕;
冠钟阜石城名胜〔5〕,江山依旧,渺矣吴宫花草,晋代衣冠〔6〕。

【注释】

〔1〕选自胡君复原编,常江点校重编《古今联语汇选》第二册。

〔2〕俎豆:祭祀、宴飨时盛食物用的两种礼器。后引申出祭祀、崇奉之意。维新:谓乃始更新。《诗经·大雅·文王》:"周虽旧邦,其命维新。"毛传:"乃新在文王也。"陈奂《毛诗传疏》:"维,犹乃也;维新,乃新也……言周至文王而始新之。"

〔3〕西蜀祠堂:指成都武侯祠。

〔4〕南阳庐舍:指诸葛亮南阳故庐。

〔5〕钟阜:指紫金山。

〔6〕吴宫花草,晋代衣冠:语出李白《登金陵凤凰台》:"吴宫花草埋幽径,晋代衣冠成古丘。"

【评析】

上联追慕诸葛亮羽扇纶巾的风流神采。时至今日,民众仍对他无比感念,祭拜不绝。在驻马坡上,恍然间如身处西蜀武侯祠,又如置身其躬耕读书的南阳庐舍之中。驻马坡历来是兵家必争之地，江山依旧，可是兴亡更替，人事代谢，一切转眼之间便已成陈迹。只有像诸葛亮这样有大情怀、大抱负、鞠躬尽瘁死而后已的英雄，才会被世人所铭记。

随园联[1]

赵　翼（1727—1814）

字云崧，号瓯北，常州府阳湖县（今江苏常州）人。清乾隆二十六年（1761）探花，曾任广西镇安知府、广东广州知府、贵西兵备道等职。后辞官归里养亲，遂不复出。为诗提倡性灵，与袁枚、蒋士铨并称“乾隆三大家”。著有《二十二史札记》《陔余丛考》《瓯北集》等。

野王之地有二老[2]；
北斗以南只一人[3]。

【注释】

〔1〕选自〔清〕梁章钜等撰，白化文、李鼎霞点校《楹联丛话》卷六。

〔2〕野王之地有二老：刘玄更始二年，光武帝送邓禹西征，既返，猎于野王，路见二老者即禽，与之言，多哲理。光武悟其旨曰：“此隐者也。”将用之，辞而去，莫知所在。

〔3〕北斗以南只一人：唐狄仁杰品行高尚，时长史蔺仁基常常称赞道：“狄公之贤，北斗以南，一人而已。”

【评析】

随园，袁枚的别业。袁枚，字子才，号简斋，晚号随园老人，浙江钱塘人。少负才名，乾隆四年（1739）进士。任溧水、江宁等县知县，有政绩。四十岁左右即告归，在江宁小仓山下筑园，名“随园”，吟咏其中。诗主性灵，古文骈体亦自成一格。性通达不羁，尤好宾客，四方人士到江南，必至随园投诗文。又广收诗弟子，女弟子尤众。有《小仓山房集》《随园诗话》《子不语》等。袁枚《随园诗话补遗》卷一："余买小仓山废园，旧为康熙间织造隋公之园，故仍其姓，易'隋'为'随'，取'随时之义大矣哉'之意。"钱泳《履园丛话·园林·随园》："随园在江宁城北，依小仓山麓。"上联用两汉之际的野王二隐者之典，指称袁枚与赵翼自己。赵翼自贵西兵备道辞官养母后，遂不复出，故与袁枚并称"野王二老"。下联则用蔺仁基对狄仁杰的赞誉高度评价袁枚其人。此联用典精当，迂徐得体。

随园联〔1〕

钱大昕（1728—1804）

字晓徵，号辛楣，晚年自号竹汀居士，苏州府嘉定县（今上海嘉定）人。清乾隆十九年（1754）进士，授庶吉士。历仕翰林院编修、武英殿纂修官、功臣馆纂修官、詹事府少詹事、提督广东学政等职。乾隆四十年丁忧不出，后任南京钟山书院山长，造士甚多。钱大昕潜心学术，于史学、经学、音韵学等方面均有发明。逝后，次子钱东塾将其著作合编为《潜研堂全书》。

人指所居为福地；

天留此老应文星。

【注释】

〔1〕选自〔清〕梁章钜等撰，白化文、李鼎霞点校《楹联丛话》卷六。

【评析】

此联原为查慎行《寄祝胡东樵八十寿清溪大司寇属赋二首·其一》的

颔联，钱大昕摘句书赠袁枚，福地指随园，文星指袁枚，亦颇为妥帖。

随园联〔1〕

袁匡肃（生卒年不详）

浙江仁和（今浙江杭州）人。清乾隆年间举人。曾任内阁中书、户部郎中。

云山金石图书〔2〕，此地可称三绝；
循吏儒林隐逸〔3〕，先生自有千秋。

【注释】

〔1〕选自〔清〕梁章钜等撰，白化文、李鼎霞点校《楹联丛话》卷六。

〔2〕云山：远离尘世的地方。

〔3〕循吏：守法循理的官吏。此处指两《唐书》的《循吏传》。《史记·太史公自序》："奉法循理之吏，不伐功矜能，百姓无称，亦无过行。作《循吏列传》第五十九。"儒林：指儒家学者之群，此处指两《唐书》的《儒林传》。《史记》有《儒林列传》。张守节《史记正义》引姚承曰："儒谓博士，为儒雅之林。"

【评析】

此联悬于随园小栖霞景观。袁枚孙祖志《随园琐记》载："小栖霞，泉上有堂，周以回廊，压屋老桂数十株，香气触鼻，尹望山相国题曰'小栖霞'。时高庙南巡，相国正葺治栖霞山为驻跸之所，因此间形胜仿佛，故题是额。中有联云（略）。"上联言随园之佳。"三绝"指随园的云山之秀、金石之古、图书之富。下联赞袁枚其人，做官为循吏、立身为儒士、避俗为隐者。随园与袁枚可谓十分适配，相得益彰。

随园联[1]

黄景仁(1749—1783)

字仲则,常州府武进县(今属常州)人。四岁丧父,家境贫穷,一生潦倒。清乾隆四十六年(1781)出任县丞,两年后即逝世。其诗才情横溢,多带感伤,有《两当轩集》传世。

文章草草皆千古[2];
仕宦匆匆只十年。

【注释】

〔1〕选自〔清〕梁章钜等撰,白化文、李鼎霞点校《楹联丛话》卷六。

〔2〕草草:匆促、匆忙;草率、简易。此处应理解为袁枚才学超人,信手写下的文章都能流传千古。

【评析】

袁枚诗文兼善,弟子甚众,名重当世,上联高度评价了袁枚的文学造诣。下联则感慨袁枚仕途不顺,命薄缘悭。以袁枚率真自任的个性,远离政治或许是上天的最佳安排。此联出自黄景仁《呈袁简斋太史》:"一代才豪仰大贤,天公位置却天然。文章草草皆千古,仕宦匆匆只十年。暂借玉堂留姓氏,便依勾漏作神仙。由来名士如名将,谁似汾阳福命全?"

半山寺联[1]

薛时雨

钟阜割秀，清溪分源，咫尺接层城[2]，叹禁苑全虚[3]，尚留此寺；

谢傅棋枰[4]，荆公第宅[5]，去来皆幻迹，过孤墩终古[6]，究属何人。

【注释】

〔1〕选自〔清〕金武祥撰，谢永芳点校《粟香随笔·粟香五笔》卷八（凤凰出版社2017年版）。

〔2〕层城：重城；高城。刘义庆《世说新语》："遥望层城，丹楼如霞。"

〔3〕禁苑：帝王的园林。《史记·平准书》："是时禁苑有白鹿而少府多银锡。"班固《西都赋》："西郊则有上囿禁苑，林麓薮泽，陂池连乎蜀汉，缭以周墙，四百余里，离宫别馆，三十六所，神池灵沼，往往而在。"

〔4〕谢傅棋枰：谢傅即谢安。据《世说新语》载，淝水之战时，"谢公与人围棋，俄而谢玄淮上信至。看书竟，默然无言，徐向局。客问淮上利害。答曰：'小儿辈大破贼。'意色举止，不异于常。"

〔5〕荆公：即王安石，曾被封荆国公。

〔6〕孤墩：即谢安墩。相传为谢安与王羲之登临处，在今南京市城东隅蒋山半山上。

【评析】

半山寺位于南京市中山门今海军学院内。北宋熙宁九年（1076）十月，王安石第二次辞去宰相职，以同中书门下平章事使相职衔，出任江宁府通判。十一月至江宁，乃筑半山园以自居。因自府城东出白下门（在今大中桥）而上钟山，至此方半，故名半山园。北宋元丰七年（1084），荆公上书请求舍宅为寺,获准,宋神宗御赐寺名曰“报宁禅寺”,后人多称为“半山寺”。清道光间,两江总督陶澍重建半山寺,咸丰间毁于兵火。同治九年(1870)重建。薛时雨此联当作于此时。半山寺在钟山之西南、清溪之右,离清两江总督府亦相去不远,故曰“咫尺接层楼”。明故宫遗址即在其西南。自明成祖靖难之后,原明故宫即遭破坏。后经过太平天国战争,更加成为荒墟。而半山寺虽屡经废兴,尚留于故地。下联写谢公墩轶事。谢公墩在半山园东,为小岗,相传谢安曾于此登临。王安石曾戏作诗曰:“我名公字偶相同,我屋公墩在眼中。公去我来墩属我,不应墩姓尚随公。”因而荆公与谢傅争墩成了金陵雅故。荆公之后,薛时雨至此,无论谢傅赌墅之棋枰,还是荆公的半山宅第,皆已成为历史烟云。当年荆公与谢公争此孤墩,又有何意义!由此传递出一种历史无常的惆怅之感。

半山寺联[1]

谢元福(生卒年不详)

字子受,广西临桂(今广西桂林)人。清同治十年(1871)进士,为编修,出任江南盐巡道,因事遭劾去职,客死淮安。

墩本吾家,胜迹从来称太傅;

宅由我造,半山莫更让荆公。

【注释】

〔1〕选自〔清〕金武祥撰,谢永芳点校《粟香随笔·粟香五笔》卷八。

【评析】

王安石作《谢安墩》诗,引发争墩公案,成为文坛一则有趣的掌故。到清代,谢元福于半山寺旁筑屋,又平添一段公案。上联说此墩既因谢安得名,故自当仍属于谢氏，王荆公争之无谓。下联说半山园宅因系荆公所造，故不妨将“半山”之名让于荆公。谢子受如老吏断狱，平亭此一公案，又因其人亦姓谢，故更添谐趣。

中山王故邸联〔1〕

佚 名

大江东去，浪淘尽千古英雄，问楼外青山，山外白云，何处是唐宫汉阙；

小苑春回，莺唤起一庭佳丽，看池边绿树，树边红雨〔2〕，此间有舜日尧天〔3〕。

【注释】

〔1〕选自〔清〕梁章钜等撰，白化文、李鼎霞点校《楹联丛话》卷六。

〔2〕红雨：落在红花上的雨。孟郊《同年春宴》：“红雨花上滴，绿烟柳际垂。”

〔3〕舜日尧天：指升平景象。

【评析】

中山王即徐达，明朝开国功臣。中山王故邸在今南京夫子庙西瞻园路。此联作者一说上联为徐达自撰，下联为一诸生所对，一说为钱谦益所撰，一说为黄景仁撰，皆无实证。上联开头化用苏轼《念奴娇·赤壁怀古》中词句：“大江东去，浪淘尽、千古风流人物”。问何处是唐宫汉阙，大有古人勋业尽被历史消磨之意，可谓气象开阔。下联将镜头转向府邸之中，春回莺唤，景致可人，在风格上与上联形成反差。“此间有舜日尧天”这一铿锵有力的陈述，则表明了作者对徐达功绩的肯定，对他出群才干与高尚人格的钦佩。“问”字与“看”字分别领“楼外青山，山外白云”与“池边绿树，树边红雨”

两个对句，视线在楼、山、云、池、树、雨之间转移跳跃，动态感强；而青、白、绿、红等色彩争相入眼，颇具视觉冲击力。

灵谷寺联〔1〕

侯　度（1817—1874）

字谨之，别号断指生，安徽滁州人。以工书名。清咸丰八年（1858），太平军陷滁州，以李兆寿守之，李俄复降清。其人贪残好杀，反复无常，滁人苦之。尝令侯度为其书德政碑，侯度拒不书，乃断其右手拇指。侯因自号断指生。

炉火红深，懒残煨芋〔2〕；

密阴绿满，怀素书蕉〔3〕。

【注释】

〔1〕选自贺仲禹撰《绣铁盦丛集·绣铁盦联话》（厦门大学出版社2017年版）。

〔2〕懒残煨芋：语出《高僧传》："衡岳寺僧明瓒禅师，性懒而食残，号懒残。李泌异之，往见，正拨火煨芋啖之，取其半授泌曰：'勿多言，领取十年宰相。'"后果应验。

〔3〕怀素书蕉：唐代名僧怀素善写狂草，曾在芭蕉叶上泼墨练字。

【评析】

灵谷寺位于钟山。梁天监年间，梁武帝葬宝志法师于独龙阜，并建开善精舍，为灵谷寺前身。后历称宝公院、开善道场、太平兴国寺、十方禅院等名。明太祖朱元璋自建孝陵于独龙阜，乃迁寺于今址，赐寺名曰"灵谷禅寺"，并封之为"天下第一禅林"。此联原悬于灵谷寺客堂，署"滁阳断指生书"。既然是为寺庙题联，自然应用禅门典故。用懒残和尚之典，意在说明灵谷寺僧众法力之高。用怀素书蕉之典，则重在彰显僧众的刻苦修行与高雅志趣。

此联短小生动,“炉火”与“煨芋”呼应,“密阴”与“书蕉”呼应,上联写冬境,下联写夏景。联语形象自然,故而不显生硬枯燥。

夫子庙明远楼联〔1〕

李　渔(1611—1680)

字笠鸿,号笠翁,祖籍浙江兰溪,生于南直隶雉皋(今江苏如皋)。明崇祯诸生。清军入浙后不复应试。先寓居杭州,后移家金陵,筑芥子园,以刻书为业。清康熙十六年(1677)迁回杭州,在此终年。著述甚丰,有诗文集《笠翁一家言全集》、传奇《笠翁十种曲》等。

矩令霜严〔2〕,看多士俯伏低徊〔3〕,群嚣尽息;
襟期月朗〔4〕,喜胜地江山人物,一览无遗。

【注释】

〔1〕选自〔清〕李渔撰《笠翁一家言全集》卷四。

〔2〕矩令:规矩、律令。

〔3〕多士:众多贤士。《尚书·多方》:“猷告尔有方多士,暨殷多士。”

〔4〕襟期:情怀、志趣。

【评析】

明远楼,位于夫子庙江南贡院中,始建于明朝永乐间,今存者为明嘉靖十三年(1534)所建。乡试时巡视官可于楼上总览贡院,指挥考场,防止作弊。上联首句“矩令霜严”强调科举考试律令森严,不得触犯。“多士俯伏低徊,群嚣尽息”是说士子们专注地低头作答,四周宁静无声,宛如一幅考场速写图。下联视角从考场外延,写登楼纵览金陵的大好江山,自然令人心旷神怡。而在明远楼,还能看到奋笔疾书的莘莘学子,他们日后将题名金榜,成为砥柱中流。此情此景，又如何不令人振奋呢？难怪李世民在看到进士们缀行而出后大喜道："天下英雄，入吾彀中矣！"

秦淮水阁联[1]

薛时雨

六朝金粉，十里笙歌，裙屐昔年游[2]，最难忘北海豪情[3]，西园雅集[4]；
九曲清波，一帘梦影，楼台依旧好，且消受东山丝竹[5]，南部烟花[6]。

【注释】

〔1〕选自〔清〕金武祥撰，谢永芳点校《粟香随笔·粟香三笔》卷四。

〔2〕裙屐：裙，下裳；屐，木底鞋。原指六朝贵游子弟的衣着，后泛指富家子弟的时髦装束。

〔3〕北海豪情：指孔融在北海喝酒的豪气。《后汉书·孔融传》载："（孔融）宽容少忌，好士，喜诱益后进。及退闲职，宾客日盈其门。常叹曰：'坐上客恒满，尊中酒不空，吾无忧矣。'"

〔4〕西园雅集：西园，在河南省临漳县，相传为曹操所建。曹植曾有《公宴》诗："清夜游西园，飞盖相追随。"后西园便成为雅集、宴游场所的代称。

〔5〕东山丝竹：语出《世说新语》："谢太傅语王右军曰：'中年伤于哀乐，与亲友别，辄作数日恶。'王曰：'年在桑榆，自然至此，正赖丝竹陶写。恒恐儿辈觉，损欣乐之趣。'"后因以"东山丝竹"为中年后以音乐陶情消遣的典故。

〔6〕南部烟花：语出《南部烟花录》，此处代指秦淮歌伎。

【评析】

此秦淮水阁指秦淮河畔的杨氏河房，名停艇听笛水阁，现已不存。上联忆往。"六朝金粉，十里笙歌，裙屐昔年游"，是回想当年游秦淮的情景。"北海豪情”和“西园雅集”指文人聚饮与文会雅集。下联感今。“九曲清波，一帘梦影，楼台依旧好”，写风景如旧，然而作者早已步入中年，秦淮也经历了太平天国战火，物是人非，触目感怀。伤于哀乐，故要用“丝竹”陶写，“烟花”相慰。对联写沧桑之感却出以平淡之语，颇耐寻味。至于对仗工稳，句法流利，乃薛时雨楹联的特色，不复赘言。

浦口城东门堞楼联〔1〕

陈桂生（1767—1840）

字坚木，号芗谷，浙江钱塘（今浙江杭州）人。曾任江宁布政使、甘肃布政使等职，后官至江苏巡抚兼署两江总督。

地轴转洪涛〔2〕，月涌星垂〔3〕，三楚江声分浦溆〔4〕；
天关开重镇〔5〕，烟霏雾敛，六朝山色拥台隍〔6〕。

【注释】

〔1〕选自胡君复原编，常江点校重编《古今联语汇选》第一册。

〔2〕地轴：传说中地有三千六百轴，地轴亦指代大地。

〔3〕月涌星垂：语出杜甫《旅夜书怀》：“星垂平野阔，月涌大江流。”

〔4〕浦溆：水泽边。

〔5〕天关：传说中的天门，亦指险要关隘。

〔6〕台隍：城台与城壕，代指整个城市。

【评析】

浦口城，明洪武四年（1371）筑，城东门名沧波门。万历四十五年（1617）重修，东门改名朝宗门。清嘉庆二十三年（1818），时任江苏巡抚的陈桂生书此联悬于城楼上。“地轴转洪涛”与“天关开重镇”均强调了浦口城地理位置之优越。上下两联对浦口城的描写颇具层次感。上联“月涌星垂”写的是夜景，暗色调；下联“烟霏雾敛”写的是晴天的景象，属于亮色调。上联“三楚江声分浦溆”调动听觉因素，下联“六朝山色拥台隍”则给人以视觉冲击。“拥”字有力，化静为动，仿佛周遭群山皆拱卫浦口。与祖咏《望蓟门》中的“沙场烽火连胡月，海畔云山拥蓟城”有异曲同工之妙。

燕子矶联〔1〕

李　渔

因阻石尤之险〔2〕，得览石头之胜，石兮石兮，我将无咎于石矣；

不逢水势之暴，谁德水性之恬，水哉水哉，吾终有取于水焉。

【注释】

〔1〕选自〔清〕李渔撰《笠翁一家言全集》卷四。

〔2〕石尤：逆风。出自元伊世珍《琅嬛记》引《江湖纪闻》。称古有商人尤某娶石氏女，情好甚笃。尤某远行不归，石氏思念成疾，临终叹曰：“吾恨不能阻其行，以至于此。今凡有商旅远行，吾当作大风为天下妇人阻之。”

【评析】

李渔江行，遇风阻燕子矶，作此联。联下自注曰：“辛亥初夏，阻风燕子矶者凡三日。予祷诸神曰：‘愿为诸胜题联，如其有当，乞反风助我。’遂题此亭及关帝庙、观音阁三联。题毕返舟，风果立变，不竟日而抵京口。是时，同泊之舟不下数百，行人以千纪，咸咄咄称怪云。”

上联嵌五“石”字，下联嵌五“水”字，甚为巧妙。

寄畅园联[1]

爱新觉罗·弘历（1711—1799）

即清乾隆皇帝，庙号高宗，自称十全老人。在位六十年，禅位后训政三年。在编修典籍、平定叛乱、收复边疆等方面颇有功绩。

鸣湍空尘意；
列岫澹烟光[2]。

【注释】

〔1〕选自裴国昌主编《中国名胜楹联大辞典》。

〔2〕岫：峰峦。

【评析】

寄畅园，位于无锡市梁溪区，始建于明正德年间，与瞻园、留园、拙政园并称“江南四大名园”。此联出自弘历《再题寄畅园》诗：“雨余山滴翠，春暮卉争芳。搴薜盘云径，披松渡石梁。鸣湍空尘意，列岫澹烟光。更许传佳话，遮留诗债偿。”一句水，一句山，相映成趣。“鸣湍空尘意”尤似常建《题破山寺后禅院》中“潭影空人心”一句。联语淳雅清空。

无锡梅园联[1]

汪文溥（1869—1925）

字兰皋，号忏庵，别署北海后身，江苏武进人。清光绪二十四年

(1898)任《苏报》编辑，报社被封后，任湖南醴陵县令。光绪三十二年，萍醴革命军起，从中保全革命党人甚众。潮州黄冈之役，以运动军队事被逮，得新军协统刘玉堂及陈蜕庵等营救始释。后赴上海。民国后主《中华实业丛报》《民声日报》等笔政。参加南社、民社、鸥社等。著有《汪文溥日记》《桃源痛史》等。

七二峰〔2〕，三六顷〔3〕，吞若云梦八九〔4〕；
廿四信〔5〕，第一春，化为放翁万千〔6〕。

【注释】

〔1〕选自胡君复原编，常江点校重编《古今联语汇选》第一册。

〔2〕七二峰：指太湖诸岛屿，传有七十二峰。

〔3〕三六顷：三万六千顷之省称，太湖面积的约数。

〔4〕云梦：亦作云瞢，古薮泽名。司马相如《子虚赋》："吞若云梦者八九于其胸中，曾不蒂芥。"

〔5〕廿四信：即二十四番花信风。周煇《清波杂志》："江南自初春至首夏有二十四番风信，梅花风最先，楝花风居后。"

〔6〕放翁万千：语出陆游《梅花绝句六首》其三："何方可化身千亿，一树梅花一放翁。"

【评析】

梅园位于无锡西郊的东山和浒山南坡，南临太湖，北倚龙山。1912年，荣宗敬、荣德生昆仲本着"为天地布芳馨"之宏愿，购地筑园，依山植梅。现为全国重点文物保护单位，江南著名赏梅胜地之一。上联写太湖之巨丽，下联写梅花之盛繁。联中妙用数字作对仗，天然工致。

梅园秋丹阁联[1]

秦宝瓒（1856—1928）

字岐臣、岐农，号稚云、懒云、瞶叟，江苏无锡人。曾任无锡县视学员、劝学所总董事。工书画，善诗文，著有《吉金韵录》《晚红轩诗稿》《勘觚斋金石文考》等。

风味似孤山[2]，手种梅花，前身合是林和靖；
芳邻接万顷，胸罗丘壑，披图仿佛李将军[3]。

【注释】

〔1〕选自裴国昌主编《中国名胜楹联大辞典》。

〔2〕孤山：处杭州西湖中，风物清幽。宋代林逋曾隐居于此，喜种梅养鹤，有“梅妻鹤子”之称。

〔3〕披图：展阅图册、图画。李将军：唐武卫大将军李思训，人称“大李将军”，其子李昭道，人称“小李将军”。二人均为著名画家，尤工山水。此处意在说明梅园风景绝佳，使人如在画中。

【评析】

秋丹阁在梅园内，形似小舟，俗称岸船。上联写梅，以孤山作比，并赞园主人清介高洁似林和靖。下联以太湖映衬梅园，并以李将军山水画比喻梅园之景，气象阔大。作者创作此联时，梅园历史尚较为短暂，故而此联较少正面描写梅园景色，而是运用两个典故，引起读者联想，为梅园增添更多的人文气息，可谓别出心裁。

梅园秋丹阁联[1]

孙肇圻(1881—1953)

字北萱,号颂陀,晚号蒲石居士,江苏无锡人。清光绪二十八年(1902)诸生,民国后历任山东省教育研究所所长、江苏省教育厅秘书长、无锡万安市总董等。工书善画,著有《箫心剑气楼诗存》《甲申杂咏》。

寻思脉脉[2],心绪愔愔[3],漠漠楼台[4],年华闲中黯黯[5];

凉月珊珊[6],一枝滟滟[7],蒙蒙香雪[8],落花风去匆匆[9]。

【注释】

〔1〕选自裴国昌主编《中国名胜楹联大辞典》。

〔2〕脉脉:连绵不断貌。龚自珍《浣溪沙二首》其二:“风胫灯青香篆寒,寻思脉脉未成眠,欹鬟沉坐溜犀钿。”

〔3〕愔愔:幽深、深折貌。龚自珍《高阳台》:“嚼曲含香,吹笙聘月,华年心绪愔愔。”

〔4〕漠漠楼台:语出龚自珍《点绛唇·十月二日马上作》:“一帽红尘,行来韦杜人家北。满城风色,漠漠楼台隔。”

〔5〕年华闲中黯黯:语出龚自珍《端正好》:“数年华闲中黯黯,记不起谁思谁怨。”

〔6〕凉月珊珊:语出龚自珍《意难忘》:“凉月珊珊,伴兰心玉性,试语还难。”

〔7〕一枝滟滟:语出龚自珍《梦行云》:“一枝艳艳文窗外,梨花凉弄影。”

〔8〕蒙蒙香雪:语出龚自珍《虞美人》:“笛声叫起倦魂时。飞过蒙蒙香雪一千枝。”

〔9〕落花风去匆匆:语出龚自珍《江城子·自题羽陵春晚画册改隔溪梅令之作》:“留仙裙褶晚来松。落花风,去匆匆。”

【评析】

此联集定盦词句而成。上联书登楼之感，下联写梅园之景。联中之中叠字，“脉脉”“愔愔”“黯黯”，皆写愁绪。“滟滟”“蒙蒙”“匆匆”，分别写梅花初绽、盛开、飘落的状态，因集句为联，故极具巧思。

梅园诵豳堂联[1]

康有为（1858—1927）

字广厦，号长素，广东南海人，人称康南海。清光绪十四年（1888），参加顺天乡试，上书光绪帝请求变法，受阻未上达。《马关条约》签订后，联合千余名举人上万言书，即所谓“公车上书”。其后成立强学会，创办《万国公报》，鼓吹维新。光绪二十四年（1898）行戊戌变法，变法失败后流亡日本，组织保皇会，鼓吹开明专制，反对革命。辛亥革命后，反对共和制。1917年与张勋发动复辟，拥立溥仪登基，不久失败。1927年病逝于青岛。著有《新学伪经考》《孔子改制考》《人类公理》《广艺舟双楫》《康子篇》等。

坦腹纳震泽[2]；

高怀偃惠山[3]。

【注释】

〔1〕选自裴国昌主编《中国名胜楹联大辞典》。

〔2〕坦腹：舒身仰卧，坦露胸腹。王羲之东床坦腹，遂被郗太傅择为女婿。

〔3〕偃：倒伏。此处为使动用法，意即令惠山倾倒。

【评析】

诵豳堂位于无锡荣氏梅园内，于1916年建成。取《诗经·豳风》稼穑艰难之意作为堂名。坦露腹部可以容纳震泽之水，内心宽大足以令惠山倾倒。此联运用夸张的修辞手法，意在强调读书人应胸怀宽广，海纳百川。

无锡鼋头渚联〔1〕

孙继皋（1550—1610）

字以德，号柏潭，南直隶无锡（今江苏无锡）人。明万历二年（1574）状元。任翰林院修撰。历任经筵讲官、少詹事兼侍读学士、礼部转吏部侍郎等职。后因上疏劝谏，触忤万历，被迫致仕，晚年讲学于东林书院。死后被追赠为礼部尚书。著有《孙宗伯集》《柏潭集》。

天浮一鼋出；
山挟万龙趋。

【注释】

〔1〕选自胡君复原编，常江点校重编《古今联语汇选》第一册。

【评析】

鼋头渚，位于无锡滨湖半岛，横卧太湖西北岸。因巨石突入湖中，形状酷似神龟昂首而得名。联语出自孙继皋《鼋头渚游眺同蒋文学王茂才》颈联。全诗曰："渚势欲吞湖，湖流归旧吴。天浮一鼋出，山挟万龙趋。浪急悬崖动，风颠系艇孤。持竿堪此地，渔钓本吾徒。"此联极具动感，上下联均化静为动。"天浮一鼋出"写鼋头渚横卧江中之状，"山挟万龙趋"则以周围山势映带鼋头渚，颇具立体感。

鼋头渚澄澜堂联[1]

陈夔龙（1857—1948）

字筱石，号庸庵、花近楼主，贵州贵筑（今贵州贵阳）人。清光绪十二年（1886）进士，历任顺天府尹、河南布政使、河南巡抚、江苏巡抚、四川总督、直隶总督等职。清亡后隐居上海。张勋复辟时曾任弼德院顾问大臣。复辟失败，再度匿居沪上，以风月自娱。著有《梦蕉亭杂记》《庸庵尚书奏议》《花近楼诗存》等。

山横马迹[2]，渚峙鼋头，尽纳湖光开绿野；
雨卷珠帘，云飞画栋[3]，此间风景胜洪都[4]。

【注释】

〔1〕选自裴国昌主编《中国名胜楹联大辞典》。

〔2〕马迹：马迹山，古称夫椒山，位于无锡的西南端，雄踞太湖的西北部。西北狭窄、东北宽广，状如骏马，由此得名。马迹山原为太湖孤岛，是太湖第二大岛屿，1970年经围湖造田后现已成为半岛，设马山镇。

〔3〕雨卷珠帘，云飞画栋：语出王勃《滕王阁诗》："画栋朝飞南浦云，珠帘暮卷西山雨。"

〔4〕洪都：南昌别称，滕王阁坐落于此。

【评析】

澄澜堂位于充山半山腰，建成于1931年，仿宋、明宫殿式，气势宏伟。上联实写登澄澜堂所览太湖马迹山、鼋头渚景色，山水尽纳眼底。下联则以滕王阁作比，认为此地风景远胜南昌。此联气势宏阔，对仗颇工。"绿野""洪都"为借对。

蠡园联[1]

孙保圻（1875—1945）

字希侠，号审懿，晚号慨翁，无锡县石塘湾人。同盟会会员，曾任《锡金日报》主笔。无锡光复后，先后担任军政分府司令部副总理和副司令。后军政分府撤销，成立民政署，孙保圻即退出无锡地方政府。著有《慨翁诗录》《振奇阁杂录》《慨翁笔记》等。

鸥侣无猜[2]，四面云山谁作主；
鸱夷安在[3]，五湖烟水独忘机。

【注释】

〔1〕选自裴国昌主编《中国名胜楹联大辞典》。

〔2〕鸥侣无猜：语出《列子》："海上之人有好沤鸟者，每旦之海上，从沤鸟游，沤鸟之至者百住而不止。其父曰：'吾闻沤鸟皆从汝游，汝取来，吾玩之。'明日之海上，沤鸟舞而不下也。"

〔3〕鸱夷：范蠡功成身退，乘扁舟遨游五湖，自号鸱夷子皮。

【评析】

蠡园位于无锡市蠡湖之滨，为民国商人王禹卿别业。蠡湖，又名五里湖，相传春秋时越国大夫范蠡退隐后与西施泛舟于此。湖因人得名，园因湖得名。上联讲人与自然和谐相处的状态。没有机心，方能"鸥侣无猜"。"四面云山谁作主"则令人想起苏轼的《前赤壁赋》："且夫天地之间，物各有主，苟非吾之所有，虽一毫而莫取。惟江上之清风，与山间之明月，耳得之而为声，目遇之而成色，取之无禁，用之不竭，是造物者之无尽藏也，而吾与子之所共适。"唯有摒弃强烈的功利心、占有欲等世俗之情，没有执念与挂碍，才能真正用心地去感受身边的事物，享受生活。下联则回忆范蠡洞彻时局，急流勇退，最终成功保全自己，逍遥自在。全联表达了作者对范蠡的钦慕及对隐逸生活的向往。

无锡万顷堂联〔1〕

陆士奎（1866—1921）

字耀星，号涤如，江苏无锡人。清光绪二十年（1894）进士，授翰林院庶吉士。历任安徽英山、桐城、凤阳、蒙城、怀宁、宣城、舒城等地知县，民国后任江西吏治研究所所长、广德县知事。著有《颐萱堂诗文集》。

如上岳阳楼，望万顷湖光，重忆希文椽笔〔2〕；
遥瞻吴越界，指一帆风影，可来蠡湖扁舟。

【注释】

〔1〕选自裴国昌主编《中国名胜楹联大辞典》。

〔2〕希文椽笔：希文，范仲淹。椽笔，如椽大笔，指文笔卓然，范仲淹有《岳阳楼记》一文名世。

【评析】

万顷堂位于管社山南坡，与中犊山隔湖相对，原为潮神庙，由杨翰西等人于清光绪三十二年（1906）改建而成。此处观赏太湖，风景极佳。上联实景虚写，以范仲淹笔下的洞庭湖作比，“衔远山，吞长江，浩浩汤汤，横无际涯，朝晖夕阴，气象万千”，或“淫雨霏霏，连月不开”，或“春和景明，波澜不惊”，又或“长烟一空，皓月千里”，作者登临万顷堂，遥望万顷烟波，不禁想起《岳阳楼记》中的描写。下联由景思古，联想到泛舟五湖的范蠡，他功成身退，无拘无束，逍遥自在。作者欣赏湖光山色的同时追慕前贤，文笔流畅，意蕴深远。

江阴吴季札墓碑亭联〔1〕

郑　鄤（1594—1638）

字谦止，号峚阳，南直隶常州府武进县（今江苏常州）人。明天启二年（1622）进士，选庶吉士。因批判内阁首辅温体仁，遭其陷害，又受杨嗣昌上疏中伤，最终负谤，被处以凌迟极刑。著作有《峚阳草堂诗集》《峚阳草堂说书》及《天山自叙年谱》。

星斗芒寒君子墓；
风雷灵护圣人碑。

【注释】

〔1〕选自〔清〕梁章钜等撰，白化文、李鼎霞点校《楹联丛话》卷六。

【评析】

吴季札，春秋时吴王寿梦第四子。学养深厚，精通乐理，曾效仿先贤三让王位，被后人尊称为“至德第三人”。吴季札墓位于江阴市申港镇。梁章钜《楹联丛话》卷六：“吴季札墓在江阴县西二十五里，墓中古篆九字，相传为孔子所题。碑仆中断，一夕雷雨，碑石完好如故，但微有断痕耳。碑亭联云：‘星斗芒寒君子墓；风雷灵护圣人碑。’不知何时何人所题也。”按，此联为明末郑鄤所撰。季札三让王位，挂剑徐君之墓，为世人所钦仰。“芒寒”指光色清冷而纯正，往往比喻人的品行高洁、端正。“星斗芒寒君子墓”是对季札高尚品格的高度赞誉。传闻此碑曾经仆地中断，雷雨后完好如初。天地有灵，星斗风雷也紧紧守护季札墓碑。此联构思独特，遒劲有力。

江阴浮远堂联[1]

李　珏（1219—1307）

字元晖，号鹤田，吉水（今属江西）人。宋末批差充干办御前翰林司，主管御览书籍，除阁门宣赞舍人。入元不仕。与汪元量多有酬唱。

此水自当兵十万；
昔人曾有客三千[2]。

【注释】

〔1〕选自〔明〕李诩撰，魏连科点校《戒庵老人漫笔》（中华书局1982年版）。

〔2〕昔人：相传战国末年，春申君黄歇被李园所杀之后，即葬于此山西麓。吴地百姓为纪念他，名此山为君山。

【评析】

浮远堂，在江阴城北君山上，可俯瞰长江、遥望淮水。宋高宗绍兴二十年（1150）修建，因苏轼有"江远欲浮天"诗，用其意命名。《梅磵诗话》载："江阴乃春申君旧封，君山浮远堂瞰江对淮，为一郡佳境。李鹤田一联云云，人多称诵。"上联突出江阴的险要地势。长江水势浩大，为天然险阻。《明太宗实录》卷九上载："建文君复问：'今奈何？'孝孺徐曰：'长江可当十万兵，江北船已遣人尽烧之矣。北兵能飞度？况天气蒸，易以染疾。不十日，彼自退。若遽渡江，只送死耳。'"下联追想春申君昔日门下养客的盛况，"三千"为虚指。此联大开大合，简明有力，故能脍炙人口。

宜兴玉女潭联[1]

叶向高（1559—1627）

字进卿，号台山，晚号福庐山人，福建福州府福清县人。明万历十一年（1583）进士，授翰林院编修，历任南京国子监司业、太子左中允、太子左庶子、南京礼部右侍郎、礼部尚书等职，后二度官至首辅。老成谋国，有效遏制阉党势力。明天启四年（1624）致仕，三年后病逝。崇祯初年，被追赠太师，谥文忠。著有《纶扉奏草》《苍霞诗草》《玉堂纲鉴》《福庐灵岩志》等。

仙人洞古埋苍藓；
玉女潭空漾碧流。

【注释】

〔1〕选自裴国昌主编《中国名胜楹联大辞典》。

【评析】

玉女潭位于宜兴市湖滏镇莲子山上。玉女潭建园于中唐时。明嘉靖间，史际于阳羡建玉潭仙院，多有文人题咏。此联为叶向高《游玉女潭诗》颔联，全诗曰："路入荆溪景倍幽，芳尊随处足娱游。仙人洞古埋苍藓，玉女潭空漾碧流。短棹凌波孤月晓，轻舆度壑万峰秋。招欢况有群贤聚，欲向山灵乞一丘。"玉女潭三面石壁相依，下有绝壑深渊，潭水清冽湛碧。四周古木掩映，清静幽深。"埋"字表明历时之长，颇为厚重。"漾"字则清新灵动，为幽静深邃的玉女潭增添了另一番风味。

徐州云龙山联[1]

王凤池(1838—1903)

字琴九,徐州铜山人。清光绪间举人,任江南候补教谕。后隐于潜园以终。

大地俯青徐[2],看残落日平原,百战河山谁楚汉;
孤亭绕紫嶂,倚遍疏帘画槛,千秋风月共苏张[3]。

【注释】

〔1〕选自胡君复原编,常江点校重编《古今联语汇选》第一册。

〔2〕青徐:青州与徐州的并称。

〔3〕苏张:指苏轼、张天骥。张天骥,北宋道士,隐居徐州云龙山,自称云龙山人,是苏轼知徐州时的好友。

【评析】

徐州自古为兵家必争的要地,登山望远,俯见青徐大地,落日平原,因念此地历史上曾经历过无数战争。下联写作者于放鹤亭上遐想苏轼与云龙山人的轶事。河山依旧,那些逐鹿争鼎者现在早已湮没在历史的风烟之中,唯有东坡与云龙山人的风雅旧事与千秋清风明月共传不朽。上联沉郁多慨,下联疏宕飘逸,可谓佳作。

徐州放鹤亭联[1]

佚　名

于东山之麓,升高得景,放鹤适其所隐;

比西湖之屿[2],随处皆梅,作亭名亦相宜。

【注释】

〔1〕选自胡君复原编,常江点校重编《古今联语汇选》第一册。

〔2〕西湖之屿:指杭州孤山。

【评析】

放鹤亭位于徐州云龙山上。北宋隐士张天骥建此亭,每日在山上放飞所豢之鹤,因此得名,苏轼曾著有《放鹤亭记》。上联写放鹤亭之位置,谓其宜于放鹤。下联将徐州放鹤亭与杭州孤山放鹤亭相比,两地均景致清幽,梅花环绕,故宜放鹤归隐。联中亦是将张天骥与林逋并举,两位隐士高风亮节,皆好梅鹤,堪称一段佳话。

燕子楼联[1]

司铎高(生卒年不详)

天主教神父,生平事迹不详。

血泪洒鸾笺[2],七字清吟酬白傅[3];

香魂依燕幕,千秋遗迹并黄楼[4]。

【注释】

〔1〕选自胡君复原编,常江点校重编《古今联语汇选》第一册。

〔2〕鸾笺:即彩笺。

〔3〕白傅:即白居易。曾作诗《燕子楼》三首,中有名句如“燕子楼中霜月夜,秋来只为一人长”“见说白杨堪作柱,争教红粉不成灰”等。

〔4〕黄楼:故址在今徐州市。苏轼曾作《黄楼赋》,苏辙、秦观等名士均曾登楼

游赏。

【评析】

燕子楼位于徐州,唐武宁军节度使张愔为其爱妾关盼盼特建此楼。张愔死后,关盼盼誓不改嫁,在燕子楼中终老余生。相传白居易在《燕子楼》三首外,另有一诗:“黄金不惜买蛾眉,拣得如花四五枝。歌舞教成心力尽,一朝身去不相随。”诗中有责备关盼盼不随张愔而死之意。关盼盼闻后哭诉自己并非贪生怕死,而是怕后人说张愔重色,玷污了他的德行。于是和诗以明心志:“自守空楼敛恨眉,形同春后牡丹枝。舍人不会人深意,讶道泉台不去随。”因为七绝每句七个字,所以说“七字清吟酬白傅”。上联意在展现关盼盼的一往情深与深明大义。下联“千秋遗迹并黄楼”,则充分展现了后人对其行为与精神之肯定。

燕子楼联[1]

程锡龄(生卒年不详)

字与九,安徽全椒人。生平事迹不详。

歌韵擅风流,纵仆射多情[2],难得青楼拚一死;

芳心嗟寂寞,赖香山绝唱[3],顿教红粉艳千秋。

【注释】

〔1〕选自胡君复原编,常江点校重编《古今联语汇选》第一册。

〔2〕仆射:指张愔,死后被追赠为尚书右仆射。

〔3〕香山:指白居易,号香山居士。

【评析】

此联讨论了关盼盼名播后世的原因。按照古代伦常逻辑与世俗观念，关盼盼未能殉情，有愧张愔恩情，本不值一提。然而，关盼盼正是通过与白居易的唱和，表明心志，从而获得了世人的理解、同情与尊重。

常州盟鸥馆联〔1〕

龚自珍（1792—1841）

字璱人，号定盦，浙江仁和（今杭州）人。应试之路坎坷，清道光九年（1829）进士。曾任内阁中书、宗人府主事、礼部主事等职。为人正直刚狷，富有革新精神。与林则徐交往甚密，曾作《送钦差大臣侯官林公序》坚决支持其禁烟行为。道光二十年（1840）辞官南归，次年卒于镇江云阳书院。著有《春秋决事比》《五经大义始终论》《西域置行省议》等。

别馆署盟鸥〔2〕，列两行玉佩珠帘，幻出空中楼阁；

新巢容社燕〔3〕，约几个晨星旧雨〔4〕，来寻梦里家山〔5〕。

【注释】

〔1〕选自〔清〕梁章钜等撰，白化文、李鼎霞点校《楹联丛话》卷五。

〔2〕盟鸥：谓与鸥鸟订盟同住水乡，喻退隐。陆游《雨夜怀唐安》诗："小阁帘栊频梦蝶，平湖烟水已盟鸥。"

〔3〕社燕：燕子春社时来，秋社时去，故称"社燕"。

〔4〕晨星：晨见之星。常以喻人或物之稀少。苏轼《祭范蜀公文》："既历三世，悉为名臣，今如晨星，存者几人。"旧雨：语出杜甫《秋述》："常时车马之客，旧，雨来；今，雨不来。"谓过去宾客遇雨也来，而今遇雨却不来了。后以"旧雨"作为老友的代称。

〔5〕家山：谓故乡。钱起《送李栖桐道举擢第还乡省侍》："莲舟同宿浦，柳岸向家山。"

【评析】

盟鸥馆，在常州武进，为毗陵周仪暐先世所辟，结客甚盛。后家道中落，旋售去。龚自珍下榻盟鸥馆时，应周仪暐所请，撰写此联。周仪暐喜爱非常，特请人将对联镌刻于楹柱之上。上联切题，描绘盟鸥馆景致，并生发联想。下联的"新巢容社燕"，用比兴法。新巢，指盟鸥馆；社燕，形容自己及周仪暐等人。"晨星旧雨"，指故交零落，不复旧时晏游之盛。龚自珍、周仪暐等人常游宦在外，盟鸥馆就成为"梦里家山"了。全联极具浪漫色彩，"幻出空中楼阁""来寻梦里家山"等语，均令人浮想联翩。

常州皇华亭联[1]

韩锡胙（1716—1776）

字介屏，号湘岩，别署少微山人、妙有山人，浙江青田人。清乾隆十二年（1747）举人，历仕平阴、禹城、平原、齐河、莱阳等地知县及青田县太鹤山麓正谊书院、德州繁露书院山长。后任松江府知府、松太兵备道，升苏松督粮道，未就任而卒。著有《滑疑集》，杂剧《南山法曲》，传奇《渔村记》《砭真记》等。

津路控吴趋[2]，君子至斯欣得见[3]；

邮亭掬惠水[4]，好山相对欲忘机。

【注释】

〔1〕选自裴国昌主编《中国名胜楹联大辞典》。

〔2〕津路：水路。吴趋：门外为趋，吴趋意即吴门、吴地。

〔3〕君子至斯：语出《论语·八佾》："君子之至于斯也，吾未尝不得见也。"

〔4〕邮亭：驿馆；递送文书者投止之处。《墨子·杂守》："筑邮亭者圜之。"《汉书·薛宣传》："过其县，桥梁、邮亭不修。"颜师古注："邮，行书之舍，亦如今之驿及行道馆舍也。"掬：两手相合捧物。

【评析】

皇华亭是古时大运河常州城区段三个接官亭中级别最高的一处。常州又称毗陵，因此这里的驿站被称为毗陵驿，它在当时是仅次于金陵驿的江南大驿。因《诗经·小雅》有《皇皇者华》篇，《诗序》认为是君遣使臣之作，皇华亭因此作为接官亭的雅称。上联点出皇华亭优越的地理位置，因在运河边，故用"津路"。"君子至斯欣得见"则表明了皇华亭作为接官之地的重要作用。下联则对皇华亭周边的秀水青山进行描绘，层次井然。

苏州甪直保圣寺联〔1〕

赵孟頫（1254—1322）

字子昂，号松雪道人、鸥波、水精宫道人，两浙西路乌程（今浙江湖州）人。元至元二十三年（1286）出仕元朝，授刑部主事，游宦北方，后仕宦江南，官至翰林学士承旨、荣禄大夫。独创"赵体"书法，擅长文人写意画，篆刻以"元朱文"为世人所称。亦善诗文，有《松雪斋文集》。

梵宫敕建梁朝〔2〕，推甫里禅林第一〔3〕；
罗汉塑源惠之，为江南佛家无双。

【注释】

〔1〕选自教育部保存吴县甪直唐塑委员会编《甪直保圣寺唐塑一览》（1929年铅印本）。

〔2〕梵宫：佛殿。

〔3〕甫里：甪直镇古称。

【评析】

保圣寺位于苏州甪直镇，原名保圣教寺，据《〔同治〕甫里志》记载，敕建于梁天监二年（503），为“南朝四百八十寺”之一。《苏州府志》则载：“保圣教寺在二十都甫里，唐大中间建，宋熙宁六年僧惟吉重修，明成化二十三年重修。寺之西庑即白莲寺，唐陆龟蒙祠在焉。咸丰十年大殿毁。”《府志》尚未上推至梁。寺内古物馆中的塑壁罗汉相传为唐代塑圣杨惠之所造。顾颉刚《甪直保圣寺唐塑一览》文中认为圣保寺中的罗汉虽不出自杨惠之手，但其中未必无杨惠之手法遗存。此联描述甪直保圣寺历史及罗汉像之由来，并对之做出高度评价。

苏州拙政园联〔1〕

朱福清（1837—？）

字湛卿，号仙槎，浙江归安人。附监生，以剿捻出力，官江苏候补道。有《双清阁袖中诗》《鸳湖求旧录》等，参与编纂《浙江通志》。

旧雨集名园，风前煎茗〔2〕，琴酒留题，诸公回望燕云〔3〕，应喜清游同茂苑〔4〕；

德星临吴会〔5〕，花外停旌〔6〕，桑麻闲课，笑我徒寻鸿雪〔7〕，竟无佳句续梅村〔8〕。

【注释】

〔1〕选自裴国昌主编《中国名胜楹联大辞典》。

〔2〕煎茗：即煎茶、烹茶。

〔3〕燕云：五代时，后晋石敬瑭以燕云十六州割让给契丹。燕指幽州，云指云州。

后以“燕云”泛指华北地区。明清时期亦指京畿一带。

〔4〕茂苑：古苑名，又名长洲苑，故址在今江苏省苏州市西南，后也作苏州的代称。左思《吴都赋》：“造姑苏之高台，临四远而特建。带朝夕之浚池，佩长洲之茂苑。”

〔5〕德星：古以景星、岁星等为德星，认为国有道有福或有贤人出现，则德星现。后亦以德星喻指贤士。

〔6〕停旌：官员停留。旌，仪仗物。

〔7〕鸿雪：鸿鸟在雪泥上留下的爪印，比喻踪迹、陈迹。苏轼《和子由渑池怀旧》：“人生到处知何似，应似飞鸿踏雪泥。泥上偶然留爪印，鸿飞那复计东西。”

〔8〕梅村：指吴伟业，字骏公，号梅村，江苏太仓人。明崇祯年间进士，后仕清，授秘书院侍讲，擢国子监祭酒。诗文绝佳，为“江左三大家”之一。有《梅村集》。

【评析】

拙政园在苏州。明正德年间，御史王献臣以大弘寺基建造宅园。据潘岳《闲居赋》“孝乎惟孝，友于兄弟，此亦拙者之为政也”句意，命名为拙政园。其后屡次易主，迭经废兴。清咸丰十年（1860），太平军据苏州，园子为李秀成忠王府。之后曾作为江苏巡抚李鸿章、张之万行辕驻所和八旗奉直会馆。此联当作于清光绪二十二年（1896）左右，原悬于远香堂壁柱，朱福清撰，元和陆润庠书。联语主要记载拙政园的一场雅集活动。“风前煎茗，琴酒留题”，写雅集之况。“诸公”二句，谓诸公若忆及昔日京师雅集清游之盛，与今日姑苏茂苑之游应同。盛赞同游诸公，而自谦“竟无佳句续梅村”。虽为应酬之作，然亦颇能铺陈，笔力非凡。下联“德星临吴会”一句盛赞陆润庠。光绪二十一年年底，总理各国事务衙门奏请谕令各省设立商务局。两江总督张之洞奏令陆润庠总办苏州商务，陆润庠遂在苏州创办苏纶纱厂和苏经丝厂。下联中“花外停旌，桑麻闲课”，写总办商务的情况。末二句自谦，言自己才笔粗拙，不能续作吴梅村的歌行体名篇《咏拙政园山茶花》。按，顺治十年（1653），陈之遴购得拙政园，重加修葺，备极奢丽。园内有宝珠山茶三四株，花时巨丽鲜妍，为江南所仅见。陈之遴后以党争戍宁古塔，吴伟业为此赋诗，为梅村体的代表作之一。光绪三年（1877），原拙政园之西部汪氏园宅为张履谦购得，大加修葺，易名为补园，内建十八曼陀罗花馆，南厅前有小院，栽植名贵山茶花“十八学士”多株,故此得名。内悬清末状元陆润庠写的行楷额匾“十八曼陀罗”。联中“竟无佳句续梅村”,或为朱福清辞张氏作补园山茶花诗之请。

拙政园联〔1〕

王藻林(?—1929)

娄东(今江苏太仓)人,生平事迹不详。

拙补以勤,问当年学士联吟,月下花前,留得几人诗酒;

政余自暇,看此日名公雅集,辽东冀北,蔚成一代文章。

【注释】

〔1〕选自裴国昌主编《中国名胜楹联大辞典》。

【评析】

原署“光绪丁亥秋八月,娄东王藻林撰句并书”。丁亥为光绪十三年(1887),此年拙政园曾经修葺,改建园门,拓其旧制,并建澄观楼于池之上。此为嵌字联,上联首字和下联首字分别嵌“拙”“政”两字。上联回忆昔日吴伟业等学士名公在此园诗酒酬唱的盛况。下联则讲今日来自辽东、冀北的名公又在此雅集,酬唱诗文足堪代表一代文章,恭维之意明显。因此时拙政园为八旗奉直会馆,故言“辽东冀北”,盖与会者多满人也。

拙政园得真亭联〔1〕

康有为

松柏有本性;

金石见盟心[2]。

【注释】

〔1〕选自裴国昌主编《中国名胜楹联大辞典》。

〔2〕金石：金和美石之属，常用以比喻事物的坚固、刚强，心志的坚定、忠贞。

【评析】

得真亭在拙政园内，小飞虹之南，亭北向，东临水，西南与廊通，方形平面，卷棚，歇山顶。得真亭取名于《荀子》“至于松柏，经隆冬而不凋，蒙霜雪而不变，可谓得其真矣”。刘桢《赠从弟三首·其二》末句“松柏有本性”，康联集为上联，下联自对。“金石见盟心”，言交道之真有如金石，坚不可移，绝不渝盟。此联古质如汉魏五言诗，亦可视作座右铭。

狮子林半亭联[1]

桂　馥（1736—1805）

字未谷，一字冬卉，号雩门，别号萧然山外史，山东曲阜人。清乾隆五十五年（1790）进士，后任云南永平县知县。精文字训诂、金石篆刻之学，为清代《说文》四大家之一。著有《札朴》《缪篆分韵》《说文义证》《晚学集》等。或曰此联下署“云门桂文”，则作者非桂馥而为桂文，存疑。

相赏有松石间意[2]；

望之若神仙中人[3]。

【注释】

〔1〕选自裴国昌主编《中国名胜楹联大辞典》。

〔2〕松石间意：语出《宋书·萧思话传》："（萧思话）尝从太祖登钟山北岭，中道有磐石清泉，上使于石上弹琴，因赐以银钟酒，谓曰：'相赏有松石间意。'"

〔3〕神仙中人：指神采、仪态、服饰、举止不同凡俗的人。《晋书·王恭传》："恭美姿仪，人多爱悦，或目之云'濯濯如春月柳'。尝被鹤氅裘，涉雪而行，孟昶窥见之，叹曰：'此真神仙中人也！'"

【评析】

狮子林位于苏州城区东北，为苏州四大名园之一。始建于元代至正二年（1342），元高僧天如禅师弟子为奉其师所造。初名"狮子林寺"，后易名"普提正宗寺""圣恩寺"。园内石峰林立，多状似狮子，故名"狮子林"。清康熙间归黄氏。乾隆三十六年（1771），园主人之子黄轩高中状元，精修府第，重整庭院，取名"五松园"。此联化用前人成句，可谓天然对仗。既赏园中松石之佳，复赞主人之姿。清新淡雅，妥帖自然。

狮子林指柏轩联[1]

费德保（约1847—？）

字芝云，江苏苏州人。曾任兵部候补主事、吴县令。后旅居上海，民国时曾任洞庭西山旅沪同乡会董事。工诗善书，著有《庚子北京避难记》。

丘壑现奇观，古往今来，世居娄水[2]，历数吴宫花草，顾辟疆[3]，刘寒碧[4]，徐拙政[5]，宋网师[6]，屈指细评量，大好楼台夸茂苑；

溪堂识真趣，地杰人灵，家孚殳山[7]，缅怀元代园林，前鹤市[8]，后鸿城[9]，近鸡陂[10]，远虎丘，迎眸纵登眺，自然风月胜沧浪。

【注释】

〔1〕选自裴国昌主编《中国名胜楹联大辞典》。

〔2〕娄水：指娄江。西起苏州娄门，东至昆山、太仓交界，下接浏河。

〔3〕顾辟疆：指晋代顾辟疆的辟疆园，后废。

〔4〕刘寒碧：指清代刘恕的寒碧山庄，今名留园。

〔5〕徐拙政：指明代徐泰时的拙政园。

〔6〕宋网师：指清代宋宗元的网师园。

〔7〕殳山：在浙江嘉兴。

〔8〕鹤市：语出《吴越春秋》："吴王阖闾有女，因怒王而自杀。王痛之，厚葬于阊门外。下葬之日，王令舞白鹤于吴市中，令万民随而观之，还使男女与白鹤俱入羡门，因发机以掩之，杀生以送死。"后即以"鹤市"别称姑苏，即今江苏省苏州市。

〔9〕鸿城：即古越王城，在苏州娄门外。

〔10〕鸡陂：吴王养鸡处，在娄门外。

【评析】

1917年，贝润生购得狮子林，重加修葺，指柏轩为园中之建筑。轩名取自禅宗"赵州公案"，有僧问禅师如何是祖师西来意，师答曰："庭前柏子树。"此联虽悬于指柏轩，但并非单赋此轩之联。上联"丘壑现奇观"，写狮子林园艺之高明，蔚为奇观。"世居娄水"，指吴江贝氏一支。以下历数吴中地区的名园，以晋代顾氏的辟疆园为首，下及于明清时期刘氏寒碧山庄、徐氏拙政园、宋氏网师园等，而狮子林亦列席其中。下联"溪堂识真趣"，赞狮子林得自然之趣。"家孚殳山"，指元末明初的贝琼。贝琼，字廷琚，浙江崇德人。元明易代之际避张士诚之聘，居于殳山，博览经史。明洪武初与修《元史》，著有《贝清江集》。对联通过贝琼过渡，进而以赋法来铺写"元代园林"，但所谓"元代园林"并非如上联中所举的私家园林，而是指姑苏的自然与历史人文景观："前鹤市，后鸿城，近鸡陂，远虎丘"。四个短句结构相同，分别包含方位词、动物名词、地理名词，颇为奇巧。由狮子林登眺上述诸景，其自然之风月要胜过沧浪亭。此联善于叙事，长于铺陈。下联独具匠心地采取苏州园林艺术中的"借景法"，使狮子林不再囿于园中之丘壑，而是置身于姑苏城这个"大园林"空间中，立意极为高明。

留园石林小院联[1]

陈洪绶（1598—1652）

字章侯，号老莲、云门僧、悔迟等，浙江诸暨人。少师刘宗周，补生员。乡试不第，明崇祯间纳资为监生，奉召摹历代帝王像。明亡后入云门寺为僧。其绘画代表作有《归去来图》《南生鲁四乐图》《折梅仕女图》等，著《宝纶堂集》。

曲径每过三益友[2]；
小庭长对四时花。

【注释】

〔1〕选自裴国昌主编《中国名胜楹联大辞典》。

〔2〕三益友：语出《论语·季氏》："益者三友，损者三友。友直，友谅，友多闻，益矣；友便辟，友善柔，友便佞，损矣。"

【评析】

留园始建于明万历年间，为太仆寺少卿徐泰时的园宅，名为东园。清乾隆年间，园为吴县东山刘恕所得，在故址上改建为寒碧山庄。石林小院得名仿自宋叶梦得的石林精舍，后为刘恕藏石之所，他曾搜罗十二峰石藏于院中。陈老莲此联简易流利，益友时来，佳花常开，令人想见石林小院的雅致清幽。

留园联[1]

盛宣怀(1844—1916)

字杏荪,号愚斋,江苏常州人。诸生。清同治九年(1870),入李鸿章幕,协办洋务。受知于李氏,署知府衔。其后受委办理湖北矿业。光绪五年(1879)署天津河间兵备道。其后历任天津海关道、招商局督办、山东登莱青兵备道道台兼东海关监督、直隶津海关道兼直隶津海关监督。光绪二十二年(1896)督办铁路总公司事务,接办汉阳铁厂、大冶铁矿,三十四年成立汉冶萍煤铁厂矿有限公司,任总经理。宣统三年(1911)因保路运动流亡日本。民国成立后,回国任汉冶萍公司董事长。盛宣怀在清末创办实业,兴办大学,慈善济民,是晚清的重要政治人物与社会精英。

留连酒德,啸傲琴绪[2];
园涉成趣,门设常关[3]。

【注释】

〔1〕选自胡君复原编,常江点校重编《古今联语汇选》第一册。

〔2〕留连酒德,啸傲琴绪:语出王僧达《祭颜光禄文》:“流连酒德,啸歌琴绪。”刘伶曾作《酒德颂》,极言饮酒为乐,后遂以“酒德”泛指饮酒的旨趣与品德。琴绪,琴声所寄托的思绪。

〔3〕园涉成趣,门设常关:语出陶潜《归去来兮辞》:“园日涉以成趣,门虽设而常关。”

【评析】

同治十二年(1873),留园被盛宣怀父盛康购得,重加修葺。此联化用古人成句，借用魏晋人物，寄寓已志。上下联首分嵌“留园”二字，亦称工稳妥帖，别出心裁。

留园涵碧山房联[1]

张之万（1811—1897）

字子青，号銮坡，直隶南皮（今河北沧州）人，张之洞堂兄。清道光二十七年（1847）状元。镇压太平军、捻军有功，清同治间，署河南巡抚，移督漕运，后为江苏巡抚，旋擢闽浙总督等。官至太子太保、东阁大学士。卒谥文达。

卅年前曾记来游，登楼看雨，倚槛临风，俯仰已成今昔感[2]；

三径外重增结构[3]，引水通舟，因峰筑榭，吟歌长集友朋欢。

【注释】

〔1〕选自裴国昌主编《中国名胜楹联大辞典》。

〔2〕俯仰已成今昔感：语出王羲之《兰亭集序》：“向之所欣，俯仰之间，已为陈迹，犹不能不以之兴怀。”

〔3〕三径：语出赵岐《三辅决录・逃名》：“蒋诩归乡里，荆棘塞门，舍中有三径，不出，唯求仲、羊仲从之游。”后因以三径指归隐者的家园。

【评析】

留园涵碧山房，俗称荷花厅，厅高大宽敞，陈设朴素，周围老树浓荫，风亭月榭，迤逦相属。“涵碧山房”之名取自朱熹诗“一水方涵碧，千林已变红”。上联追忆旧游，百感交集。下联却并不沉浸于忧愁之中，涵碧山房重经修葺，大可“引水通舟”“因峰筑榭”，与友朋雅集长啸，从中可见作者积极乐观之心态。

留园至乐亭联〔1〕

郑文源(生卒年不详)

济南诗人。生平事迹不详。

园林甲天下,看吴下游人,载酒携琴,日涉总成彭泽趣〔2〕;

潇洒满江南,自济南到此,疏泉叠石,风光合读涪翁诗〔3〕。

【注释】

〔1〕选自裴国昌主编《中国名胜楹联大辞典》。

〔2〕日涉:语出陶潜《归去来兮辞》:"园日涉以成趣,门虽设而常关。"彭泽:陶渊明任彭泽令,后亦以彭泽指陶渊明。

〔3〕涪翁:黄庭坚别号。黄庭坚诗风生涩、瘦硬、拗峭,被称为"山谷体"。

【评析】

至乐亭在留园西北处山腰上,得名于《阴符经》"至乐性愚,至静性廉"。上联赞美苏州园林之美、游人之盛、意趣之雅。化用陶渊明"园日涉以成趣,门虽设而常关"之句,表现出一种闲适高雅的生活情趣。下联叙作者行迹,自济南而来,咏疏泉叠石之景。黄庭坚多有写景诗,清新秀丽。将园林山水与黄庭坚之诗并称,相得益彰,堪称绝配。联中用回环字,"天下""吴下""江南""济南"相映成趣。

网师园小山丛桂轩联[1]

何绍基(1799—1873)

字子贞,号东洲,别号东洲居士,晚号蝯叟,湖南道州(今湖南永州)人。清道光十六年(1836)进士,授翰林院编修。历任文渊阁校理、国史馆提调、武英殿总纂等,曾为福建、贵州、广东乡试正副考官。咸丰二年(1852),授四川学政。后因条陈时务获谴辞职。先后主讲山东泺源书院、长沙城南书院。后病逝于苏州。何绍基读书渊博,经史湛深。精通小学、金石、诗学、书法等。有《说文段注驳正》《惜道味斋经说》《东洲草堂金石跋》《东洲草堂诗集》《东洲草堂文钞》等著述。

山势盘陀真是画[2];
泉流宛委遂成书[3]。

【注释】

〔1〕选自裴国昌主编《中国名胜楹联大辞典》。

〔2〕盘陀:石不平貌。

〔3〕宛委:弯曲、曲折貌。

【评析】

网师园在苏州城葑门内,旧为南宋户部侍郎史正志“万卷堂”故址。清乾隆间,光禄寺少卿宋宗元致仕后购之并重建,初名“网师小筑”,后定名“网师园”。其后数易其主,清同治初为江苏按察使李鸿裔所有,因在苏舜钦的沧浪亭东,易名“苏东邻”或“苏邻小筑”。联句为元人张端《穹窿寺次倪云林韵》颔联,全诗作:“穹窿佛寺买臣居,台殿犹存汉代余。山势盘陀真是画,泉流宛委遂成书。从渠说梦迷蕉鹿,著我眠云听粥鱼。十顷薄田桑八百,南阳只合卧茅庐。”诗中此联写苏州穹窿山风景,何绍基书写此联以比况网师园水石之佳绝,别具只眼,颇有雅趣。

网师园小山丛桂轩联〔1〕

佚　名

风风雨雨,暖暖寒寒,处处寻寻觅觅;
莺莺燕燕,花花叶叶,卿卿暮暮朝朝。

【注释】

〔1〕选自〔清〕梁章钜等撰,白化文、李鼎霞点校《楹联丛话》卷六。

【评析】

叠字亦是对联一格。此联仿李清照《声声慢》中“寻寻觅觅,冷冷清清,凄凄惨惨戚戚”之句,上下联各连续使用七个叠词,又如《牡丹亭》中杜丽娘游园寻梦,缠绵怅惘,风格纤巧艳冶。

环秀山庄联〔1〕

俞　樾

丘壑在胸中,有画舫补秋,奇峰环秀;
园林占优胜,看寒泉飞雪,高阁涵云。

【注释】

〔1〕选自〔清〕俞樾撰《春在堂楹联录存》。

【评析】

环秀山位于苏州市姑苏区,庄原为五代钱氏金谷园故址,清道光二十九年(1849),汪为仁购得,更名环秀山庄,又名颐园。园内假山堆叠,山水相依,极为精致。联语结构上先合后分,"画舫补秋""奇峰环秀""寒泉飞雪""高阁涵云"为园内四景。此联作者或曰潘世恩,或曰汪开祉,文字亦有小异。因收于俞樾《春在堂楹联录存》中,故知原作者应为俞樾,署他人名者,或系代笔之故。

怡园四时潇洒亭联[1]

顾文彬(1811—1889)

字蔚如,号子山,晚号艮盦、过云楼主,江苏元和(今苏州)人。清道光二十一年(1841)进士,曾任浙江宁绍台道员。怡园主人,富收藏,精赏鉴。著有《过云楼诗》《眉绿楼词》。

石磴扫松阴[2],几曲阑干[3],古木迷鸦峰六六[4];
烟光摇缥瓦[5],一屏新绣[6],芙蓉孔雀夜温温[7]。

【注释】

〔1〕选自胡君复原编,常江点校重编《古今联语汇选》第一册。

〔2〕石磴扫松阴:石磴,石台阶。张炎《忆旧游·登蓬莱阁》:"笑我几番醒醉,石磴扫松阴。任狂客难招,采芳难赠,且自微吟。"

〔3〕几曲阑干:语出张炎《渡江云·次赵元父韵》:"惊嗟。十年心事,几曲阑干,想萧娘声价。"

〔4〕古木迷鸦：语出张炎《高阳台》："古木迷鸦，虚堂起燕，欢游转眼惊心。"峰六六：语出张炎《渔歌子》："峰六六，径三三。"六六，指三十六峰。

〔5〕烟光摇缥瓦：缥瓦，青白色的屋瓦。史达祖《三姝媚》："烟光摇缥瓦。望晴檐多风，柳花如洒。"《说文解字》："缥，帛青白色也。"

〔6〕一屏新绣：语出史达祖《祝英台近·蔷薇》："便愁醺醉青虬，蜿蜿无力，戏穿碎、一屏新绣。"

〔7〕芙蓉孔雀夜温温：语出史达祖《阮郎归·月下感事》："香入梦，粉成尘。情多多断魂。芙蓉孔雀夜温温，愁痕即泪痕。"芙蓉，指褥被上所绣芙蓉图案。孔雀，即孔雀金屏。温温，和暖状。

【评析】

怡园在苏州沧浪区，曾是浙江宁绍台道员顾文彬的园宅，始建于清同治十三年（1874），创成于光绪八年（1882），取《论语》"兄弟怡怡"句意，名曰怡园。此联集张炎与史达祖词而成。张、史二人为南宋雅词的代表，严守音律，辞清境雅，后期作品多有黍离麦秀之感。顾文彬为吴中词人，填词多循姜（夔）张（炎）门径。上联写园景，下联写室景。原词中的词语与意象与怡园的景观交叠融合，构成新的意义场域，体现出集句词的独特魅力。

怡园藕香榭联〔1〕

顾文彬

水云乡〔2〕，松菊径〔3〕，鸥鸟伴〔4〕，凤凰巢〔5〕，醉帽吟鞭〔6〕，烟雨偏宜晴亦好〔7〕；

盘谷序，辋川图〔8〕，谪仙诗，居士谱〔9〕，酒群花队〔10〕，主人起舞客高歌〔11〕。

【注释】

〔1〕选自胡君复原编，常江点校重编《古今联语汇选》第一册。

〔2〕水云乡：语出辛弃疾《鹧鸪天·送元济之归豫章》："诗酒社，水云乡，可堪醉墨几淋浪。"

〔3〕松菊径：指隐士居处。语出辛弃疾《满江红·送徐抚干衡仲之官三山，时马叔会侍郎帅闽》："诗酒社，江山笔。松菊径，云烟屐。"

〔4〕鸥鸟伴：语出辛弃疾《水调歌头·和王正之右司吴江观雪见寄》："谪仙人，鸥鸟伴，两忘机。"

〔5〕凤凰巢：指高士所居之处。语出辛弃疾《玉楼春·寄题文山郑元英巢经楼》："侵天且拟凤凰巢，扫地从他鸲鹆舞。"

〔6〕醉帽吟鞭：语出辛弃疾《临江仙》："醉帽吟鞭花不住，却招花共商量。"

〔7〕烟雨偏宜晴亦好：语出辛弃疾《贺新郎·福州游西湖》："烟雨偏宜晴更好，约略西施未嫁。"此句自苏轼《饮湖上初晴后雨》诗中化出，原诗作"水光潋滟晴方好，山色空蒙雨亦奇。欲把西湖比西子，淡妆浓抹总相宜"。

〔8〕盘谷序，辋川图：语出辛弃疾《行香子·山居客至》："看北山移，盘谷序，辋川图。"盘谷序，语出韩愈《送李愿归盘谷序》："太行之阳有盘谷。盘谷之间，泉甘而土肥，草木丛茂，居民鲜少。"辋川图，王维曾作《辋川图》。

〔9〕谪仙诗，居士谱：语出辛弃疾《最高楼·杨民瞻席上用前韵赋牡丹》："待重寻，居士谱，谪仙诗。"居士谱，欧阳修曾撰《牡丹谱》一卷。

〔10〕酒群花队：语出辛弃疾《六幺令·用陆氏事送玉山令陆德隆侍亲东归吴中》："酒群花队，攀得短辕折。"

〔11〕主人起舞客高歌：语出辛弃疾《鹧鸪天·鹅湖归病起作》："明画烛，洗金荷。主人起舞客齐歌。"

【评析】

此联均集自辛词，连用排比，对仗工稳，颇见手段。上联写怡园之风景，居水云之乡，有松菊之径，与鸥鸟做伴，有凤凰来巢。主人饮酒出游，欣赏这晴雨皆宜的风景，描绘出一幅隐逸之境，令人神往。下联写怡园中的文士雅集场景。撰文、绘图、作诗、赏花，饮酒听乐，宾主陶然相乐。

虎丘真娘墓亭联[1]

刘　墉（1719—1805）

字崇如，号石庵，山东诸城人。军机大臣刘统勋子。清乾隆十六年（1751）中进士，历仕安徽学政、江苏学政、太原知府，体仁阁大学士。会典馆总裁官等。有《石庵诗集》。

香草美人邻，百代艳名齐小小[2]；
茅亭花影宿，一泓清味问憨憨[3]。

【注释】

〔1〕选自胡君复原编，常江点校重编《古今联语汇选》第一册。

〔2〕小小：苏小小，南朝时钱塘名妓。

〔3〕憨憨：憨憨泉，在虎丘旁。相传憨憨法师在此挖地求泉，人笑其痴，后泉水果真涌出，是为憨憨泉。

【评析】

虎丘在苏州姑苏区。《吴地记》载，春秋时虎丘曾为吴王阖闾离宫所在。东周敬王二十四年（前496），阖闾在吴越之战中负伤死去，埋葬于此。相传下葬三日后，金精化为白虎，蹲坐其上，因而得名“虎丘”。东晋时，司徒王珣与其弟司空王珉于剑池两侧建别墅，后舍宅为寺，名为虎丘寺。真娘墓在苏州虎丘西。真娘，吴地名妓，或谓隋人，或谓唐人，以色艺名一时，后以不畏强御自缢。范摅《云溪友议》载：“真娘者，吴国之佳人也，时人比于钱塘苏小小，死葬吴宫之侧，行客慕其华丽，竟为诗题于墓树。”中唐大诗人白居易、刘禹锡、李绅等皆有诗咏之。真娘墓至清中叶已经荒圮湮没。乾隆年间，海陵陈镳游吴，于丛莽中觅得真娘墓残碑与墓址，为之建墓亭。

此联当作于刘墉任江苏学政时。上联赞美真娘，谓真娘墓上之香草得与真娘为邻，并以钱塘苏小小的艳名与真娘相映照。下联写墓亭，首句化用常建《宿王昌龄隐居》诗“茅亭宿花影”句，末句写与真娘墓相去不远的“憨憨泉”。

虎丘月驾轩联〔1〕

洪　钧（1839—1893）

字陶士，号文卿，吴县（今江苏苏州）人。清同治七年（1868）一甲第一名进士，任翰林院修撰。同治九年（1870），出任湖北学政，后任顺天府乡试同考官，历典陕西、山东乡试。光绪九年（1883），迁詹事、内阁学士、兼礼部侍郎。光绪十三年起，充任出使俄国、德国、奥地利、荷兰四国外交大臣。光绪十六年，晋升兵部左侍郎、总理各国事务衙门行走。光绪十八年，因中俄帕米尔争界案遭劾，后病卒。撰有《元史译文证补》。

梁代溯灵踪，有情应感沧桑，几辈复登山〔2〕，来挹清泉洗眼〔3〕；

吴宫征美实，无恙尚留花草〔4〕，何人能说法，且看顽石点头〔5〕。

【注释】

〔1〕选自胡君复原编，常江点校重编《古今联语汇选》第一册。

〔2〕几辈复登山：语出孟浩然《与诸子登岘山》：“江山留胜迹，我辈复登临。”

〔3〕挹：舀取。

〔4〕吴宫征美实，无恙尚留花草：语出李白《登金陵凤凰台》：“吴宫花草埋幽径，晋代衣冠成古丘。”

〔5〕顽石点头：语出《莲社高贤传》：“竺道生入虎丘山，聚石为徒，讲《涅盘经》，群石皆为点头。”

【评析】

此联悬于拥翠山庄月驾轩,月驾轩之名取自《水经注》“峰驻月驾”之意。上联首句写虎丘憨憨泉被发现的过程。梁天监中,僧在虎丘掘地得泉,名憨憨泉。后久湮废。清光绪十年(1884)春,朱修庭、洪钧等于虎丘试剑石右访得憨憨泉。巨石载其上,汲饮甘洌。众人遂在泉边筑拥翠山庄,以保护此泉。下联写生公于虎丘说法令顽石点头故事。此联顿挫有致,今古交织,展现了虎丘的历史沧桑。

虎丘冷香阁联〔1〕

陆　恢(1851—1920)

字廉夫,号狷叟,又号狷盦、破佛盦主人,江苏苏州人。著名画家,曾入湘抚军幕,复从军出关,饱览山川,画艺精进。有《雪霁飞泉图》《雨歇云归图》等名作。

榛莽一丸泥〔2〕,赖名士题碑〔3〕,英雄葬剑〔4〕;

梅花三百树,有远山环抱,高阁凭陵〔5〕。

【注释】

〔1〕选自裴国昌主编《中国名胜楹联大辞典》。

〔2〕榛莽: 杂乱丛生的草木。

〔3〕名士题碑: 自晋代王珉兄弟舍宅为寺后,历代名士于虎丘落墨题咏,挥毫吟诗,留下许多遗迹。

〔4〕英雄葬剑: 吴王阖闾死后,葬于虎丘,据传有宝剑三千把陪葬。

〔5〕凭陵: 逾越,凌驾; 登临其上。

【评析】

冷香阁在苏州虎丘。民国时，吴江金松岑踏雪游虎丘，因见此地无梅，殊觉遗憾，遂倡议与汪鼎丞、费君韦、邱玉符等于拥翠山庄后旷地植梅，并建高阁。仲春至，红苞绿萼，疏影暗香，故名冷香阁。上联从历史发展脉络上综述虎丘：虎丘本是一片荒凉无奇之地，因阖闾墓及历代名士题咏而名满天下。下联则着重描绘冷香阁：梅花、远山、高阁参差错落，并入眼帘，交相辉映，令人神往。

沧浪亭联〔1〕

郭柏荫（1807—1884）

字远堂，福建侯官（今福州）人。清道光十二年（1832）进士，选庶吉士，授翰林院编修。曾任苏松常镇太粮道、江苏布政使并代理巡抚、湖广总督等职。著有《天开图画楼文稿》《嘐嘐言》《续嘐嘐言》等。

渔笛好同听，羡诸君判牍余闲〔2〕，清兴南楼追庾亮〔3〕；
尘缨聊一濯〔4〕，拟明月刺船径去〔5〕，遥情沧海契成连〔6〕。

【注释】

〔1〕选自胡君复原编，常江点校重编《古今联语选》第一册。

〔2〕判牍：批阅公文。

〔3〕南楼追庾亮：语出《世说新语》载：“庾太尉在武昌，秋夜气佳景清，使吏殷浩、王胡之之徒登南楼理咏。音调始遒，闻函道中有屐声甚厉，定是庾公。俄而率左右十许人步来，诸贤欲起避之。公徐云：‘诸君少住，老子于此处兴复不浅！’因便据胡床，与诸人咏谑，竟坐甚得任乐。”

〔4〕尘缨聊一濯：语出《楚辞·渔父》：“渔父莞尔而笑，鼓枻而去，歌曰：‘沧浪之水清兮，可以濯吾缨；沧浪之水浊兮，可以濯吾足。’”

〔5〕刺船：撑船。

〔6〕沧海契成连：成连，春秋时人。伯牙向成连学琴，三年不成。成连带伯牙去海边“移情”，终成天下之妙。

【评析】

沧浪亭在苏州城南三元坊附近，原为五代吴越国广陵王钱元璙之园囿，五代末为中吴军节度使孙承祐别墅。北宋苏舜钦购得，于园内建沧浪亭，后以亭名为园名。内有明道堂、五百名贤祠、看山楼、翠玲珑馆等建筑。上联写自己与僚属游沧浪亭，如庾亮在武昌游南楼之情形。庾亮，郭氏自比。下联扣沧浪之意。言其欲濯缨沧浪之水，洗去世尘。且欲效成连刺船海上。联语清雅飘逸，令人生出世之想。

苏州寒山寺联〔1〕

樊恭煦（1843—1914）

字介轩，浙江仁和（今杭州）人。清同治十年（1871）进士。历任翰林院编修、国史馆纂修、陕西学政、日讲起居注官、文渊阁校理、翰林院侍讲学士、会典馆总纂、广东学政、江苏提学使、苏州布政使等职。

江枫渔火〔2〕，胜地重来，与国清寺并起宗风〔3〕，依旧钟声闻夜半〔4〕；

木屐桦冠，仰天长笑，有寒山集独参妙谛〔5〕，长留诗句在吴中。

【注释】

〔1〕选自胡君复原编，常江点校重编《古今联语汇选》第二册。

〔2〕江枫渔火：语出张继《枫桥夜泊》：“月落乌啼霜满天，江枫渔火对愁眠。”

〔3〕国清寺：位于浙江台州。隋代高僧智𫖮在此寺创立天台宗，国清寺为中国佛教宗派天台宗的发源地。

〔4〕钟声闻夜半：语出张继《枫桥夜泊》："姑苏城外寒山寺，夜半钟声到客船。"

〔5〕妙谛：精妙之真谛。

【评析】

寒山寺在苏州市姑苏区。由唐代名僧寒山、希迁共同创建，属于禅宗中的临济宗。内有大雄宝殿、藏经楼、钟楼、碑廊、枫江楼、霜钟阁等建筑。因张继《枫桥夜泊》中"姑苏城外寒山寺，夜半钟声到客船"一句而闻名遐迩。上联描绘寒山寺，借用了张继《枫桥夜泊》中的意象，并点明了寒山寺在佛教界的重要地位。下联则侧重于对寒山的书写。"木屐桦冠，仰天长笑"八个字生动地刻画出了寒山僧清简朴素、豁达爽朗的形象，随后更是对寒山的诗歌造诣做出了高度评价。全联层次井然。

寒山寺联[1]

叶昌炽（1849—1917）

字兰裳，晚号缘督庐主人，入籍江苏长洲（今苏州）。清光绪十五年（1889）进士，授翰林院庶吉士。历任国史馆协修、纂修、总纂官等职。与撰国史，后入会典馆，修《武备图说》，迁国子监司业，加侍讲衔，擢甘肃学政，引疾归。叶昌炽好金石目录之学，著有《语石》《藏书纪事诗》《缘督庐日记》等。

木屐桦冠[2]，世外寒岩[3]，终古相传如雪窦[4]；

钟声塔影，山塘精舍[5]，至今依旧属云阳[6]。

【注释】

〔1〕选自〔清〕叶昌炽著《缘督庐日记》卷十四（广陵书社2014年版）。

〔2〕木屐桦冠：木底鞋与桦树皮做的冠帽。《宋高僧传》中描述寒山子："其布

褥零落，面貌枯瘁，以桦皮为冠，曳大木屐。或发辞气，宛有所归，归于佛理。”

〔3〕寒岩：在浙江省天台县西南七十里，为四明山之别峰。因寒山子而得名。

〔4〕雪窦：浙江奉化雪窦山，山中有雪窦寺。寺中历代出高僧，多以雪窦作为自己的名号。北宋重显禅师亦曾于此驻锡布道。

〔5〕山塘：水名，亦名射渎或石渎。据传为唐白居易守苏州时所开，自苏州西北沙盆潭分运河而出，北流绕虎丘，折西至浒墅，仍入运河。精舍：指僧人、道士修行居住之所。

〔6〕云阳：指云阳人程德全，曾任江苏巡抚，捐俸集资修葺寒山寺，题匾“古寒山寺”，并刊刻《寒山子诗集》一卷。

【评析】

叶昌炽《缘督庐日记》卷十四载此联，联下附识语云：“顾云美塔影园在虎丘云岩寺之阳，用《后汉书·宣秉传》署曰云阳草堂。今云阳中丞，下车清节，同符巨公，重兴刹竿，振寒拾之宗风，存吴阊之名迹，甚盛举也。爰拈此为颂云。”上联讲寒山禅师其人，与雪窦山雪窦禅师相映照。下联举顾苓塔影园及清末江苏巡抚程德全修寒山寺事。此联叙议夹杂，涵盖多个方面。既刻画了寒山子形象及寒山寺景致，又以雪窦寺相比，对寒山寺做出了高度评价。“至今依旧属云阳”则关照了寒山寺的近期发展。

寒山寺联[1]

邹福保（1852—1915）

字咏春，号芸巢，晚号巢隐老人，江苏元和（今苏州）人。清光绪十二年（1886）一甲第二名进士及第，授翰林院编修。先后任会试同考官、乡试副考官。升詹事、司经局洗马，擢翰林院侍讲，任顺天乡试同考官。后因疾辞归，任苏州存古学堂主讲。著有《文钥》《读书灯》等。

尘劫历一千余年[2]，重复旧观，幸有名贤来作主[3]；

诗人题二十八字[4],长留胜迹,可知佳句不须多。

【注释】

〔1〕选自胡君复原编,常江点校重编《古今联语汇选》第二册。

〔2〕尘劫:原为佛教语,一世为一劫,无量无边劫为尘劫。后泛指尘世的劫难。

〔3〕名贤:指任江苏巡抚的程德全。

〔4〕二十八字:即张继《枫桥夜泊》,七言四句共二十八字。

【评析】

千年古寺经过修缮,重现风姿,能不令人欣喜?"幸有名贤来作主"虽为应酬之语,也是作者真情之表露。下联则横发议论,寒山寺因张继《枫桥夜泊》一诗名闻千载,说明佳句在精不在多。通过人文景观与文学作品的互动,精炼地证明了这一亘古不变的道理。联语不从正面描绘寒山寺的景观,而从其历史、人文切入,记史叙事,兼作诗评,颇具特色。

寒山寺联[1]

胡念修(1873—1915)

字灵和,号右阶、幼嘉,室名刻鹄斋、灵仙馆、倦秋亭、向湘楼等,建德(今安徽东至)人。著有《向湘楼骈文初稿》《灵芝仙馆诗钞》《倦秋亭词钞》等。

寒陵片石在人间[2],丰干挹袖,拾得拍肩[3],到今派衍天台,东渡灵踪续薪火;

大乘宗风盛吴下[4],支硎讲经,云岩说法[5],何似敲诗月夜[6],南瞻佛寺应霜钟。

【注释】

〔1〕选自胡君复原编，常江点校重编《古今联语汇选》第二册。

〔2〕寒陵片石：词自“韩陵片石”化出。张鷟《朝野佥载》卷六：“梁庾信从南朝初至北方，文士多轻之。信将《枯树赋》以示之，于后无敢言者。时温子升作《韩陵山寺碑》，信读而写其本。南人问信曰：‘北方文士何如？’信曰：‘唯有韩陵山一片石堪共语。薛道衡、卢思道少解把笔，自余驴鸣犬吠，聒耳而已。’”

〔3〕丰干挹袖，拾得拍肩：丰干，唐代僧人，常衣布裘，剪发齐眉，居天台山国清寺。挹袖，牵引袖子。拾得，唐代僧人，少时为僧人丰干拾归，就养于寺中，遂以拾得为名，与寒山友善。此句从郭璞《游仙诗》“左挹浮丘袖，右拍洪崖肩”化出。

〔4〕大乘：大乘佛教，主张强调利他，普度一切众生。

〔5〕支硎讲经，云岩说法：支硎山，在苏州市虎丘区。晋代高僧支遁隐居于此，遂得名“支硎”，曾赴京都建康讲《道行般若经》。云岩，指苏州云岩寺。

〔6〕敲诗：推敲诗句。

【评析】

此联作于清末民初。上联讲天台宗的传衍，首句七字指寒山子，紧接着写他与丰干、拾得相友，传承天台宗。末句写因鉴真东渡，天台宗流传到日本。下联写吴地的大乘佛教盛行的情况，列举晋唐高僧弘法的记载，末句回归到唐代张继的《枫桥夜泊》。因吴江在寒山寺北，故云“南瞻佛寺”。

苏州定慧寺啸轩联〔1〕

陶　澍（1779—1839）

字子霖，号云汀，晚号髯樵，又号桃花渔者，湖南安化人。清嘉庆七年（1802）进士，授庶吉士，任翰林编修，升监察御史，先后任山西按察使、安徽布政使、安徽巡抚、江苏巡抚。道光十年（1830），升两江总督。卒于两江督署，赠太子太保衔，谥文毅。陶澍学识渊博，于经史考据、文章诗赋无所不通，勤于著述，著有《陶文毅公全集》。

吃惠州饭，和渊明诗[2]，陶云吾云，书就一篇归去好[3]；
判维摩凭，到东坡界，人相我相[4]，笑看二士往来同。

【注释】

〔1〕选自〔清〕梁章钜等撰，白化文、李鼎霞点校《楹联丛话》卷六。

〔2〕吃惠州饭，和渊明诗：语出黄庭坚《跋子瞻和陶诗》：“饱吃惠州饭，细和渊明诗。”苏轼颇推崇陶渊明，作有多篇和陶诗。

〔3〕归去：指《归去来兮辞》。

〔4〕人相我相：语出《金刚经》：“若菩萨有我相、人相、众生相、寿者相，即非菩萨。”佛教认为此四相为烦恼之源，若有四相，不得解脱。

【评析】

陶澍自跋曰：“定慧寺有东坡书靖节先生《归去来辞》，盖在惠州时，寺僧钦长老遣其徒卓契顺为公子致书，临归，公以此赠之。其寄钦长老诗云：‘初无往来相，二士同一在。’又云：‘请判维摩凭，一到东坡界。’即谓是也。”此联化用东坡成句，融汇东坡事迹，从苏轼与定慧寺的掌故中生发出来，展现了定慧寺与苏轼的渊源与厚重的人文底蕴，同时也饱含对苏轼、定慧寺僧的赞美和对他们之间深厚友谊的钦羡。

苏州定慧寺啸轩联[1]

林则徐（1785—1850）

字元抚、少穆、石麟，晚号俟村老人、俟村退叟、七十二峰退叟、瓶泉居士、栎社散人等，福建侯官（今福州）人。清嘉庆十六年（1811）进士，历任翰林编修、浙江杭嘉湖道、江苏按察使、东河河道总督、江苏巡抚、湖广总督等职。道光十九年（1839）以钦差大臣赴广东禁烟，主持虎门销烟。后被构陷革职，遣戍伊犁。重获起用后，历任陕甘总督、陕西巡抚、云贵总督等职。卒谥文忠。

岭海答传书,七百年佛地因缘,不仅高楼邻白傅[2];
岷峨回远梦[3],四千里仙踪游戏,尚留名刹配黄州[4]。

【注释】

〔1〕选自〔清〕梁章钜等撰,白化文、李鼎霞点校《楹联丛话》卷六。

〔2〕白傅:即白居易,曾任苏州刺史,在时多有政绩。

〔3〕岷峨:四川岷山、峨眉山,代指苏轼出生地。

〔4〕名刹配黄州:名刹即指苏州定慧寺,黄州亦有定慧寺,两寺遥相辉映。

【评析】

此联时空跨度颇大,气象非凡。“七百年佛地因缘”,写苏轼与定慧寺的渊源;“四千里仙踪游戏”可以精妙简明地概括苏轼一生。苏东坡一生辗转流离,但他生性豁达开朗,不为个人遭际而挂碍。但从岭海到岷峨,苏州到黄州,友情与乡情依然萦系于胸,东坡仍是个性情中人。

吴县香雪海联[1]

陈则民(1881—1951)

江苏吴县(今江苏苏州)人。政治家、律师,早年曾留学日本。

登铜井山览胜而来[2],七二奇峰都归眼底[3];
有香雪海寻源可入,三六福地自在胸中[4]。

【注释】

〔1〕选自裴国昌主编《中国名胜楹联大辞典》。

〔2〕铜井山：位于苏州吴中光福景区潭山北，山巅有铜井一口，故名铜井山。

〔3〕七二奇峰：太湖中的诸岛。明王鏊《震泽编》《七十二峰记》《洞庭两山赋》中有载。

〔4〕三六福地：指穹窿山的上真观。据《穹窿山志》载，两汉时，茅盈、茅固、茅衷在穹窿山修炼得道，合称"三茅真君"，曾修茅君殿，留有断碑残迹，至汉平帝时，始建道院。宋天禧年间，重建穹窿上真道院为观。至清末，上真观有殿房轩阁二千余所，设三十六房分管。三六福地即三十六房。

【评析】

香雪海位于苏州市吴中区光福镇，是著名梅花名胜景区，清圣祖、清高宗均曾多次游览。此联实写游历经过。览胜登山，可见太湖诸峰；寻源入穹窿山之上真观，福地纳于胸中。此联境界阔大，气脉贯注。

石壁精舍联[1]

佚　名

问何年力士开山，神工鬼斧，小筑浮图[2]，石骨插天高，回溯齐梁四百八十寺，名迹萧条，独留石壁；

有几处世尊普度[3]，宝筏慈航[4]，能超孽海[5]，湖光连碧涌，远看吴越三万六千顷，清波浩渺，更上层台。

【注释】

〔1〕选自胡君复原编，常江点校重编《古今联语汇选》第二册。

〔2〕浮图：同浮屠。指佛塔。

〔3〕世尊：佛陀的称号。

〔4〕宝筏慈航：宝筏，比喻引导众生渡过苦海从而到达彼岸的佛家妙法。慈航，

佛、菩萨以慈悲之心度人，如航船之济众。

〔5〕孽海：佛教语，业海，指由于种种恶因而使人沦溺之海。

【评析】

石壁精舍位于苏州吴中区蟠螭山之南，因背靠一块高出地面八九米的石壁而得名。相传梁朝僧人慧海云游至此，不求世缘，悬钟立磬而辟为道场。石壁上遍布名公巨卿、文人墨客的题咏、游记。上联写出石壁精舍高耸奇峻且坚固完好的特点，感慨南朝佛寺遗存的荒芜萧条；下联由佛陀之普度众生超脱孽海引申到太湖的浩渺无际，最后以登台览胜作结。上下二联“问何年”“有几处”，均为领字，提挈联意，贯串联脉，整联气象开阔，感慨亦深。

莺脰湖平波台联〔1〕

左　仁（1802—1860）

原名辉春，字子仁，号青峙，也作青士、清石，湖南湘乡人。举人出身，历任睢宁、长洲、震泽知县，高邮知州等职。修《（续增）高邮州志》。

湖水波平，一片空明莺脰碧；

钓徒仙去〔2〕，千秋风致鳜鱼肥〔3〕。

【注释】

〔1〕选自胡君复原编，常江点校重编《古今联语汇选》第二册。

〔2〕钓徒：指中唐诗人张志和，他自称烟波钓徒。

〔3〕鳜鱼肥：语出张志和《渔歌子》：“桃花流水鳜鱼肥。”

【评析】

莺脰湖在吴江南二十公里,北接太湖,因形似莺脰,故而得名。上联从空间着笔,写莺脰湖澄碧空明的湖光。下联则将时间跨度拉长,追怀隐士张志和。《唐才子传》载:“志和,字子同,婺州人。初名龟龄,诏改之。十六擢明经,尝以策干肃宗,特见赏重,命待诏翰林。以亲丧辞去,不复仕。居江湖,性迈不束,自称‘烟波钓徒’。撰《玄真子》二卷,又为号焉。兄鹤龄恐其遁世,为筑室越州东郭,茅茨数椽,花竹掩映,尝豹席棕屩,沿溪垂钓,每不投饵,志不在鱼也。观察使陈少游频往候问。帝尝赐奴、婢各一人,志和配为夫妇,号渔童、樵青。与陆羽尝为颜平原食客。平原初来刺湖州,志和造谒,颜请以舟敝,欲为更之,曰:‘愿为浮家泛宅,往来苕、霅间足矣。’善画山水,酒酣,或击鼓吹笛,舐笔辄就,曲尽天真。自撰《渔歌》,便复画之。兴趣高远,人不能及。宪宗闻之,诏写真求访,并其歌诗,不能致。后传一旦忽乘云鹤而去。李德裕称以为‘渔父贤而名隐,鸱夷智而功高,未若玄真隐而名彰,方而无事,不穷而达,其严光之比欤’”。

鲈乡亭联〔1〕

蒋一桂(生卒年不详)

字犀林,清末安徽无为人。入淮军,以军功入仕,曾任职丹徒、吴江、温州,光绪中官江苏候补知府。著有《金粟山房诗集》。

秋色满东南〔2〕,看滩回钓雪〔3〕,桥卧长虹〔4〕,廿五年宦迹重经,大好停车爱枫晚〔5〕;

乡心动寥廓,忆屋绕东山,村堆黄叶,三十载归田未赋〔6〕,且教借箸味莼羹〔7〕。

【注释】

〔1〕选自胡君复原编,常江点校重编《古今联语汇选》第二册。

〔2〕秋色满东南:语出米芾《垂虹亭》:“断云一片洞庭帆,玉破鲈鱼金破柑。好作新诗寄桑苎,垂虹秋色满东南。”

〔3〕滩回钓雪:指钓雪滩,在垂虹桥北,与垂虹亭遥相呼应。宋代王份归隐松陵,围江湖以入圃,筑臞庵以居,景物秀野,名闻四方。钓雪滩是臞庵十八景之一。

〔4〕桥卧长虹:指垂虹桥,始建于宋仁宗庆历八年(1048)。

〔5〕停车爱枫晚:语出杜牧《山行》:“停车坐爱枫林晚,霜叶红于二月花。”

〔6〕三十载归田未赋:语出陶渊明《归园田居·其一》:“少无适俗韵,性本爱丘山。误落尘网中,一去三十年。”

〔7〕莼羹:用莼菜烹制的羹。《晋书·张翰传》:“翰因见秋风起,乃思吴中菰菜、莼羹、鲈鱼脍,曰:‘人生贵得适志,何能羁宦数千里以要名爵乎!’遂命驾而归。”

【评析】

鲈乡亭,北宋吴江知县林肇于熙宁三年(1070)建于垂虹桥南畔,并摹春秋时越大夫范蠡、西晋吴中名士张翰、晚唐松陵诗人陆龟蒙之像于鲈乡亭内。宋苏轼有《戏书吴江三贤画像》诗,因名亭曰“三高亭”。亭后圮,明成化八年(1472)重建。清光绪初,移建于县城西门外梓潼观内。蒋一桂此联即作于其吴江令任上。此联上联写鲈乡亭秋景,化用了晚唐杜牧、北宋米芾写秋景的名句,铺叙清楚。下联点明鲈乡之意而融入自己的思乡之情。联中借用了陶渊明的《归园田居》诗及张翰故事。既有对眼前景致的描写,也有对昔日故乡的回忆,虚实相生。叠用典故却依然流利清新,抒情性颇强。

昆山林迹亭联〔1〕

林则徐

有情碧嶂团圞绕〔2〕;

得意孤亭缥缈间[3]。

【注释】

〔1〕选自中山大学历史系中国近代现代史教研组、研究室编《林则徐集·日记》（中华书局1962年版）。

〔2〕有情碧嶂团圞绕：语出范成大《次韵平江韩子师侍郎见寄三首》："有情碧嶂团栾绕，无数朱楼缥缈临。"团圞，环绕貌。

〔3〕得意孤亭缥缈间：语出陆游《巴东令廨白云亭》："寇公壮岁落巴蛮，得意孤亭缥缈间。"

【评析】

林迹亭，原名"粤如旷如之亭"，位于昆山玉峰山南麓，清道光十四年（1834）两江总督陶澍建。林则徐时任江苏巡抚，因治水过昆山，应邑令之请集宋人句撰为此联。联下题署曰："道光甲午偶过昆山，来登此亭，因集石湖、放翁诗语题之。三山林则徐。"咸丰元年（1851），原亭倾圮。邑人重建之，为纪念林则徐，易名为林迹亭。青山有情，孤亭得意，均为拟人手法，移情于物。集联妥帖工稳。

南通禹王殿联[1]

王　桐（生卒年不详）

原名柱，字子实，又字稷甫，江苏海安人。清咸丰十年（1860）进士。改庶常，散馆授户部主事。工书法，善诗文。

江海镇分流，一塔支云[2]，到此潮头皆下拜；

东南窥胜境，五峰接壤[3]，让他山骨独高骞[4]。

【注释】

〔1〕选自胡君复原编,常江点校重编《古今联语汇选》第一册。

〔2〕支云:圆通宝殿后有支云塔,高三十余米,可远眺江景。

〔3〕五峰:指南通境内五座山峰,为狼山、军山、剑山、马鞍山、黄泥山。

〔4〕高骞:高举。

【评析】

禹王殿位于南通狼山,又名圆通宝殿。全联极写狼山之高。在支云塔下,滚滚江潮均需下拜,相邻诸峰亦不敢与此山争高。通过拟人之法,从江、山两个侧面加以衬托,使狼山之高无以复加。吴恭亨评价此联“雄桀突兀,不可一世”,可谓贴切。

张氏枕江亭联[1]

范当世(1854—1905)

原名铸,字铜士,后改无错,号肯堂,又号伯子,南直隶通州(今江苏南通)人。清光绪十八年(1892)至二十二年,在天津李鸿章宅坐馆。自负其才,而终身坎坷。工诗文,古文师张裕钊,诗兼学苏轼、黄庭坚,与吴汝纶为密友。著有《范伯子诗文集》。

远客乍归,觅城东一亩园亭,白石青城寻旧约[2];

故家常在[3],嘉江北百年人物,碧梧翠竹有清才。

【注释】

〔1〕选自李海章著《古今名人联话》(中国文联出版公司1996年版)。

〔2〕白石:指姜夔,尝寓居苕溪,与白石洞为邻,因号白石道人。晚居杭州城东钱塘门外西马塍。青城:指青城门,简称青门。《三辅黄图·都城十二门》:“长安城

东，出南头第一门曰霸城门。民见门色青，名曰青城门，或曰青门。门外旧出佳瓜，广陵人邵平为秦东陵侯。秦破，为布衣，种瓜青门外。”

〔3〕故家：世家大族，世代仕宦之家。《孟子·公孙丑上》：“纣之去武丁，未久也。其故家遗俗，流风善政，犹有存者。”

【评析】

枕江亭在南通城东，为张氏别业中建筑。上联言张氏归隐于南通城东园宅。“白石”“青城”，皆切城东。下联赞张氏为江北故家，百年底蕴，故能得此清才人物。此联爽朗幽雅，旨趣清高。

狼山寺联〔1〕

范当世

长啸一声，山鸣谷应〔2〕；
举头四顾，海阔天空。

【注释】

〔1〕选自胡君复原编，常江点校重编《古今联语汇选》第二册。

〔2〕山鸣谷应：语出苏轼《后赤壁赋》：“划然长啸，草木震动，山鸣谷应，风起水涌。”

【评析】

狼山寺，名广教禅寺，在南通狼山。唐代高僧僧伽建，为大势至菩萨道场。上联化用东坡《后赤壁赋》句，写作者登山长啸；下联写登狼山之巅，举头四顾，一片清旷之景。此联视听兼具，气象开阔。“山鸣谷应”与“海阔天空”均是作者情志之反映。

慕畴堂联[1]

张 謇(1853—1926)

字季直,号啬庵,南直隶通州(今江苏南通)人。清光绪二十年(1894)一甲第一名进士,授翰林院修撰。主张"实业救国",先后创办大生纱厂、通州师范学校等。著有《张季子九录》《张謇日记》《啬翁自订年谱》等。

庄周以至人自居[2],乃谓游逍遥之墟[3],食苟简之田[4],立不贷之圃;
韩愈为天下所笑,犹将求国家之事,耕宽闲之野,钓寂寞之滨。

【注释】

〔1〕选自胡君复原编,常江点校重编《古今联语汇选》第二册。

〔2〕至人:道家指超凡脱俗,达无我境界者。

〔3〕逍遥:道家所称优游自得的状态。

〔4〕苟简:随意简略。

【评析】

此联为张謇自题其所办通海垦牧公司慕畴堂联。清末新政,兴办实业。张謇应诏于光绪二十六年(1900)于南通兴办通海垦牧公司。因敬慕三国时魏人田畴,故名慕畴堂。田畴,右北平无终人,字子泰。汉末兵乱,率宗族附从避居徐无山中,百姓归之,数年间至五千余家。张謇慕其为人,故以其名命其堂。上联出自《庄子·天运》,张謇以庄子为率,淡泊名利。"古之至人,假道于仁,托宿于义,以游逍遥之虚,食于苟简之田,立于不贷之圃。逍遥,无为也;苟简,易养也;不贷,无出也。"下联化用韩愈《答崔立之书》,决意师法韩愈,即便不在朝,犹将以实业为国家效力。《答崔立之书》云:"仆见险不能止,动不得时,颠顿狼狈,失其所操持,困不知变,以至辱于再三,君子小人之所悯笑,天下之所背而驰者也……仆虽不贤,亦且潜究其得失,致之乎吾相,荐之乎吾君,上希卿大夫之位,下犹取一障而乘之。若都不可得,犹将耕于宽闲之野,钓于寂寞之滨,求国家之遗事,考贤人哲士之终始,作唐之一经,垂之于无穷,诛奸谀于既死,发潜德之幽光。”庄子所代表的道家追求个体的修为与精神自由,韩愈所代表的儒家强调对社会的贡献和责任担当。在民族危亡之际,张謇将两人作比,表达了自己济世救民的儒家价值取向,并用兴办实业等一系列行动践行了自己的理念,令人钦佩。

云台山三元宫联〔1〕

陶　澍

海甸涌名山〔2〕,烟复云回,位业真灵参五岳〔3〕;
洞天开福地,阳舒阴霅〔4〕,馨香瑞应启三元〔5〕。

【注释】

〔1〕选自〔清〕梁章钜等撰,白化文、李鼎霞点校《楹联丛话》卷七。

〔2〕海甸:近海地区。

〔3〕位业:业果。

〔4〕霅:雷电交作。

〔5〕三元:道教称天、地、水为“三元”。

【评析】

三元宫位于连云港云台山青峰顶上,为道教重要宫观。始建于唐代,上有清宣宗题匾“敕赐护国三元宫”。此联较为板正,大量运用道教教义,称颂三元宫的威灵庄重。“涌”字有力,群山连绵起伏,正如波翻浪涌。山原为静物,“涌”字化静为动,视觉冲击力强。可参岑参《与高适薛据同登慈恩寺浮图》中“塔势如涌出,孤高耸天宫”一句。

水帘洞联[1]

陶 澍

百丈水帘,自古无人能手卷;
一轮月镜[2],迄今何匠敢行磨。

【注释】

〔1〕选自〔清〕陶澍著,陈蒲清主编《陶澍全集》第七册(岳麓书社 2010 年版)。

〔2〕一轮月镜:语出辛弃疾《太常引·建康中秋夜为吕叔潜赋》:“一轮秋影转金波,飞镜又重磨。”

【评析】

水帘洞在连云港云台山中麓,为一巨大天然裂隙洞穴。此联构思奇特,从水帘洞自然风光的独特性加以延伸、发挥,不拘泥于现实。水落如帘,却无人能将此联卷起;月圆似镜,亦无人能够真正将其打磨。想象奇逸,引人遐思,可谓“无理而妙”。

宿城陶祠联[1]

陶 澍

此间亦有南山,看云归欲夕,鸟倦知还[2],风景何殊栗里[3];

在昔曾游东海，忆芳草绿溪，林花夹岸[4]，烟村别出桃源。

【注释】

〔1〕选自〔清〕陶澍著，陈蒲清主编《陶澍全集》第七册。

〔2〕云归欲夕，鸟倦知还：语出陶潜《归去来兮辞》："云无心以出岫，鸟倦飞而知还。"

〔3〕栗里：地名，在江西九江，乃陶渊明隐居地。

〔4〕芳草绿溪，林花夹岸：语出陶潜《桃花源记》："忽逢桃花林，夹岸数百步，中无杂树，芳草鲜美，落英缤纷。"

【评析】

陶渊明任镇军参军时，曾遍游宿城，乐其山水。陶澍任两江总督，在宿城法起寺旁建立"晋镇军参军陶靖节先生祠堂"，以表其对陶靖节之追仰。联中化用陶渊明的诗文，如"种豆南山下"，陶澍则说"此间亦有南山"，陶渊明沉醉于田园间"云无心以出岫，鸟倦飞而知还"的生活，陶澍则说宿城也有"云归欲夕，鸟倦知还"的闲适之境。宿城风景与渊明栗里宛然如一。下联则关涉了陶渊明的《桃花源记》。作者说东海之滨，也有"芳草绿溪，林花夹岸"，也有暧暧烟村，是另一所桃源世界。此联角度独特，充分利用了陶渊明的文学遗产，质而能腴，居然陶家风味。

淮安清晏园联[1]

完颜麟庆（1791—1846）

字伯余，别字振祥，号见亭，清满洲镶黄旗人。嘉庆十四年（1809）进士。道光间官江南河道总督十年，后以河决革职。再起，任四品京堂。麟庆生平经历之事，多有记，记必有图，编为《鸿雪因缘图记》，又有《黄运河口古今图说》《河工器具图说》《凝香室集》等。

云影涵虚，如坐天上；

泉流激响，行自地中。

【注释】

〔1〕选自〔清〕汪春泉绘，〔清〕完颜麟庆撰《鸿雪因缘图记》（国家图书馆出版社2011年版）。

【评析】

清晏园在淮安市清江浦区，有“江淮第一园”之称，原为明清两代督管漕粮、治理水道的官署。清雍正年间，嵇曾筠出任江南河道总督，改造署内花园，名“淮园”。嘉庆间，河督吴璥取“海清河晏”意，改名为“清晏园”。道光十三年（1833），麟庆出任河督，继加修建，并撰此联。《鸿雪因缘图记》载撰联缘起曰：“老友顾西园（名文虎），青浦布衣，精青乌术。癸巳冬过此，见园中方池，曰：‘此署以水为主，西南石闸不可露，宜覆以锁水口。中央草亭不可废，宜建以点波心。’余然之，乃先掩闸以石，织苇为垣，编竹成篱，绹茅作屋。其前方池渺渺，垂柳交荫，爰置石几四，为游钓地。取晋谢混诗意，额曰‘水木清华’。”上联写清宴园清幽雅致，使人如入天上仙界。“如坐天上”语出杜甫《小寒食舟中作》“春水船如天上坐，老年花似雾中看”一句。下联则通过泉声，将读者从遐想中拉回现实。上天下地，视听并举，虚实交错，可谓精巧。

淮安荷芳书院联[1]

钱　泳（1759—1844）

字立群，号台仙，一号梅溪，江苏金匮（今无锡）人。不事举业，长期游幕为生。工诗词、篆隶，精镌碑版，善于书画，著有《说文识小录》《履园丛话》《履园谭诗》《兰林集》《梅溪诗钞》等。

大隐寄淮壖[2]，十亩芳塘涵德水[3]；

高怀拟绿野[4],满园花木绣春风。

【注释】

〔1〕选自〔清〕梁章钜编纂《楹联续话》卷二(商务印书馆1926年版)。

〔2〕淮堧:淮水之滨。堧,岸边地。《史记·河渠书》:“故尽河堧。”

〔3〕德水:借用佛教语,谓功德水。梁简文帝《奉阿育王寺钱启》:“难遇者乃如来真形舍利,昭景蜜瓶,浮光德水。”亦可借指黄河。

〔4〕绿野:指唐裴度的别墅绿野堂,故址在今河南省洛阳市南。据《新唐书》本传,裴度为唐宪宗时宰相,平定藩镇叛乱有功。晚年以宦官专权,辞官退居洛阳。于午桥建别墅,种花木万株,筑燠馆凉台,名曰绿野堂。裴度野服萧散,与白居易、刘禹锡等作诗酒之会,穷昼夜相欢,不问人间事。

【评析】

荷芳书院在清晏园内。河督高斌驻节清江浦时,拨治河经费建荷芳书院,该书院与通常的书院不同,并不招集生徒,仅为清晏园中一处景观。清道光六年(1826),张井任南河总督,延请钱泳入幕,寓居园内四年,联即撰于此时。张井时得董其昌大字挂屏十二幅,钱泳集屏中字作此联。上联写自己入张井幕,大隐于淮上。芳塘,指清宴园内的荷塘。下联赞河督张井之高怀雅致,谓清晏园有如唐宰相裴度之绿野堂,末句写园内春景。

扬州迎月楼联[1]

赵孟烦

春风阆苑三千客[2];

明月扬州第一楼。

【注释】

〔1〕选自〔清〕梁章钜等撰，白化文、李鼎霞点校《楹联丛话》卷一。“迎月楼”或作“明月楼”。

〔2〕阆苑：阆风之苑，传说中为仙人居所。

【评析】

迎月楼，位于扬州。都穆《南濠诗话》载：“元盛时，扬州有赵氏者，富而好客。其家有明月楼，人作春题，多未当其意者。一日，赵子昂过扬，主人知之，迎至楼上盛筵相款，所用皆银器。酒半，出纸笔求作春题。子昂援笔书云‘春风阆苑三千客，明月扬州第一楼’。主人得之喜甚，尽撤酒器以赠子昂。”清初褚人获《坚瓠集》作“赵子昂过扬州迎月楼赵家”上联誉客，谓此楼汇聚天下之佳客，下联题楼，点明迎月楼独一无二的地位。有趣的是，清人黄之柔看到迎月楼上的对联，有感而发，曾填词《百尺楼》词：“佳迹已难成，胜事犹能说。只为王孙两句诗，今古留明月。金斝亦寻常，彩笔真奇绝。如此楼台岂一家，寂寂都灰灭。”

扬州府署联[1]

王文治（1730—1802）

字禹卿，号梦楼，江苏丹徒人。清乾隆二十五年（1760）探花，授翰林院编修，后出任云南临安府知府。后辞官研究诗文、书法，与文人墨客交游。著有《梦楼诗集》《快雨堂题跋》等。

上客尽知名，杜牧诗才[2]，鲍昭赋手[3]；
前贤有遗韵，魏公芍药[4]，永叔荷花[5]。

【注释】

〔1〕选自〔清〕梁章钜等撰，白化文、李鼎霞点校《楹联丛话》卷六。

〔2〕杜牧诗才：指杜牧有多首关于扬州的名作。如《赠别二首·其一》："娉娉袅袅十三余，豆蔻梢头二月初。春风十里扬州路，卷上珠帘总不如。"《遣怀》："落魄江湖载酒行，楚腰纤细掌中轻。十年一觉扬州梦，赢得青楼薄幸名。"

〔3〕鲍昭：即鲍照。唐人或为避武则天讳，称鲍照为"鲍昭"。此处用"昭"这个平声字，是为了和下联的入声字"叔"形成平仄对应，增强对联音韵之美。鲍照曾作《芜城赋》。

〔4〕魏公芍药：魏公，即魏国公，北宋大臣韩琦的爵号。相传韩琦任扬州太守时，曾剪下四枝"金缠腰"芍药，分别插在三位宾客及自己头上，而四个人先后官至宰相，人称"四相簪花"。

〔5〕永叔荷花：欧阳修，字永叔。据叶梦得《避暑录话》记载，欧阳修任扬州太守时，曾"取荷花千余朵，以画盆分插百许盆，与客相间。遇酒行，即遣妓取一花传客，以次摘其叶，尽处则饮酒，往往侵夜载月而归。"

【评析】

此联罗列历史上与扬州有关的名人，鲍照、杜牧皆曾客扬州，写过关于扬州的著名诗赋。韩琦、欧阳修则做过扬州知府，并留有风流韵事。联句先客后主，且与扬州府署十分贴切。章法先总后分，对仗工稳雅致。

扬州南门城楼联〔1〕

洪　梧（1750—1817）

字桐生，号东湖，安徽歙县人。兄朴、榜皆先卒。亲丧，哀毁庐墓，人称其孝。选拔贡生。清乾隆四十五年（1780），清高宗南巡，召试赐举人，授内阁中书。乾隆五十五年进士，改庶吉士，授编修。典浙江乡试，与修《全唐诗》。出知沂州府。归主扬州安定、梅花书院，造就甚众。著有《辛壬韩江唱酬集》四卷。

东阁联吟〔2〕，有客忆千秋词赋〔3〕；

南楼纵目[4]，此间对六代江山[5]。

【注释】

〔1〕选自〔清〕梁章钜编纂《楹联续话》卷二。

〔2〕东阁联吟：指南朝何逊，曾参与扬州刺史东阁宴会赋诗联吟的盛况。杜甫《和裴迪登蜀州东亭送客逢早梅相忆见寄》："东阁官梅动诗兴，还如何逊在扬州。"

〔3〕千秋词赋：指鲍照《芜城赋》。

〔4〕南楼纵目：语出杜甫《登兖州城楼》："东郡趋庭日，南楼纵目初。"

〔5〕六代：即六朝，包括孙吴、东晋及南朝的宋、齐、梁、陈。这六个政权均建都建业（今南京）。

【评析】

此联抒登临览胜之情。上联怀古，切人文掌故。鲍照《芜城赋》写扬州的创伤记忆，是城市赋的杰作，允为千秋名篇；下联即景，"南楼纵目"，切扬州南城门。由上展眺，正对六代以来的江山，兴起无限怀古之情。联语风韵雅致，气象恢宏，中寓感慨历史之意。

云山阁联[1]

龚　贤（1619—1689）

字半千，号野遗，江苏昆山人，流寓金陵。明末入复社，入清后于清凉山辟半亩园，隐居其中，卖画课徒为生。性孤介，与人落落寡合。工诗文，善山水，师法董源、巨然，与樊圻、高岑、邹喆、吴宏、叶欣、胡慥、谢荪并称"金陵八家"。著有《香草堂集》《画诀》《半亩园诗》等。

定香生寂磬[2]；

空翠滴疏棂。

【注释】

〔1〕选自〔清〕李斗著,陈文和点校《扬州画舫录》卷十三(广陵书社2017年版)。

〔2〕定香:凝定的香气。

【评析】

云山阁,位于扬州市瘦西湖湖畔,在夕阳双寺楼西。北宋熙宁间,时任镇江军节度使、扬州通判的陈升之主持修建此阁。清雍正间,贺君召于其遗址重建。本联幽峭清冷而意境精妙。联中运用通感之法。“定香”为嗅觉,“寂磬”为听觉,为无声,凝定的香气却于无声之磬中生出,想象极为精微。“空翠”为视觉;“滴”为听觉。“翠滴疏棂”,化静为动,使漫山绿意有呼之而出之感,境尤传神。

平山堂联[1]

伊秉绶(1754—1815)

字组似,号墨卿,晚号默庵,福建宁化人。清乾隆五十四年(1789)进士,历任刑部主事、刑部员外郎、刑部郎中、惠州府知府、扬州府知府等职。工书画,善治印。著有《留春草堂诗》《攻其集》等。

过江诸山,到此堂下;
太守之宴,与众宾欢[2]。

【注释】

〔1〕选自〔清〕梁章钜等撰,白化文、李鼎霞点校《楹联丛话》卷七。

〔2〕太守之宴,与众宾欢:语出欧阳修《醉翁亭记》:“临溪而渔,溪深而鱼肥;酿泉为酒,泉香而酒洌。山肴野蔌,杂然而前陈者,太守宴也。宴酣之乐,非丝非竹,射者中,弈者胜,觥筹交错,起坐而喧哗者,众宾欢也。”

【评析】

平山堂,位于扬州西北郊蜀冈,今在大明寺内。北宋庆历八年(1048),扬州知府欧阳修构筑此堂。坐此堂上,江南诸山,历历在目,与堂相平,故名之曰“平山堂”。上联真实而又形象地呈现了平山堂前开阔高敞、一目千里的壮美景色。平山堂居高望远,目及江南群山。不云人于堂上望见江南诸山,而曰“过江诸山,到此堂下”,意想高妙。下联追忆欧阳修当年与文人雅士在此饮酒作诗相聚一堂的场景,辞则用《醉翁亭记》中语。此联气势宏阔,景象与人文兼具,梁章钜曾称赞道:“语特壮伟,至今不忘。”

平山堂联〔1〕

吴唐林(1835—1890)

字子高,号晋壬,别号苍缘,阳湖(今江苏常州)人。清咸丰十一年(1861)举人,官浙江候补知府。工隶书,偶作小品山水,亦佳。善诗词。有《横山草堂全集》。

金戈铁马〔2〕,芳草都迷〔3〕,遇春风策杖寻幽〔4〕,重省淮左名都〔5〕,杜郎俊赏〔6〕;

舞榭歌台〔7〕,画图难足〔8〕,倚危亭〔9〕登临送目〔10〕,依旧二分明月〔11〕,千古江山〔12〕。

【注释】

〔1〕选自〔清〕梁章钜等撰,白化文、李鼎霞点校《楹联丛话·楹联四话》卷二。

〔2〕金戈铁马:语出辛弃疾《永遇乐·京口北固亭怀古》:“金戈铁马,气吞万里如虎。”

〔3〕芳草都迷:语出苏轼《桃源忆故人·暮春》:“楼上望春归去,芳草迷归路。”

〔4〕遇春风:语出晏几道《玉楼春》:“一尊相遇春风里,诗好似君人有几。”策

杖寻幽：语出丘处机《黄鹤洞中仙·虢县渭南泺里》："我爱清虚景，策杖寻幽径。"

〔5〕淮左名都：语出姜夔《扬州慢》："淮左名都，竹西佳处，解鞍少驻初程。"

〔6〕杜郎俊赏：语出姜夔《扬州慢》："杜郎俊赏，算而今、重到须惊。"

〔7〕舞榭歌台：语出辛弃疾《永遇乐·京口北固亭怀古》："舞榭歌台，风流总被雨打风吹去。"

〔8〕画图难足：语出王安石《桂枝香·金陵怀古》："彩舟云淡，星河鹭起，画图难足。"

〔9〕倚危亭：语出秦观《八六子》："倚危亭。恨如芳草，萋萋刬尽还生。"

〔10〕登临送目：语出王安石《桂枝香·金陵怀古》："登临送目。正故国晚秋，天气初肃。"

〔11〕二分明月：语出徐凝《忆扬州》："天下三分明月夜，二分无赖是扬州。"

〔12〕千古江山：语出辛弃疾《永遇乐·京口北固亭怀古》："千古江山，英雄无觅孙仲谋处。"

【评析】

集词句为长联，虽似游戏之作，亦不易为。联中杂用两宋及金元名家词句，剪接安排，平稳妥帖。所选词句大多出自与扬州相关的名篇，姜夔《扬州慢》、徐凝《忆扬州》，或者是关涉扬州内容的词，如秦观《八六子》、辛弃疾《永遇乐·京口北固亭怀古》，另有一些词句虽然不指涉扬州，但描写对象与审美经验可以通用。写成的集句联不仅构成一个完整的文本，而且通过互文作用，使原文本与现文本相互补充，相互融合，构成更加丰富的意义场域。

平山堂联〔1〕

朱公纯（生卒年不详）

字一甫，安徽寿州人。清光绪年间曾任江苏阜宁、甘泉知县等职。

晓起凭栏，六代青山都到眼；

晚来对酒，二分明月正当头。

【注释】

〔1〕选自胡君复原编，常江点校重编《古今联语汇选》第一册。

【评析】

青山、明月作对仗，容易写成平平无奇的套语。此则切中平山堂与扬州城的典故，化腐朽为神奇，得联中活法。

晴空阁联[1]

章藻功（1656—？）

字岂绩，浙江钱塘县（今浙江杭州）人。清康熙四十二年（1703）进士，授翰林院庶吉士，仅五个月后即辞官归里养母。其骈文以新巧胜人，名扬一时。著有《思绮堂集》。

雨今雨旧[2]，乃知晴亦为佳。

无想无因，那不空诸所有。

【注释】

〔1〕选自〔清〕李斗著，陈文和点校《扬州画舫录》卷十六。

〔2〕雨今雨旧：即旧雨今雨，语出杜甫《秋述》："秋，杜子卧病长安旅次，多雨生鱼，青苔及榻。常时车马之客，旧，雨来；今，雨不来。"后引申为老友与新友。联中用雨之本义，即今亦下雨，旧时亦下雨，因知天晴之佳。

【评析】

晴空阁位于扬州大明寺大雄宝殿东侧。上下联内分嵌“晴”“空”二字，雨势连绵不已，故以天晴为佳。“无想无因”，故空，实寓佛教不执着之意。此联禅意悠然，淡泊忘忧。在形式上，通常上下联末字分别用仄声和平声，此联因嵌阁名，故平仄倒用。于楹联为别格。

湖上草堂联〔1〕

伊秉绶

莲出绿波，桂生高岭〔2〕；
桐间露落，柳下风来〔3〕。

【注释】

〔1〕选自裴国昌主编《中国名胜楹联大辞典》。

〔2〕莲出绿波，桂生高岭：辑自《大唐三藏圣教序》：“譬夫桂生高岭，云露方得泫其花；莲出绿波，飞尘不能污其叶。”

〔3〕桐间露落，柳下风来：化自庾信《小园赋》“桐间露落，柳下风来”。

【评析】

湖上草堂，位于扬州瘦西湖小金山西麓，“湖上草堂”匾额为清嘉庆年间扬州知府伊秉绶所书。此联颇为特殊。上联内部“莲出绿波”与“桂生高岭”对仗，下联内部“桐间露落”与“柳下风来”对仗，上下联之间却并不形成严谨的对偶。每句当中各有两个意象，分别涵盖莲、桂、桐、柳四种植物，同时先后以“出”“生”“落”“来”四个动词将意象连接起来，规整工稳，又参差历落，富于变化。

二十四桥联[1]

江峰青（1860—1933）

字湘岚，号襄楠，安徽婺源（今属江西）人。清光绪十二年（1886）进士，授嘉善知县。任内有惠政，成立对山亭文社，创建官医局，延请邑人顾福成等重修《嘉善县志》。后迁江西道员，清宣统间任江西审判厅厅丞，辛亥革命后奉母里居。

胜地据淮南，看云影当空，与水平分秋一色；
扁舟过桥下，闻箫声何处[2]，有人吹到月三更。

【注释】

〔1〕选自胡君复原编，常江点校重编《古今联语汇选》第一册。

〔2〕箫声何处：语出杜牧《寄扬州韩绰判官》："二十四桥明月夜，玉人何处教吹箫。"

【评析】

二十四桥在扬州市瘦西湖上。清乾隆间建。桥式仿北京颐和园玉带桥。上联写湖上云影，暗用王勃《滕王阁序》"秋水共长天一色"句意；下联写箫声，暗用杜牧《寄扬州韩绰判官》"二十四桥明月夜，玉人何处教吹箫"句意。一"看"一"闻"，分别将二十四桥白日的明媚秋景与夜晚的朦胧氛围呈现出来，动人心弦。

卞园联[1]

王士禛(1634—1711)

字子真、贻上,号阮亭,别号渔洋山人,斋号蚕尾山房,山东新城(今山东桓台)人。清顺治十五年(1658)进士,十七年任扬州推官,后官至刑部尚书。为诗主张"神韵"说,推崇"不著一字,尽得风流""羚羊挂角,无迹可求"的艺术境界。有《渔洋山人精华录》《蚕尾集》《池北偶谈》《香祖笔记》等著作。

梅花岭畔三山月[2];

宵市桥头一草堂[3]。

【注释】

〔1〕选自〔清〕梁章钜等撰,白化文、李鼎霞点校《楹联丛话》卷七。

〔2〕梅花岭:位于扬州广储门外。明万历中,知府吴秀浚河积土成丘,丘上植梅,故名。南明兵部尚书史可法血战清军,誓死不降,衣冠冢便在梅花岭上。三山:三山有数说,一说为金陵三山,李白《登金陵凤凰台》所谓"三山半落青天外";二说为镇江三山,即金、焦、北固三山;三说为扬州三山,倚山、巫山、康山。李斗《扬州画舫录》卷九:"康山在江春家,巫山在禹王庙,倚山在蒋家桥东酒肆内。"扬州三山卑小,有"三山不出头"之谚语。渔洋联中究指何义,尚不可决。

〔3〕宵市桥:亦称"小市桥",遗址位于扬州北门外街北端与凤凰街相连处,跨玉带河中段,连接东、西梅岭路。相传隋炀帝曾在此设夜市。

【评析】

卞园位于扬州城北的小金山后,清康熙年间扬州八大名园之一。此联不正面描绘卞园的风光景致,而从梅花岭、三山、月、宵市桥、草堂着笔,以闹市衬托出卞园的清幽宁静，表现园主的淡泊之情，可谓“不著一字，尽得风流”。

康山草堂联[1]

陈鸿寿（1768—1822）

字子恭，号曼生、曼寿、种榆道人，钱塘（今浙江杭州）人。历仕赣榆代知县、溧阳知县、江南海防同知等职。工于篆刻，为“西泠八家”之一。有《种榆仙馆摹印》《种榆仙馆诗集》等作。

春水绿波扬子渡[2]；
梅花明月状元山[3]。

【注释】

〔1〕选自〔清〕梁章钜编纂《楹联续话》卷二。

〔2〕春水绿波：语出江淹《别赋》：“春草碧色，春水绿波，送君南浦，伤如之何？”

〔3〕状元山：指康山，在扬州市东南隅。《清一统志·扬州府一》引《江南通志》曰：“相传浚河时积土而成。”又引《扬州府志》曰：“其上构堂，董其昌题曰‘康山草堂’，为康海与客燕饮弹琵琶处。”康海为明弘治十五年（1502）状元，故扬人称康山为状元山。

【评析】

康山草堂，位于江苏省扬州市广陵区。原为弘正间康海别业。明天启至崇祯年间，大理寺卿姚思孝回乡，购得康山旧址，构庐筑园。后礼部尚书董其昌来扬州，题写“康山草堂”的横额，还题写了堂前的“数帆亭”，康山遂成为扬州名胜。此联采用列锦法，仅以多个意象排列成句，而不用虚字连贯。扬子渡与状元山，一水一山，空间宏阔。“春水”“绿波”“梅花”“明月”均具有丰富的文化内涵，可引发读者联想，自有一番韵味。

小漪南联[1]

顾蔼吉（生卒年不详）

字畹先，号南原、桂宫仙人，长洲（今江苏苏州）人。清康熙间曾任《佩文斋书画谱》纂修官、江苏仪征教谕。通经学，善诗文，工书法，著有《隶辨》《分书笔法》《经疑》《南原诗文稿》等。

夕阳双寺外[2]；
春水五塘西[3]。

【注释】

〔1〕选自〔清〕李斗著，陈文和点校《扬州画舫录》卷十五。

〔2〕双寺：指扬州天宁寺与重宁寺。

〔3〕五塘：汉末广陵太守陈登所筑，为陈公塘、句（勾）城塘、上雷塘、下雷塘与小新塘五塘。

【评析】

小漪南在二十四桥旁，本为程梦星筱园园内之水亭名，其命名本于元代叶杞之漪南草堂。叶杞先世是京口宦族，有别业在松江吴汇。自幼好读书，负才具，在松江鱼鳞泾上筑草堂，名为漪南。此联中“夕阳”“春水”，本即是优美的意象，缀以扬州地名，更增清新灵动之致。

苏亭联[1]

卢见曾（1690—1768）

字抱孙，号雅雨山人，山东德州人。清康熙六十年（1721）进士。历任四川洪雅、安徽蒙城等县知县，安徽六安州、亳州、颍州等州知州。清乾隆元年（1736），擢两淮盐运使。后遭诬陷，被遣戍军台。召还，起用为直隶滦州知州、永平知府等职。后迁长芦盐运使，复为两淮盐运使。以老告归，后以狱事瘐死。卢见曾富藏书，尝校勘、刊刻高氏《战国策》、郑氏《尚书大传》、李鼎祚《周易集解》，补刊朱彝尊《经义考》，皆有功于文献。辑《国朝山左诗钞》。著有《雅雨堂诗集》《雅雨堂文集》等。

良辰尽为官忙，得一刻余闲，好诵史翻经[2]，另开生面；

传舍原非我有[3]，但两番视事[4]，也栽花种竹，权当家园。

【注释】

〔1〕选自〔清〕李斗著，陈文和点校《扬州画舫录》卷十五。

〔2〕翻经：翻译佛经，亦指读经。

〔3〕传舍：供行人休息住宿之处。

〔4〕视事：就职治事，多就政事而言。

【评析】

苏亭即小滴南水亭。程梦星卒后，其筱园渐就荒圮。清乾隆年间，程梦星友卢见曾任两淮盐运使，出资修葺之。改小滴南为苏亭，祀东坡。嘱郑板桥书“苏亭”额，卢氏自撰此联。此联反映了作者个人生活与官家公务的融合交织。大好时光已磨耗于无聊的差事之上，一旦有片刻休闲，便应该阅读史书、佛经，增加自己的文化修养，冲淡生活的枯燥。下联以此地为传舍，只是暂时居此。卢见曾两度为两淮盐运使，其间遭诬陷，被遣戍军台，出塞至杭霭山麓，三年后被召还。因此有“传舍非吾有”之感。

隋文选楼联[1]

伊秉绶

七录旧家宗塾[2]；
六朝古巷选楼[3]。

【注释】

〔1〕选自〔清〕梁章钜等撰，白化文、李鼎霞点校《楹联丛话》卷七。

〔2〕七录：南朝梁阮孝绪所著之书，内含七部：一为《经典录》，纪六艺；二为《记传录》，纪史传；三为《子兵录》，纪子书、兵书；四为《文集录》，纪诗赋；五为《术伎录》，纪术数方伎；六为《佛法录》；七为《仙道录》。宗塾：教育宗族子弟的学塾。

〔3〕选楼：指文选楼。据《扬州画舫录》载，扬州小东门西旌忠寺巷俗传梁昭明太子著《文选》于此，因于寺后建楼，额曰“梁昭明太子文选楼”。

【评析】

隋文选楼位于扬州旧城毓贤街阮元家庙西。清嘉庆年间，阮元遵其父遗志，建文选楼，楼下为私塾，楼上祀奉隋秘书监曹宪，因而得名。两江总督铁保题写石额“隋文选楼”，扬州知府伊秉绶撰此联。上句切阮姓，下句切文选楼名，联语古雅清通。

湖光山色楼联[1]

阮　元（1764—1849）

字伯元，号芸台，又号揅经老人、雷塘庵主等，江苏仪征人。清乾隆五十四年(1789)进士,曾任山东、浙江学政,浙江、江西、河南巡抚,湖广、两广、云贵总督等职。卒谥文达。提倡朴学,在任创诂经精舍、学海堂,造就多士。主编《经籍籑诂》,校刻《十三经注疏》,汇刻《皇清经解》等。著有《揅经室集》。

甓社湖光从北至[2];
甘泉山色自南来[3]。

【注释】

〔1〕选自裴国昌主编《中国名胜楹联大辞典》。

〔2〕甓社:甓社湖,高邮湖之一。在今扬州市高邮西北。

〔3〕甘泉:甘泉山,位于今扬州市邗江区甘泉镇境内。相传山上有泉,甚为甘洌,因此得名。

【评析】

湖光山色楼,在扬州公道桥东北赤岸湖畔珠湖草堂中。珠湖草堂原为阮元祖父游钓之所,后又建亭于堂后,名三十六陂亭。至阮元致仕,又增购田庄,构南万柳堂。此联题湖光山色楼,联句中分嵌楼名,上联写甓社湖光,下联写甘泉山色,一水一山,一北一南,颇具空间立体感。

题襟馆联[1]

何　栻(1816—1872)

字廉昉,又作莲舫,号悔馀,常州府江阴县(今属江苏无锡)人。清道光二十五年(1845)进士。曾任建昌知府、吉州知府。后游走经商,晚居扬州。著有《悔馀庵文稿》《悔馀庵诗稿》《南塘渔父诗钞》《闻和见晓斋初稿》等。

当年多士登龙[2]，追陪雅集[3]，溯渔洋修禊[4]，宾谷题襟[5]，招来济济英髦[6]，翰墨壮江山之色。翳玉钩芳草[7]，绿蘸歌衫，金带名花[8]，香霏砚席，扬华摛藻[9]，至今传弘奖风流。贤使君提倡骚坛[10]，谁堪梅阁联诗[11]，芜城续赋[12]；

此日有人骑鹤[13]，烂漫闲游，怅文选楼空，蕃釐观圮[14]，阅尽茫茫浩劫，园林剩瓦砾之场。只桥畔吹箫[15]，二分月古，湾头打桨[16]，十里春深，补柳栽桑，渐次复升平景象。大都会搜寻胜概[17]，我欲雷塘泛酒[18]，蜀井评泉[19]。

【注释】

〔1〕选自〔清〕金武祥撰，谢永芳点校《粟香随笔》卷二。

〔2〕登龙：即登龙门的省略，比喻得到有名望者的接待和援引而提高身价。《后汉书·党锢列传》："（李）膺独持风裁，以声名自高。士有被其容接者，名为登龙门。"

〔3〕追陪：追随，伴随。

〔4〕渔洋：清初诗人王士禛，别号渔洋山人。修禊：古代民间习俗，在农历三月初三日，到水边嬉游采兰，以驱除不祥。王渔洋曾在扬州与诸名士至红桥修禊雅集。

〔5〕宾谷：曾燠，字庶蕃，号宾谷，江西南城人。乾隆年间进士，历任户部主事、两淮盐运使、贵州巡抚。工诗文。有《赏雨茅屋诗集》，又辑《江西诗征》及《骈体正宗》。题襟：晚唐温庭筠、段成式、余知古等人常题诗唱和于汉水之滨，有《汉上题襟集》十卷，后"题襟"遂为文人雅士宴集美称。

〔6〕济济：语出《诗经·大雅·文王》："济济多士，文王以宁。"毛苌《诗传》曰："济济，多威仪也。"英髦：亦作"英旄"，俊秀杰出的人。枚乘《柳赋》："俊乂英旄，列襟联袍。"

〔7〕翳：只有，唯有。玉钩：玉钩斜，位于扬州蜀冈西峰，相传为隋炀帝葬宫人处。

〔8〕金带名花：芍药之名贵者，亦称金腰带。陈师道《后山谈丛》："花之名天下者，洛阳牡丹、广陵芍药耳。红叶而黄腰，号金带围，而无种，有时而出，则城中当有宰相。"此用韩琦等四相簪花典故。

〔9〕扬华摛藻：摛，抒发，舒展。文士们施展才华，铺陈辞藻。

〔10〕贤使君：贤明的太守，指扬州的主官。

〔11〕梅阁联诗：南朝何逊曾参与扬州刺史东阁宴会赋诗联吟。

〔12〕芜城：南朝宋竟陵王诞据广陵反，平定后，城市荒芜萧条，鲍照曾登临此城写下名作《芜城赋》，扬州遂有“芜城”之称。

〔13〕骑鹤：语出《殷芸小说》卷六：“有客相从，各言所志，或愿为扬州刺史，或愿多资财，或愿骑鹤上升。其一人曰：‘腰缠十万贯，骑鹤上扬州。’欲兼三者。”后人附会在此建骑鹤楼。

〔14〕蕃釐观：蕃釐，指洪福。蕃釐观，即蕃釐馆，琼花观旧称，始建于汉代。《扬州府志》载：“昔扬州后土祠有琼花一株。”后土祠至宋更名为琼花观。

〔15〕桥畔吹箫：语出杜牧《寄扬州韩绰判官》诗：“二十四桥明月夜，玉人何处教吹箫。”

〔16〕湾头：在扬州东北约五公里处，是扬州近郊风景秀丽的水乡。

〔17〕都会：扬州又称江都。

〔18〕雷塘：地名，在旧城北。相传隋炀帝在此建迷楼，与妃嫔饮酒作乐。杜牧《扬州三首》诗：“炀帝雷塘土，迷藏有旧楼。”泛酒：泛舟饮酒。

〔19〕蜀井：指扬州蜀冈的泉井。清《扬州府志》：“扬州山以蜀冈为首，上有蜀井，相传地脉通蜀。”

【评析】

清乾隆末年，两淮盐运使曾燠于运使署西北隅筑题襟馆，召集文人，诗酒唱和，于渔洋之后重振扬州风雅。清咸丰三年（1853）至八年，太平军三破扬州，题襟馆亦遭到破坏。清同治八年（1869），两淮盐运使方濬颐至扬州，九年十月，修葺题襟馆。其《仪董轩记》曰：“扬州题襟馆之名震于大江南北，乱后葺治之，已非复旧观。”何栻之联当作于此时。此联紧扣“题襟馆”题旨，上联追溯清代扬州文人题襟雅集的历史，一是清初顺康之际渔洋的红桥修禊、广陵唱和等雅集活动，二是乾嘉时期曾燠题襟馆雅集活动。下联借方濬颐之眼，目击战争之后芜城的荒凉衰落及战后重建工作。对联点评了扬州的胜迹、史事与人物，状写扬州的现状，生动而详尽地展现了扬州城的兴衰变化。通过今昔对比，慨叹历史沧桑、人事变化、风物变迁。联语多用骈句，遣词用语亦注意风格的差异。上联花团锦簇，极铺陈之致，下联疏朗清秀，涵清空之气，允为长联的佳作。

扬州何园联[1]

何维键(1835—1908)

字汝持,号芷舠,安庆府望江县(今安徽安庆)人。曾任户部郎中、湖北武昌盐法道、湖北督粮道、湖北按察使,官至湖北汉黄德道兼江汉关监督等职务,封正一品。后辞官退隐扬州,购买片石山房并扩为园林,名为何园。

种邵平瓜[2],栽陶令菊[3],补处士梅花[4],不管他姹紫嫣红,但求四季常青,野老得许多闲趣;

放孤山鹤[5],观濠上鱼[6],狎沙边鸥鸟[7],值此际星移物换,惟愿数椽足托[8],晚年养未尽余光。

【注释】

〔1〕选自裴国昌主编《中国名胜楹联大辞典》。

〔2〕邵平瓜:邵平,原为秦朝东陵侯。秦亡后以布衣自居,种瓜长安城东青门外。

〔3〕陶令菊:陶渊明好菊,隐居时多有栽种。

〔4〕处士梅花:北宋隐士林逋好梅花,人称“梅花处士”。

〔5〕孤山鹤:林逋曾隐居孤山,畜养双鹤。沈括《梦溪笔谈》:“林逋隐居杭州孤山,常畜两鹤,纵之则飞入云霄,盘旋久之,复入笼中。”

〔6〕濠上鱼:庄子与惠子游于濠梁之上,观鱼时辩论“鱼乐”的问题。

〔7〕沙边鸥鸟:语出《列子》:“海上之人有好沤鸟者,每旦之海上,从沤鸟游,沤鸟之至者百住而不止。其父曰:‘吾闻沤鸟皆从汝游,汝取来,吾玩之。’明日之海上,沤鸟舞而不下也。”

〔8〕数椽:指简陋的屋舍。

【评析】

清光绪九年(1883),何芷舠辞官退隐扬州,购吴氏片石山房扩为园林,名寄啸山庄,即何园,并自撰此联。何氏因不满于政局,故辞官经商,心境颇为萧瑟。此联中杂举古代贤人逸事典故,若种瓜、栽菊、补梅,放鹤、观鱼、狎鸥,皆寄托隐逸之趣。“紫姹红嫣”,指当时光怪陆离的社会现象;“星移物换”,指晚清波诡云谲的政局。何芷舠居何园时间不长,后挈家居上海,以实业、教育救国,为近代史上重要人物之一。

扬州第五泉联〔1〕

彭玉麟

大江南北,亦有湖山,来自衡岳洞庭〔2〕,休道故乡无此好〔3〕;

近水楼台〔4〕,尽收烟雨,论到梅花明月,须知东阁占春多〔5〕。

【注释】

〔1〕选自胡君复原编,常江点校重编《古今联语汇选》第一册。

〔2〕衡岳洞庭:衡山和洞庭湖,借指湖南。

〔3〕休道故乡无此好:此处反用苏轼《六月二十七日望湖楼醉书五首》“我本无家更安往,故乡无此好湖山”之意。

〔4〕近水楼台:语出苏麟《断句》:“近水楼台先得月,向阳花木易逢春。”

〔5〕东阁:何逊为官扬州时,官府中有梅,常吟咏其下。杜甫《和裴迪登蜀州东亭送客逢早梅相忆见寄》:“东阁官梅动诗兴,还如何逊在扬州。”

【评析】

第五泉在扬州大明寺内,泉水清新甘洌,相传陆羽曾评此泉为“天下第五泉”。此联虽题作第五泉,但联语却无一语及之,而是泛咏扬州。颇疑此联系彭氏品茶后所撰，但并非专为第五泉而作。彭玉麟祖籍衡阳，联语将江南、江北之山水与湖湘之名山大湖相比较，自矜故乡湖山之美；下联方写到扬州之景观风物，楼台烟雨、梅花明月，言皆扬州所擅。对联先抑后扬，娓娓道来，顿挫有致。化用前人诗句，或反用其意，或就原意加以引申，皆甚为妥帖。

永济寺联〔1〕

永济寺僧（生卒年不详）

生平事迹不详。

江水滔滔，洗尽千秋人物，看闲云野鹤，万念都空，说甚么晋代衣冠，吴宫花草；

天风浩浩，吹开大地尘氛，倚片石危栏，一关独闭，更何须故人禄米，邻舍园蔬〔2〕。

【注释】

〔1〕选自〔清〕梁章钜等撰，白化文、李鼎霞点校《楹联丛话》卷七。

〔2〕故人禄米，邻舍园蔬：语出杜甫《酬高使君相赠》："故人供禄米，邻舍与园蔬。"

【评析】

梁章钜《楹联丛话》中载此联作为扬州永济寺联。又王文治书此联作杭州胜果寺联，但改"晋代衣冠、吴宫花草"为"南宋衣冠、西湖烟柳"。南京永济寺位于燕子矶一带，临大江，傍悬崖，气势恢宏。始建于明正统年间，原名弘济寺，后为避清高宗讳，更名"永济寺"。"江水滔滔，洗尽千秋人物"化用苏轼《念奴娇·赤壁怀古》"大江东去，浪淘尽、千古风流人物"句。作者眺望长江,思绪万千,此地的王朝与士族,无论如何显赫,都随江水逝去,兴盛衰败又何等虚无,反不如闲云野鹤,别无杂念,自在悠游,因而“万念都空”。下联从对历史的思考中回到现实,天风浩荡,吹开尘埃,在此清净之地,正宜“一关独闭”。“更何须故人禄米,邻舍园蔬”则表现了永济寺僧众断绝尘缘、淡薄物欲、潜心修炼之志。

高邮文游台联〔1〕

魏　源(1794—1857)

字默深,又字汉士,号良图,湖南邵阳人。清道光二十五年(1845)进士,曾任东台、兴化知县、高邮州知州。晚年弃官归隐,潜心佛学。思想进步,眼界开阔,曾提出“变古愈尽,便民愈甚”和“师夷长技以制夷”等改革变法与学习西方技术的主张。著有《海国图志》《圣武记》《皇朝经世文编》等。

先天下忧,后天下乐〔2〕,处江淮而怀堂庙〔3〕;
与古人稽,同今人居〔4〕,若丘垤之仰泰山〔5〕。

【注释】

〔1〕选自《〔民国〕慈利县志》卷十五。

〔2〕先天下忧,后天下乐:语出范仲淹《岳阳楼记》:“先天下之忧而忧,后天下之乐而乐。”

〔3〕处江淮而怀堂庙:语出范仲淹《岳阳楼记》“处江湖之远则忧其君”。

〔4〕与古人稽,同今人居:语出《礼记》:“儒有今人与居,古人与稽。今世行之,后世以为楷。”

〔5〕若丘垤之仰泰山:丘垤,小土堆。《孟子·公孙丑上》:“泰山之于丘垤,河海之于行潦,类也。”

【评析】

文游台在扬州高邮。原为东岳庙,苏轼曾在此与王巩、孙觉、秦观等人会饮论文,故名曰"文游"。上联化用范仲淹《岳阳楼记》中的名句,赞诸贤之忧乐与天下相关,虽僻处江淮,但关心朝廷大事。易范仲淹文中的"江湖"为"江淮",表意更为准确。下联化用《礼记》《孟子》两部儒家经典中的句子,抒发了对前贤的仰慕,点明了中国传统士人的理想追求与行为准则。

镇江金山寺挹江亭联[1]

爱新觉罗·弘历

气接鸿蒙[2],中流开远势;

山浮杳霭[3],一柱倚高空。

【注释】

〔1〕选自胡君复原编,常江点校重编《古今联语汇选》第一册。

〔2〕鸿蒙:迷漫广大、混沌不明貌。

〔3〕杳霭:幽深渺茫貌。

【评析】

挹江亭,在镇江市金山寺内。金山寺始建于东晋,原名泽心寺。梁武帝天监四年(505),于此寺开水陆道场。唐代改名金山寺。清康熙二十五年(1686),清圣祖南巡,御书"江天禅寺"额。清高宗南巡,多驻跸于金山寺行宫。此联写其登临所见江山景观。上联写长江,"气接鸿蒙",指苍茫混沌状,"中流开远势",指中流而望,大江旷远之势。下联写金山。山在江中,故若浮。"一柱"指金山寺慈寿塔。此联气势阔大,似有彰显天下、定于一尊而乾纲独断之意。

金山寺联[1]

沈秉成（1823—1895）

原名秉辉，字仲复，号听蕉，又号耦园主人，浙江归安（今浙江湖州）人。清咸丰六年（1856）进士。曾任河南、四川按察使，广西、安徽巡抚，两江总督等职。创办南京水师学堂、经古书院，鼓励实学。著有《蚕桑辑要》一书。

一峰浮玉[2]，十地布金[3]，忆裴头陀江岸披缁[4]，苏内翰山门留带[5]，光阴瞻逝水，谁续胜缘，愿宏开宝宇琳宫，永镇苍崖翠壁；

万顷烟涛，千林风籁，想焦仙人幽岸瘗鹤[6]，陆处士中泠品泉[7]，卜筑有芳邻[8]，堪寻陈迹，漫辜负莲花贝叶[9]，同听暮鼓晨钟。

【注释】

〔1〕选自裴国昌主编《中国名胜楹联大辞典》。

〔2〕浮玉：金山古称“浮玉山”。

〔3〕十地：佛教用语，指依菩萨证悟层次而分的十种境界。

〔4〕裴头陀：法海姓裴，是为裴头陀。南唐应之和尚《头陀岩记》记载：“金山昔名浮玉，因裴头陀江际获金，贞元二十一年，节帅李锜奏闻，赐名金山。”披缁：缁，黑色的帛。缁衣，僧尼之服。

〔5〕苏内翰：即苏轼。苏轼与金山寺颇有渊源，曾多次游赏，与佛印交情甚深。写有《游金山寺》《题金山寺》等诗作，晚年作《自题金山画像》，以自嘲的口吻，总结自己一生。留带：留下玉带。相传宋哲宗元祐四年（1089），苏轼前往杭州赴任，路过润州，特来金山拜访佛印。佛印正准备为僧众说法，见苏轼来便说道：“此间无坐处。”苏轼便以禅宗之语答道：“暂借佛印四大为座。”佛印就要苏轼以玉带为赌注，若答不出问题，便要留下玉带。苏轼欣然答应。佛印问道：“老僧四大本空，五

蕴非有,翰林何处坐?”苏轼略有思考,佛印便令侍者收起玉带,并取出衲裙袈裟一件作为回赠,还作诗一首。后来苏轼也写了《以玉带施元长老,元以衲裙相报次韵》诗两首作为酬答。

〔6〕焦仙人:指焦先,东汉末隐士,字孝然,河东人。曾于焦山结庐而居。瘗鹤:指摩崖石刻《瘗鹤铭》,原刻于镇江焦山西麓崖壁,传为南朝陶弘景所书。唐宋之际,因山体遭雷击,导致石刻堕落江中。清康熙五十二年(1713),陈鹏年募资打捞出水,置于镇江定慧寺山门左侧。

〔7〕陆处士:即陆羽,被誉为“茶圣”。中泠:中泠泉,在金山寺旁。相传其水绿如翡翠,浓似琼浆,陆羽品评天下泉水,曾将之列“天下第一泉”。

〔8〕卜筑:择地建筑住宅、定居。

〔9〕莲花:喻佛教妙义。贝叶:古印度人用以写经的树叶,借指佛经。

【评析】

上联用金山寺典“一峰浮玉”,即金山寺在江中,古称浮玉山。“十地布金”,切佛寺。裴头陀、苏内翰,皆用金山寺典。下联荡开一笔,不写金山,而转以写镇江之风景与掌故。写到焦山的焦仙传说,号称山中宰相陶弘景所书的《瘗鹤》,以及唐代茶圣所品题的中泠泉。末写作者愿于此地卜邻以居,但并无意于出家为僧。此联铺排极佳。写景、隶事、抒情兼具。写景如上联的“一峰浮玉,十地布金”和下联的“万顷烟涛,千林风籁”均形成工稳对仗。隶事如上联的“裴头陀江岸披缁,苏内翰山门留带”与下联的“焦仙人幽岸瘗鹤,陆处士中泠品泉”也对得严丝合缝,令人击节称赞。

焦山碍月亭联〔1〕

杨继盛(1516—1555)

字仲芳,号椒山,直隶容城(今属河北)人。明嘉靖二十六年(1547)进士,授南京吏部验封司主事。迁兵部车驾司员外郎,因上疏反对仇鸾开马市之议,得罪严嵩,被贬为狄道典史。后曾任诸城知县、南京户部主事、刑部员外郎等职。嘉靖三十二年,因上疏历数严嵩“五奸十大罪”,入狱受尽折磨,三年后被处以极刑。穆宗即位后,追赠太常少卿,谥忠愍。

杨子怀人渡扬子;
椒山无意合焦山。

【注释】

〔1〕选自〔清〕吴耆德、王养度纂订,〔清〕冯锦编辑《〔嘉庆〕瓜洲志》卷二。

【评析】

此杨继盛《访唐子荆川到此因山名与已号音相同喜而赋之》七绝之前二句,为人书悬于焦山碍月亭上。杨氏渡过扬子江,欲拜访唐顺之而不遇,于是自行前去焦山,并作此联。此联地名与人名谐音,上联的“杨子”与“扬子”谐音,下联“椒山”(杨继盛号)与“焦山”亦复如是,关合巧妙,饶有趣味。

焦山松寥阁联〔1〕

陈鹏年(1663—1723)

字沧洲、北溟,湖南湘潭人。清康熙三十年(1691)进士,历仕浙江西安知县、江南山阳知县、江宁知府、苏州知府、河道总督等职。卒谥恪勤,入祀河南、江宁名宦祠。善诗文,著有《道荣堂文集》《沧州诗集》等。

月色如昼〔2〕;
江流有声〔3〕。

【注释】

〔1〕选自〔清〕梁章钜等撰,白化文、李鼎霞点校《楹联丛话》卷六。

〔2〕月色如昼:语出《开元天宝遗事》:“八月十五夜,于禁中直宿,诸学士玩月,备文酒之宴。时长天无云,月色如昼。”

〔3〕江流有声:语出苏轼《后赤壁赋》:“江流有声,断岸千尺。”

【评析】

镇江焦山东侧有小山,名曰松寥山,因李白《焦山望松寥山》诗而声名鹊起。此联不直接描写松寥阁,而是写松寥阁上所见之月色、所闻之江流声。短短八个字,视听兼具,空间阔大,颇有韵趣。

焦山海若庵联[1]

沈德潜(1673—1769)

字碻士,号归愚,苏州府长洲(今江苏苏州)人。少年成名,然屡试不中,辗转科场四十余年。清乾隆四年(1739)进士,任翰林院编修,仕至礼部侍郎。为诗主张“格调说”,编有《古诗源》《唐诗别裁集》等,著有《沈归愚集》。

境以沧江旷;

山因真隐高。

【注释】

〔1〕选自〔清〕吴云撰《焦山志》卷一。

【评析】

海若庵在焦山上,原为海神庙,故以海若为名。此联富于哲理。写海若庵却不从正面着笔。庵在沧江之上，因此景致清旷。焦山亦不甚高大，但因为是东汉高士焦先的栖隐地，故名焦山，因曰“山因真隐高”，这与刘禹锡《陋室铭》中的“山不在高，有仙则灵”大义相近。

焦山自然庵联〔1〕

郑　燮（1693—1766）

字克柔，号板桥，扬州府兴化县（今属江苏）人。清乾隆元年（1736）进士，任山东范县、潍县县令。后客居扬州，卖画为生。工书画，为“扬州八怪”之一，尤善画兰、竹。亦工诗文，著有《板桥诗钞》《板桥词钞》《板桥家书》等。

山光扑面经新雨；

江水回头为晚潮。

【注释】

〔1〕选自〔清〕梁章钜等撰，白化文、李鼎霞点校《楹联丛话》卷六。

【评析】

自然庵在焦山寺东。吴云《焦山志·建置》云：“自然庵，旧在半山观音崖右，明弘治间移置真武殿之右。”郑燮曾在焦山自然庵读书，联撰于此时。上下两联，一山一水。新雨过后，天地万物更加清净润泽。山间景色扑面而来，化静为动。晚潮涨起，江水被海水推回，因此说“江水回头为晚潮”。这副楹联里，山水在新雨、晚潮等自然现象中律动，可谓摇曳生姿，兴味无穷。

焦山定慧寺联[1]

伊秉绶

龛收江海气[2]；
碑出鱼龙渊[3]。

【注释】

〔1〕选自〔清〕梁章钜等撰，白化文、李鼎霞点校《楹联丛话》卷六。

〔2〕龛：供奉佛像或神位的石室或小阁。

〔3〕鱼龙渊：鱼龙出没的深渊，指长江。

【评析】

镇江定慧寺位于焦山南麓，始建于东汉兴平年间，闻名遐迩。建筑高低错落，古木高大苍翠，极为清幽。上联“龛收江海气”，即称赞定慧寺集江海之灵气。定慧寺中保留有江南第一大碑林——焦山碑林。清康熙间，陈鹏年更是募资从江中打捞出南朝著名摩崖石刻《瘗鹤铭》，立于定慧寺侧，故曰“碑出鱼龙渊”。此联格调渊雅，气息深厚，为五言短联之佳作。

焦山枕江阁联[1]

彭玉麟

天堑演楼船[2]，忆瓜洲星火[3]，京口烽烟，曾向丛林听鼓角[4]；

海门资锁钥[5],幸鲽伏鹣驯[6],蛟潜虬隐,如携樽酒对江山。

【注释】

〔1〕选自裴国昌主编《中国名胜楹联大辞典》。

〔2〕天堑:天然的沟堑,其险要可据守。多指长江。《隋书·五行志下》:"长江天堑,古以为限隔南北,今日北军岂能飞渡耶?"

〔3〕瓜洲星火:语出张祜《题金陵渡》:"潮落夜江斜月里,两三星火是瓜洲。"

〔4〕丛林:指焦山寺。

〔5〕海门:海口,内河通海之处,焦山为唐代长江入海口。锁钥:锁和钥匙,用以封锁与开启,比喻极其重要、起决定作用的因素。

〔6〕鲽:比目鱼。鹣:比翼鸟。

【评析】

枕江阁在焦山,临江。彭玉麟平定太平天国后,与曾国藩奏定长江水师营制,每年巡阅长江。"天堑演楼船"即指水师操练、巡江。"忆瓜洲星火,京口烽烟,曾向丛林听鼓角",则是回想起太平天国运动时湘军水师在焦山一带的军事行动。值得一提的是,由于时任焦山住持的了禅和尚通过劝说与恳求,让太平军放弃了驻扎焦山的计划,从而使定慧寺免于兵火。下联则回到现实,"海门资锁钥",言焦山在军事上的重要地理位置。"鲽伏鹣驯,蛟潜虬隐",意即反叛势力均被平息,作者因而从容自得,可"携樽酒对江山"。此联中间二句各自对仗,而不是上下联对仗,亦是长联中的常格。

焦山碑刻联[1]

赵曾望(1847—1913)

字绍庭,一作芍亭,号姜汀,江苏丹徒人。清同治九年(1870)优贡生,后任内阁中书舍人,在京数年,不得意而辞官归乡。后应盐商邀请,前往如皋经理盐务。曾被推举为镇江海门吟社社长。其学问渊博,著述丰富,有《十三经独断》《古史新编》《廿一史类聚》等作。

得瘗鹤铭而拓之,见八法中第一真书[2],始知翰墨精华,任鬼忌神谋,不及山灵呵护;

问瓜牛庐谁继者[3],数两汉后无双国士[4],若论烟霞痼癖[5],惟公宾我主,庶几水乳交融。

【注释】

〔1〕选自胡君复原编,常江点校重编《古今联语汇选》第一册。

〔2〕八法:汉字笔画有侧、勒、努、趯、策、掠、啄、磔八种,谓之八法。后以八法代指书法。真书:楷书,亦称正书。

〔3〕瓜牛庐:形似蜗牛壳的小圆舍。或以为"瓜"当为"蜗",指简陋的住处。《三国志·胡昭传》注引《魏略》:"焦先及杨沛并作瓜牛庐,止其中。"

〔4〕无双国士:即国士无双,指才能杰出,无与比者。《史记·淮阴侯列传》:"诸将易得耳。至如信者,国士无双。"

〔5〕烟霞痼癖:嗜好山水。潘音《反北山嘲》:"烟霞成痼癖,声价藉巢由。"

【评析】

上联写作者得以拓印《瘗鹤铭》时的欣喜若狂。《瘗鹤铭》遭逢多难,自宋代被雷劈落江中,沉寂数百年,仿佛"鬼忌神谋"。幸而山灵呵护珍品,今日方能重见真迹。下联表现山居心境,能与自然水乳交融。作者尚友古人,虽作宾主之别,而同有山水之癖。瓜牛庐,汉末隐士焦先,曾结庐于镇江谯山(今焦山)。联中多用虚词勾勒,如"始知""任""不及""若论""惟""庶几"等,使联语文意转折,自然流畅,长联中多用此法。

石帆楼联[1]

阮　元

巴蜀西来,潮头几杆;
金焦北固,鼎足三分。

【注释】

〔1〕镇江市京口区地方志编纂委员会编《京口区志》(上海社会科学院出版社1992年版)。

【评析】

石帆楼在北固山北铁柱峰上,峰有巨石参差,有如扬帆,因得名石帆。楼今已毁,遗址在数帆楼后。此联虽短小,但擘空而来,盘礴有力。首联写长江滔莽自巴蜀而来,经石帆楼下,东注入海。下联排列镇江三山,用“鼎足三分”作喻,既写三山之雄奇,又带入三国历史,立意高妙。此联以“金焦”对“巴蜀”,已然工稳,“北固”对“西来”,“鼎足”对“潮头”,皆用借对法,自然精妙,令人叫绝。

石帆楼联[1]

茅　谦(1848—1917)

字子贞,号肺山,江苏镇江人。清光绪二十二年(1896)举人,授高淳县学训导。后入湖南学使张燮钧幕。应江宁布政使樊增祥之邀任《南洋官报》主笔。精通水利,著有《水利刍议》一书。其诗、文分别编为《肺山诗存》《肺山文存》。

后海岳为主人[2],有山水癖;
指石帆作侍家,参去来禅[3]。

【注释】

〔1〕选自裴国昌主编《中国名胜楹联大辞典》。

〔2〕海岳:米芾曾有书法论著《海岳名言》,故亦以海岳指代米芾。

〔3〕去来:佛教语。指过去、未来。范成大《二偈呈似寿老》诗:“法法刹那无住,云何见在去来。”

【评析】

联以主宾分写。首联作者自谓“我与米芾一样皆有山水癖,米芾已矣,我乃为此地主人”。下联以石帆为宾客,并借此参禅。“去来”,“去来今”之省称,指佛教三世之说。此联句法奇崛有力,上下联首句节奏均为一二一二,第二句节奏均为一三,“后”“为”“有”“指”“作”“参”六个动词,撑起全联。

多景楼联[1]

李彦章(1794—1836)

字则文、一字兰卿,号榕园,福建侯官(今福建福州)人。清嘉庆十六年(1811)进士,历仕文渊阁检阅、国史馆分校、广西思恩知府、庆远知府、浔州知府、江苏按察使等职。雅好诗联,曾参加消寒诗社(又称宣南诗社)。著有《榕园识字编》《榕园辨韵编》等。

天与雄区，欲游目骋怀[2]，一层更上[3]；
地因多景，喜山光水色，四望皆通。

【注释】

〔1〕选自〔清〕梁章钜编纂《楹联续话》卷二。

〔2〕游目骋怀：纵目观览，舒展胸怀。王羲之《兰亭集序》："仰观宇宙之大，俯察品类之盛，所以游目骋怀，足以极视听之娱，信可乐也。"

〔3〕一层更上：语出王之涣《登鹳雀楼》："欲穷千里目，更上一层楼。"

【评析】

多景楼位于镇江市北固山上，始建于唐代，楼名取自唐李德裕《临江亭》中"多景悬窗牖"一语。登楼纵览，山水交映，景色绝佳，自宋以来成为历代文人雅士聚会赋诗之所。李彦章在江苏任职时重建此楼并撰联语。此联写景抒情，层次分明。"天与雄区"点明多景楼位于灵秀之地，游人皆愿"一层更上"以登高览胜、游目骋怀。登楼后，"四望皆通"，山光水色便交相入眼，一览无余。上下联之间具有逻辑、时间上的承接关系。全联表现出"更上一层楼"的进取之心与"四望皆通"的宽阔胸怀。

江东胜概楼联[1]

曾承显（生卒年不详）

字文弢，江西虔南厅（今江西全南）人。曾任镇洋、无锡、上海、丹徒、丹阳等县知县。清道光二十一年（1841）创建上海豫章会馆。

形势拓南徐[2]，对秣陵树色[3]，瓜步江光[4]，何处平分吴楚；
画图开北固，有米老庵存[5]，卫公塔在[6]，依然映带金焦。

【注释】

〔1〕选自〔清〕梁章钜编纂《楹联续话》卷二。

〔2〕南徐：镇江古地名。东晋侨置徐州于京口城，南朝宋改称南徐。历齐梁陈，至隋开皇年间废。《宋书·州郡志一》："武帝永初二年，加徐州曰南徐，而淮北但曰徐。文帝元嘉八年，更以江北为南兖州，江南为南徐州，治京口。"

〔3〕秣陵：南京古地名。

〔4〕瓜步：江苏六合东南有瓜步山，山下有瓜步镇。古时瓜步山南临大江。

〔5〕米老庵：米芾居镇江时，常在甘露寺，自题居处为"米老庵"。

〔6〕卫公塔：在北固山，唐卫国公李德裕所建。甘露寺大火，只有卫公塔及米老庵独存。米芾《甘露寺悼古》："神护卫公塔，天留米老庵。"

【评析】

北固山甘露寺之左，旧为多景楼，久已荒废。清李彦章任江苏按察使时曾就其遗址重建，建成后俄圮。曾承显任丹徒令时重建，题江东胜概楼。上联侧重描绘胜概楼的地理位置与自然风光，树色江光，一山一水，"何处平分吴楚"更将视野向远处扩展，无边无际，浩茫难辨。下联则关注甘露寺的人文历史，米老庵和卫公塔至今依然矗立，与金、焦二山秀美的自然景色交相辉映。联中密集使用了十个地名与建筑名，但通过动词描写与虚词勾勒，并不显得板滞，颇为不易。

招隐山听鹂山房联[1]

伊秉绶

泉韵每清心，自有山林招隐逸；

莺声犹在耳，好携柑酒话兴亡[2]。

【注释】

〔1〕选自裴国昌主编《中国名胜楹联大辞典》。作者题为庄祖武,经考为伊秉绥撰。

〔2〕柑酒:语出冯贽《云仙杂记》卷二:"戴颙春携双柑、斗酒,人问何之,曰:'往听鹂声。此俗耳针砭,诗肠鼓吹,汝知之乎?'"

【评析】

听鹂山房是南朝戴颙在镇江南山的隐居住所,戴颙曾在此听鹂抚琴,参悟乐理。戴颙逝后,其女舍宅为寺,曰招隐寺,中有听鹂山房。上下联互文。泉水叮咚清脆,莺啼婉转动人,如此佳境,自然吸引着天下高人隐士。在此远离尘俗,做一局外之人,反而能够清醒地认识历史与现实。不妨饮酒漫话,闲话兴亡。联中用戴颙故事,戴颙为晋宋之际人,入宋后屡征不仕,故有"话兴亡"之语。

昭明读书台联[1]

陶绍莱(1900—?)

字蓬仙,号庚庵,江苏丹徒人。清末民初人。有《游经楼初学稿》《游经楼续稿》《润州唐人集》等。

处士何存[2],到此犹携听鹂酒;

高台依旧,登临不见读书人。

【注释】

〔1〕选自裴国昌主编《中国名胜楹联大辞典》。

〔2〕处士:本指有才德而隐居不仕的人。《孟子·滕文公下》:"圣王不作,诸侯放恣,处士横议,杨朱、墨翟之言盈天下。"联中指戴颙。

【评析】

昭明读书台,相传为梁代昭明太子萧统读书之处。位于镇江南山,邻近东晋隐士戴颙的听鹂山房,此联凭吊戴颙与昭明太子。作者携酒登临,不见昔日的隐士与读书人,只有高台依旧,黄鹂之声不绝于耳。迷离怅惘,引人感慨。

泰州松林庵联〔1〕

沈世德(1901—1962)

字本渊,别号沈瘦郎、寄廛诗人,江苏泰州人。当地知名文化人士。

大地满征尘,且偷半日清闲〔2〕,荒寺眠云寻鹤梦〔3〕;
孤松留胜迹,欲问六朝兴废,怒涛卷雨作龙吟。

【注释】

〔1〕选自刘康德辑《海陵耆旧楹联拾零》(《海陵文史》第14辑,2005年)。

〔2〕偷半日清闲:语出李涉《题鹤林寺僧舍》:"因过竹院逢僧话,偷得浮生半日闲。"

〔3〕鹤梦:指代超脱凡尘的向往。

【评析】

此联为1922年5月作者应泰县松林庵咏柏诗征联而作。松林庵在泰州城内乌巷南首,有六朝松一株,矗立松林庵中,历经千年,饱阅人世炎凉,其文化形象便不仅是一株松树,而更像一位充满智慧的老者。上联"荒寺眠云寻鹤梦"生动地写出了六朝松远离俗世、孤高不群的姿态。下联"欲问六朝兴废",却不给出正面回答,而是以"怒涛卷雨作龙吟"之场景收束全联,引人遐想。

靖江孤山联〔1〕

赵应於(生卒年不详)

字敏卿,江西南昌人。明万历四十二年(1614)举人,任靖江知县,多有政声。离任后,当地百姓为之修建赵公祠。

对此长江,左蠡烟波今宛在〔2〕;
位当绝顶,西湖岁月定如何。

【注释】

〔1〕选自解维汉编《中国牌坊书院楹联精选》(陕西人民出版社 2007 年版)。

〔2〕左蠡:语出《明一统志》:"左蠡山在都昌县西北八十里,临彭蠡湖东,故名。"

【评析】

靖江孤山在靖江市南,是天目山的余脉,原为长江上岛礁,因泥沙淤积,后成为陆上小山。上联写登孤山而眺望长江,仿佛仍能看到昔日彭蠡湖上的烟波,油然兴起思乡之情。浙江西湖边上亦有孤山,为宋代处士林逋的隐居地。作者身处靖江孤山,缅思宋贤,亦有隐逸之想。

书院联

金陵钟山书院联[1]

陈 澧(1810—1882)

字兰甫,号东塾,广东番禺(今广州)人。清道光十二年(1832)举人,先后任学海堂学长、菊坡精舍山长,提倡朴学,造士甚众。著有《东塾读书记》《汉儒通义》《声律通考》等。

山水崖谷[2],有以自老[3];
道德文章,多从之游[4]。

【注释】

〔1〕选自胡君复原编,常江点校重编《古今联语汇选》第五册。

〔2〕山水崖谷:出自韩愈《送高闲上人序》。

〔3〕有以自老:出自韩愈《送石处士序》。

〔4〕多从之游:出自《史记·五宗世家》,河间献王“好儒学,被服造次必于儒者。山东诸儒多从之游”。

【评析】

钟山书院是清代南京的重要书院。清雍正元年(1723),两江总督查弼纳倡建钟山书院,清世宗御赐“敦崇实学”额,选通省士子肄业其中。书院课程初以科举诗文为主。乾隆间,卢文弨、钱大昕以经史相倡,学风为变。桐城古文宗师姚鼐,先后掌教书院二十年,以古文义法教生徒,造士甚众。此联集前人文句而成。上联写南京有山水崖谷之名胜,可以娱老。下联写书院中的俊彦,或以道德立身,或以文章闻名,他们都追随书院山长游学。联语醇深演迤,有从容自得之趣。

金陵钟山书院联[1]

严绍曾(1874—1958)

字聘卿,号贯公,晚号俟叟,江苏江都人。清宣统二年(1910)进士,先后任户部佥事、礼部司祭酒。辛亥革命后南归,教书以终。著有《辑羲堂诗集》。

最难我辈少年时,莫放余闲,好料量秋冬干戈,春夏龠乐[2];

此是古人读书处,且寻芳躅[3],须记取司马论史,公羊传经。

【注释】

〔1〕选自胡君复原编,常江点校重编《古今联语汇选》第五册。

〔2〕料量:安排,处理。秋冬干戈,春夏龠乐:语出《礼记·文王世子》:"春夏学干戈,秋冬学羽籥。"朱彬《礼记训纂》:"干戈,万舞,象武也,用动作之时学之;羽籥,籥舞,象文也,用安静之时学之。"

〔3〕芳躅:前贤的踪迹。《史记·万石张叔列传》司马贞述赞:"敏行讷言,俱嗣芳躅。"

【评析】

此联勉励书院生徒勤于学业,师法前贤。上联中的"秋冬干戈,春夏龠乐",原是《礼记》中所记春秋时的学习法,与钟山书院课业规程并不相同,此处只是用来告诫生徒要珍惜光阴,安排好学业。下联要书院学子追寻前贤的踪迹,牢记以经史为根本的宗旨。

江南水师学堂联[1]

佚　名

战舰始中原，海客谈瀛[2]，记否二轮载唐史[3]；

讲堂开建业[4]，吴人习水，须知五驭本周官[5]。

【注释】

〔1〕选自胡君复原编，常江点校重编《古今联语汇选》第五册。

〔2〕海客谈瀛：语出李白《梦游天姥吟留别》："海客谈瀛洲，烟涛微茫信难求。"

〔3〕二轮载唐史：《旧唐书·李皋传》载李皋"常运心巧思，为战舰，挟二轮蹈之，翔风鼓浪，疾若挂帆席，所造省易而久固"。

〔4〕建业：三国时吴国都城，即南京。

〔5〕五驭本周官：语出《周礼·地官·保氏》："乃教之六艺……四曰五驭。"郑玄注："五驭：鸣和鸾，逐水曲，过君表，舞交衢，逐禽左。"谓行车时和鸾之声相应，车随曲岸疾驰而不坠水，经过天子的表位有礼仪，过通道而驱驰自如，行猎时追逐禽兽从左面射获。

【评析】

江南水师学堂，又称南洋水师学堂、江宁水师学堂，位于南京鼓楼区挹江门。清光绪十六年（1890），两江总督曾国荃创设。民国后改为海军军官学校，培训海军高级军官。中华人民共和国成立后，改为中国人民解放军海军联校，后为海军军械学校。1970年后作为中国船舶重工集团第七二四研究所所在地。此联撰于晚清洋务运动期间，却具有较强的中国本位色彩。一是强调战舰出自中国，并引《旧唐书》李皋为证。二是说水师学堂虽是教授舰船驾驶、管轮之法，但仍要纳入《周官》五驭的传统中。

实则江南水师学堂虽然还在讲授《左传》《战国策》《孙吴兵法》《读史兵略》等与中国古代战争相关的内容，但主要课程是西学，包括英语和专业知识。所以，这副对联在对联艺术上虽然工稳，但体现出浓厚的保守主义倾向，这是需要指出的。

无锡东林书院联〔1〕

董其昌（1555—1636）

字玄宰，号思白、香光居士，松江华亭（今属上海）人。明万历十七年（1589）进士，授翰林院编修。历仕湖广提学副使、山东副使、河南参政等，因病辞职。泰昌元年（1620），授太常少卿、国子司业，参修《明神宗实录》。天启五年（1625），出任南京礼部尚书，因事辞官。崇祯五年（1632）任太子詹事。崇祯七年归里。卒后谥号文敏。董其昌擅山水，师法董源、巨然、黄公望、倪瓒诸家。著有《容台文集》《画禅室随笔》等。

得其门而入；

不可阶而升。

【注释】

〔1〕选自《东林书院志》整理委员会整理《东林书院志》卷一（中华书局2004年版）。

【评析】

集《论语》句，皆出自《论语·子张》。上则是子贡对子服景伯所言："夫子之墙数仞，不得其门而入，不见宗庙之美，百官之富。"下则是子贡对陈子禽所言："夫子之不可及也，犹天之不可阶而升也。"子贡对老师极为推崇，是将孔子从学者上升为圣人的重要人物。董其昌此联集《论语》之句，但并非纯用子贡的原意，而是借其文辞。上联说学子得入书院求学，由此踏入儒学之门。下联说为学次第，不可好高骛远、躐等而进。

无锡东林书院联[1]

胡　慎（生卒年不详）

字敬思，贵州余庆人。清康熙五十二年（1713）解元。雍正十一年（1733）为金匮知县。次年四月莅丹徒任，后以病去职。乾隆元年（1736）五月复任，三年四月丁艰回籍。

伊洛道统，自北而南，先生实承前启后[2]；

洙泗心传[3]，有一无二[4]，诸贤复尊闻行知[5]。

【注释】

〔1〕选自《东林书院志》整理委员会整理《东林书院志》卷一。

〔2〕先生：指杨时。

〔3〕洙泗：洙水与泗水。古时二水自今山东省泗水县北合流而下，至曲阜北，又分为二水，洙水在北，泗水在南。春秋时属鲁国地。孔子在洙泗之间聚徒讲学。《礼记·檀弓上》："吾与女事夫子于洙、泗之间。"后因以"洙泗"代称孔子及儒家。心传：原为佛教术语，指禅宗以心传心，不立文字，不依经卷，唯以师徒心心相印，悟解契合，递相授受。宋儒为宣扬道统，借指圣人以心性精义相传，谓《尚书·大禹谟》"人心惟危，道心惟微，惟精惟一，允执厥中"十六字为尧舜禹递相传授之心法，称"十六字心传"。

〔4〕有一无二：独一无二。

〔5〕尊闻行知：尊重听闻的知识，践行已懂的道理。《汉书·董仲舒传》："尊其所闻，则高明矣；行其所知，则光大矣。"

【评析】

上联讲龟山先生将伊洛道统传到南方,创立东林书院并讲学其中,对东南地区的理学统绪具有承前启后的作用。下联讲东林学术为孔门正传,东林学者通过求知与践行而达到高明光大的境界。

无锡东林书院丽泽堂联[1]

顾宪成(1550—1612)

字叔时,别号泾阳,人称泾阳先生,南直隶无锡(今属江苏)人。东林党领袖。明万历八年(1580)进士,授户部广东司主事,历仕吏部验封司主事、湖广桂阳州判官、吏部考功司主事、文选司郎中等职。万历二十二年五月,被革职还乡。万历三十二年,倡修东林书院与道南祠,与弟顾允成及刘元珍等人讲学于东林书院,时称"东林八君子"。万历三十六年,起为南京光禄寺少卿,因病未赴任。著有《顾端文公遗书》。

风声,雨声,读书声,声声入耳;
家事,国事,天下事,事事关心。

【注释】

〔1〕选自《东林书院志》整理委员会整理《东林书院志》。

【评析】

丽泽堂,东林书院讲堂名。丽泽,谓两个沼泽相连。《周易·兑卦》:"丽泽兑,君子以朋友讲习。"王弼注:"丽,犹连也。"朱熹《周易本义》:"两泽相丽,互相滋益,朋友讲习,其象如此。"比喻朋友互相切磋。此联为东林学派领袖顾宪成所撰,体现了东林书院教育的宗旨。东林书院讲学之际,正值明末社会矛盾日趋激化之时。明神宗长期怠于朝政,宦官弄权,政治腐败,边患频仍,底层百姓负担深重。在风雨如晦的历史图景下,东林书院除了研讨儒学之外,还重视实事、实学,以图介入现实政治,其后形成了与晚明政局密切相关的东林党。上联“风声”“雨声”,暗用《诗经·郑风·风雨》诗意:“风雨凄凄,鸡鸣喈喈。既见君子,云胡不夷?风雨潇潇,鸡鸣胶胶。既见君子,云胡不瘳?风雨如晦,鸡鸣不已。既见君子,云胡不喜?”《毛诗小序》曰:“《风雨》,思君子也。乱世则思君子不改其度焉。”这和丽泽堂“君子以朋友讲习”的喻义也是相通的。顾宪成意识到乱世将至,因此号召学者在读书之时仍要关心时事,以家国天下大事为己任,体现出强烈的忧患意识,境界极高,是传颂千古的名联。

无锡东林书院丽泽堂联〔1〕

高世泰(1599—1676)

字汇旃,南直隶无锡(今属江苏)人,高攀龙之侄。明崇祯十年(1637)进士。崇祯十四年,官湖广提学佥事。入清不仕,笃守家学。晚于梁溪重建道南祠、丽泽堂,重兴东林讲学之风。

言教莫如诗,观悟到中庸章句〔2〕;
身教莫如礼,持循在乡党一篇。

【注释】

〔1〕选自《东林书院志》整理委员会整理《东林书院志》卷一。

〔2〕中庸章句:《中庸》是《礼记》的一篇,阐论中庸之道。朱熹撰《四书章句集注》,对《中庸》分章析句,阐发义理。

【评析】

上联说《诗经》对言教的作用。如朱熹《中庸章句》中多引《诗》说理。

因此，先引《诗经》句，再从诗句中引申阐发义理，是典型的诗教的方式。所以说“言教莫如《诗》”。下联说《礼》经对修身的作用。作者不直引《三礼》为说，而是以《论语·乡党》为典范。《乡党》篇中记载了孔子的容色言动、衣食住行，可谓是圣人的“身教”，足以成为后人学习的仪范。朱熹《论语集注》引尹焞说曰：“盖盛德之至，动容周旋，自中乎礼耳。学者欲潜心于圣人，宜于此求焉。”

无锡东林书院依庸堂联〔1〕

邹元标（1551—1624）

字尔瞻，别号南皋，江西吉水人。明万历五年（1577）进士，入刑部观察政务。万历十一年，为吏科给事中，以言事再遭贬谪。遂居家讲学三十年，蓄德养望，与顾宪成、赵南星并称“东林三君”。明光宗即位，征为大理寺卿。未即任，擢刑部右侍郎。天启年间改任吏部左侍郎，旋授官左都御史。未几请辞。著有《愿学集》《太平山居疏稿》《日新篇》等。

坐间论谈人，可贤可圣；
日用寻常事，即性即天。

【注释】

〔1〕选自《东林书院志》整理委员会整理《东林书院志》附录一。

【评析】

黄宗羲将邹元标列入《江右王门学案》，认为邹元标是王阳明心学的传人。这则对联亦体现了邹氏学术的精神。一是讲成圣之资，人人皆可为圣贤，所谓“满街皆是圣人”。王学将儒学下层化，认为心即理，人皆有心，因而人人皆有成圣的资质。二是说欲求心性之微，当从日用寻常上做工夫，将从儒学经典中深究“性”“天”等抽象的理学核心概念易为从日常生活中体悟。

无锡东林书院道南祠联[1]

孙慎行（1565—1636）

字闻斯，号淇澳，又号玄晏子，江苏武进人。明万历二十三年（1595）进士，授翰林院编修。天启初，拜礼部尚书，天启二年（1622）辞官。崇祯八年（1635）荐召入阁，九年正月卒于京师，追赠太子太保，谥文介。著有《中庸慎独义》《史左编》《困思抄》《玄晏斋集》等。

伊洛渊源旧[2]；
梁溪俎豆新[3]。

【注释】

〔1〕选自《东林书院志》整理委员会整理《东林书院志》卷一。

〔2〕伊洛：指北宋程颢、程颐的理学。程氏兄弟为洛阳人，曾讲学伊、洛之间，故称。

〔3〕梁溪：源出惠山，流经无锡，北接运河，南入太湖。后指代无锡。

【评析】

宋徽宗政和元年（1111），杨时（号龟山）在无锡创立东林书院，并在书院长期讲学。杨时为理学家程颢、程颐的嫡传高足，受二程器重。杨时南归，程颢叹曰：“吾道南矣！”杨时被尊为“闽学鼻祖”。东林书院成为两宋时期理学在东南地区的重要传习中心。元代，书院荒废。万历三十二年，无锡顾宪成罢官里居，与高攀龙于杨时讲学原址兴建东林学院，并立道南祠以祭祀龟山先生。此联即为道南祠正门左右联。上联指出龟山理学师承二程，这也是明代东林学术的渊源所自。下联写明代重建东林书院，并以俎豆祭祀龟山先生。联语庄严，对仗工稳。

无锡东林书院道南祠联[1]

归　庄（1613—1673）

一名祚明，字尔礼，又字玄恭，号恒轩，江苏昆山人。归有光曾孙。明季诸生。清顺治二年（1645）于昆山起兵抗清，事败亡命。有《归玄恭文钞》《归玄恭遗著》等。

述粹言[2]，续绝学[3]，递启儒宗，若江河之行地；
持正论[4]，辟新经[5]，独尊道统，如日月之中天。

【注释】

〔1〕选自《东林书院志》整理委员会整理《东林书院志》卷一。

〔2〕粹言：精粹的言说。

〔3〕绝学：中断、失传之学。

〔4〕正论：正确合理的言论。

〔5〕新经：新异的学说，犹异端之说。

【评析】

此联赞叹东林书院在理学传承中的地位及其学术特色。上联讲的是东林书院以上承程朱为宗旨。“述粹言”，述而不作，阐述儒学的精粹。“续绝学”，指赓续断绝或将绝的学问。“递启儒宗”，指传承并开启儒学宗派。“若江河之行地”，形容东林学术泽远流长。与下联的“如日月之中天”，均出自《后汉书·冯衍传》：“其事昭昭，日月经天，河海带地，不足以比。”下联“持正论”，指持守二程、龟山的洛学正论。“辟新经”，指驳斥新异的学说，新经既指王安石的新学，也指宋明的陆王心学。“独尊道统”，指独尊从孔孟至二程、龟山的儒学正统。“如日月之中天”，形容东林学术发展兴盛。

无锡东林书院道南祠联〔1〕

刁承祖（1672—1739）

字步武，号醇庵，直隶祁州（今河北安国）人，刁包之孙。清康熙五十四年（1715）进士，历仕陕西扶风、江南上元知县，太平府、凤阳知府，湖南驿盐粮储道，湖北提刑按察使，江苏按察使，河南、浙江、江西、广东布政使等职。卒于任。

道启东南，一代师儒光俎豆；
学宗洛闽，四方贤哲共烝尝〔2〕。

【注释】

〔1〕选自《东林书院志》整理委员会整理《东林书院志》卷一。

〔2〕烝尝：本指秋冬二祭。后亦泛称祭祀。《诗经·小雅·楚茨》：“絜尔牛羊，以往烝尝。”《礼记·祭统》：“秋祭曰尝，冬祭曰烝。”

【评析】

上联赞龟山启道之功，下联述东林学术之旨。

无锡锡麓书堂联〔1〕

顾光旭（1731—1797）

字华阳，号晴沙，又号响泉，江苏无锡人。清乾隆十七年（1752）进士，授户部主事。晋员外郎，主盐策，擢御史。出为甘肃宁夏知府，调平凉道，乾隆三十七年署四川按察使。乾隆四十年辞官，主东林书院。著有《响泉集》《梁溪诗钞》。

依然锡麓书堂，南渡文章，上跨萧杨范陆〔2〕；
允矣龟山道脉〔3〕，东林弦诵〔4〕，同源濂洛关闽〔5〕。

【注释】

〔1〕选自〔清〕梁章钜等撰，白化文、李鼎霞点校《楹联丛话》卷四。

〔2〕萧杨范陆：萧德藻、杨万里、范成大、陆游，皆南宋著名诗人。

〔3〕龟山：杨时，学者称龟山先生。

〔4〕东林：东林书院。

〔5〕濂洛关闽：宋代理学的四个学派。"濂"指濂溪周敦颐；"洛"指洛阳程颢、程颐；"关"指关中张载；"闽"指讲学于福建的朱熹。

【评析】

锡麓书堂为南宋尤袤所建藏书楼。《江南通志》卷三十二："锡麓书堂在无锡县秦皇坞下，宋尤袤读书处。结庐数椽，不事雕饰，历四传无所更易。又有遂初堂，孝宗手书'遂初'二字赐焉。后袤十四世孙质重构，明归有光为记。"尤袤，字延之，号遂初，无锡人。以礼部尚书致仕回无锡，建遂初堂、万卷楼及锡麓书堂，读书其中。明洪武初，尤袤后人尤良修复旧宅，在惠山构堂五间，祀文献公尤辉、文简公尤袤，堂名"锡麓书院"。后毁于火。清乾隆间,其后人复建尤文简公祠,于祠旁重建锡麓书堂。顾光旭为撰此联。上联讲尤袤的诗才。尤袤是南宋中兴四大诗人之一,与杨万里、范成大、陆游、萧德藻等齐名。下联讲尤袤的学术渊源,尤氏少从杨时弟子喻樗求学于东林书院,所以说是“龟山道脉”“东林弦诵”;又因承袭的是理学的正宗,所以说“同源濂洛关闽”。

宜兴东坡书院联〔1〕

唐仲冕(1753—1827)

字六枳,号陶山居士,湖南善化(今长沙)人。清乾隆五十八年(1793)进士,历官荆溪、吴江、吴县知县,海宁、通州知州,署松江、苏州知府,升福建按察使、陕西布政使、陕西巡抚等职,所至有惠政。著有《岱览》《陶山文录》《陶山诗录》等。

何必木奴千头〔2〕,但楚颂亭成〔3〕,香满洞庭皆逸兴〔4〕;

本无负郭二顷〔5〕,况荆溪船入〔6〕,山怀西蜀即前缘。

【注释】

〔1〕选自胡君复原编,常江点校重编《古今联语汇选》第五册。

〔2〕木奴:指橘树。汉末李衡为官清廉,晚年派人于武陵龙阳汜洲种柑橘千株。临死,对他的儿子说:“汝母恶我治家,故穷如是。然吾州里有千头木奴,不责汝衣食,岁上一匹绢,亦可足用耳。”

〔3〕楚颂亭:东坡拟于宜兴作橘园,并建楚颂亭。

〔4〕洞庭:指太湖。

〔5〕负郭:负郭田,指近郊良田。《史记·苏秦列传》:“苏秦喟然叹曰:‘此一人之身,富贵则亲戚畏惧之,贫贱则轻易之,况众人乎!且使我有雒阳负郭田二顷,吾岂能佩六国相印乎!’”司马贞《史记索隐》:“负者,背也,枕也。近城之地,沃润流

泽,最为膏腴,故曰‘负郭’也。”

〔6〕荆溪:宜兴市南之南溪。《元和郡县图志》:“荆溪,是周处斩蛟处。”

【评析】

宜兴东坡书院,位于宜兴市丁蜀镇蜀山南麓。宋元丰年间,苏轼买田筑室于蜀山南麓,拟终老阳羡,号东坡草堂。元代在原址上建“东坡祠堂”,后又废为僧舍。明弘治年间,工部侍郎、宜兴人沈晖在此重建“东坡书院”。此联自苏轼《楚颂帖》化出。原帖云:“吾来阳羡,船入荆溪,意思豁然,如惬平生之欲。逝将归老,殆是前缘。王逸少云:‘我卒当以乐死’,殆非虚言。吾性好种植,能手自接果木,尤好栽橘。阳羡在洞庭上,柑橘栽至易得。当买一小园,种柑橘三百本。屈原作《橘颂》,吾园若成,当作一亭,名之曰楚颂。”苏轼种橘,既为生计,也是一种精神寄托,承继了屈原《橘颂》高洁的精神:“后皇嘉树,橘徕服兮。受命不迁,生南国兮。深固难徙,更壹志兮……独立不迁,岂不可喜兮?深固难徙,廓其无求兮。苏世独立,横而不流兮。闭心自慎,不终失过兮。秉德无私,参天地兮。愿岁并谢,与长友兮。淑离不淫,梗其有理兮。年岁虽少,可师长兮。行比伯夷,置以为像兮。”“何必木奴千头”,反用汉末李衡的典故,因苏轼只拟种三百棵橘树;下联“本无负郭二顷”,写苏轼于宜兴购置薄田。苏东坡致王巩信说:“近在常置一小庄子,岁可得百石,似可足食。”此联多用虚词勾勒,如“何必”“本无”“但”“况”“皆”“即”,拗折有力,富于变化。

宜兴东坡书院联〔1〕

任道镕(1823—1906)

字筱沅,一字砺甫,号寄鸥,江苏宜兴人。拔贡,考授教职。清咸丰年间,在籍襄办团练,除奉贤训导。以筹饷劳,晋秩知县。历仕当阳、江夏知县,直隶保定知府,河南、江西按察使,江西、浙江布政使,山东、浙江巡抚,最后官至山东河道总督。光绪二十八年(1902),乞病归。

玉女铜官[2],溪山无恙,七百年秀钟毓灵,尽是东坡桃李;

鹅湖鹿洞[3],文字有缘,六千里寻幽选胜,依然西蜀峨眉。

【注释】

〔1〕选自裴国昌主编《中国名胜楹联大辞典》。

〔2〕玉女:即玉女潭,在宜兴县莲子山,相传有玉女修炼于此,由此得名。唐权德舆誉其为阳羡山水之首。铜官:铜官山,在宜兴市。

〔3〕鹅湖:书院名。在江西省铅山县北荷湖山,山有湖,多生荷。晋末有龚氏者,畜鹅于此,因名鹅湖山。宋淳熙二年(1175),朱熹与吕祖谦、陆九渊兄弟讲学鹅湖寺,后人立为四贤堂。淳祐中赐额"文宗书院",明正德中徙于山巅,改名"鹅湖书院"。鹿洞:宋初四大书院之一。在江西庐山五老峰东南。唐李渤隐居读书于此,曾畜一白鹿自娱,人称白鹿先生。后渤任江州刺史,于其地建台榭,遂以白鹿名洞。南唐时建学馆于此,称庐山国学。宋初改称白鹿洞书院。朱熹为南康军守,尝手订学规,讲学其中。明清仍为书院。《宋史·道学传》:"除知南康军……间诣郡学,引进士子,与之讲论。访白鹿洞书院遗址,奏复其旧,为《学规》,俾守之。"

【评析】

东坡书院于清康熙、乾隆间屡加修缮、扩建,咸丰间焚毁。光绪八年(1882)重建,任道镕撰为此联。苏轼《菩萨蛮》词说:"买田阳羡吾将老,从来只为溪山好。"太平天国战争期间,东坡书院被毁,唯有玉女潭、铜官山依然无恙,山水清佳,钟灵毓秀。

宜兴东坡书院联[1]

周家楣(1835—1887)

字筱棠,一作小棠,江苏宜兴人。清咸丰九年(1859)进士,入翰林。同治间任礼部主事,总理各国事务衙门章京。光绪改元,除太仆寺少卿,典四川乡试。光绪四年(1878)任顺天府尹,兼总理各国事务衔门大臣。历任礼、兵、户三部侍郎，左副都御史，吏部左侍郎。

生气足千秋，溯兰曹载笔[2]，玉署延英[3]，仰惟河岳星精[4]，旷代自惭称后进；

壮游曾万里，记剑阁登高，锦江濯秀，探遍峨眉风景，蜀山还喜在吾乡。

【注释】

〔1〕选自胡君复原编，常江点校重编《古今联语汇选》第五册。

〔2〕兰曹：指史馆。宋英宗治平元年（1064），苏轼经学士院试，任职史馆。载笔：指史官记事。苏轼《赐翰林学士中大夫兼侍读赵彦若辞免国史修撰不允诏》："卿学世其家，宜居载笔之地；官宿其业，已奏杀青之书。"

〔3〕玉署：指玉堂，翰林院别称。宋哲宗元祐元年（1086），苏轼以翰林学士知制诰，时年五十。

〔4〕河岳：黄河与五岳。星精：星辰之灵。

【评析】

上联以宜兴后进的身份向东坡致敬，赞东坡为河岳星精，认为东坡虽逝，但其精神足以流传千秋。下联自述游踪。周家楣曾任四川乡试正考官，故得万里壮游，登剑阁、游锦江、探峨眉，遍览蜀地之胜。末句用东坡称宜兴独山"此山似蜀"的典故，为蜀山之名落在宜兴而欣喜。此联的佳处在于句中有我，上联由苏轼及于自身，下联由四川连到自己的家乡宜兴，构思巧妙，气势正大。

宜兴东坡书院讲堂联[1]

鞠　屿（生卒年不详）

生平事迹不详。

登州去后[2],萧瑟蓬莱,念先生五日匆匆,祠宇曾留瀛海上;

临汝归来[3],徘徊阳羡[4],叹居士一心恋恋,神魂永托蜀山间[5]。

【注释】

〔1〕选自裴国昌主编《中国名胜楹联大辞典》。

〔2〕登州:苏轼曾知登州,治所在今山东蓬莱。

〔3〕临汝:北宋时为汝州。苏轼曾任汝州团练副使。

〔4〕阳羡:宜兴古称,宋代属常州府。

〔5〕蜀山:原名“独山”。苏轼曾登此山,叹曰:“此山似蜀”。后人为纪念苏东坡,改“独山”为“蜀山”。

【评析】

宋元丰八年(1085)三月,宋神宗病逝,哲宗即位,神宗母高太后垂帘听政,重新起用旧党。令苏轼知登州军州事,但到任不久后又受命回朝任中书舍人。苏轼《留别登州举人》诗中有“莫嫌五日匆匆守,归去先传乐职诗”之句。苏轼任职虽短,但仍有遗爱,所以登州百姓后于蓬莱建东坡祠纪念苏轼。这是上联所写苏轼与登州的因缘。“乌台诗案”后,苏轼被贬为黄州团练副使。元丰七年,赦移汝州团练副使,赴任途中幼子卒,苏轼心灰意冷,上表请求宋神宗准许他在常州居住。苏轼此前曾至宜兴,爱其山水明秀,遂有卜居之意。《菩萨蛮》词有“买田阳羡吾将老,从来只为溪山好”之句。但后来苏轼身陷党争,屡遭贬谪,未能实现定居宜兴的心愿。下联讲苏轼与宜兴的渊源。联中用六个地名作对,属对工整而自然,富有情韵。

江阴暨阳书院辈学斋联[1]

李兆洛(1769—1841)

字申耆,号养一,江苏阳湖(今常州)人。清嘉庆十年(1805)进士,任庶吉士。散馆，授安徽凤台知县，以父丧归，遂不出。主讲江阴暨阳书院。李兆洛学问赅博，精考据、训诂、舆地之学。论文主骈散合一，为阳湖派作家。著有《养一斋文集》，编《皇明文典》《大清一统舆地全图》《骈体文钞》等。

薪木百年余手泽〔2〕；
文章几辈接心传。

【注释】

〔1〕选自〔清〕蒋彤编《武进李先生年谱》。

〔2〕手泽：犹手汗。指先人或前辈的遗墨、遗物等。《礼记·玉藻》："父没而不能读父之书，手泽存焉尔。"孔颖达疏："谓其书有父平生所持手之润泽存在焉，故不忍读也。"

【评析】

此联为李兆洛在江阴暨阳书院任山长时所撰。江阴为清代江苏学政驻节之地。清乾隆三十年（1765），江苏学政李因培督促江阴士绅扩建旧有澄江书院，不逾年落成，易名曰暨阳书院。书院成立后，曾延聘乾嘉知名学者如卢文弨、李惇、李兆洛等任山长。其中李兆洛自受聘至江阴暨阳书院，先后主讲书院二十年，掌教最久，造就寒畯甚众。誉者称赞他"东南讲学，先生一人而已"。《江阴县续志》载卢文弨主持书院时，曾悬"辈学斋"额。四十年后，李兆洛继之，寻是额而不可复得，乃补书之，并为楹语曰："薪木百年余手泽，文章几辈接心传。""薪木"句，指卢文弨任书院山长时曾种植了许多嘉树。"文章"句指李兆洛追缅前辈遗风，感慨文章传承。从楹联中可窥传统学人薪火相传的精神。

江阴西郊书院联[1]

金武祥（1841—1924）

字溎生，号粟香，江苏常州府江阴县（今属无锡）人。曾先后入曾国荃、张之洞幕府。后丁忧归里，不复出。辛亥革命以后，侨寓上海，以购书、藏书、编书、刻书为业。著有《粟香室文稿》《芙蓉江上草堂诗稿》《溎生诗草》《木兰书屋词》《粟香随笔》《陶庐杂忆》等，编刻《粟香室丛书》。

辟门幸际熙朝，教同夏校，养比虞庠，我国家利溥斯民，申命尤隆选举[2]，愿今日陶成后进[3]，趋步前贤，会见春城盛桃李；

筑墅宏开广厦，桥接青山，浦连黄港，诸弟子周旋此地[4]，丁年共砺观摩[5]，待他时花宴琼林[6]，梅调金鼎[7]，休嗤学士画葫芦[8]。

【注释】

〔1〕辑自〔清〕金武祥撰，谢永芳点校《粟香随笔》卷二。

〔2〕申命：重申教命；再命。《易·巽》："重巽以申命。"陆绩曰："巽为命令。重命令者，欲丁宁也。"

〔3〕陶成：陶冶使成就。扬雄《法言·先知》："圣人乐陶成天下之化，使人有士君子之器者也。"

〔4〕周旋：交游应酬。曹操《与荀彧追伤郭嘉书》："郭奉孝年不满四十，相与周旋十一年，阻险艰难，皆共罹之。"

〔5〕丁年：男子成丁之年。历代之制不一，汉以男子二十岁为丁，明清以十六岁为丁。亦泛指壮年。李陵《答苏武书》："丁年奉使，皓首而归。"李善注："丁年，谓丁壮之年也。"

〔6〕花宴琼林：指进士赐宴。宋太平兴国九年至政和二年，天子均于琼林苑赐

宴新进士，故称。后世赐宴虽非其地，然仍袭用其名。

〔7〕梅调金鼎：原指烹饪食物，后用来比喻宰辅治理国家。《左传·昭公二十年》："水火醯醢盐梅，以烹鱼肉。"《韩诗外传》卷七："伊尹，故有莘氏僮也，负鼎操俎调五味，而立为相，其遇汤也。"

〔8〕学士画葫芦：比喻单纯模仿、原样照搬，或没有改变、创新。学士指宋陶穀。魏泰《东轩笔录》卷一："穀不能平，乃俾其党与，因事荐引，以为久在词禁，宣力实多，亦以微伺上旨。太祖笑曰：'颇闻翰林草制，皆检前人旧本，改换词语，此乃俗所谓'依样画葫芦'耳，何宣力之有？'"

【评析】

据《江阴县志》载，西郊书院建于江阴后梅镇（今西石桥），清同治元年（1862）由金国琛倡议创建，作为县西虞门、夏港、申港、前固、利城、丁墅、桃花、后梅、观山、葫芦十镇之士肄业之所。金国琛，字逸亭，江苏江阴人。清咸丰五年（1855）入湘军，累功至广东按察使。上联"夏校""虞庠"，出自《孟子·滕文公上》："设为庠序学校以教之，庠者，养也；校者，教也；序者，射也。夏曰校，殷曰序，周曰庠，学则三代共之，皆所以明人伦也。"上联讲清代朝廷对教育与科举的重视，祝愿西郊书院的设立能够追随前贤，为江阴培养出大批人才。下联讲书院的创立位置，寄语入学子弟相互砥砺，切磋观摩，并且力求实学，即使他年得中高第，撮取高位，也不因学术浅薄而为人所嗤笑。"学士画葫芦"，语出双关，因西郊书院授学十镇中适有葫芦镇。此联对仗整饬，用语典雅，有劝学之效。

江阴南菁书院联〔1〕

左宗棠（1812—1885）

字季高，号湘上农人，湖南湘阴人。清道光十二年（1832）举人。太平天国战争时，入湖南巡抚骆秉章幕。历官浙江巡抚、闽浙总督、陕甘总督、东阁大学士，封恪靖伯。清光绪元年（1875）任钦差大臣，督办新疆军务，讨伐阿古柏，收复失地。后主办中、俄伊犁交涉事务。光绪七年，任军机大臣，调两江总督。与曾国藩、张之洞、李鸿章并称“晚清中兴四大名臣”。卒后谥文襄。著有《左文襄公全集》。

绎志多忘嗟老大[2]；
青灯有味且从容。

【注释】

〔1〕选自胡君复原编，常江点校重编《古今联语汇选》第五册。

〔2〕绎志：绎理旧时的志向。

【评析】

江阴南菁书院，清光绪八年(1882)九月，由江苏学政黄体芳始建，两江总督左宗棠奏拨长江水师京口、游击协镇两署故址及白银二万两协办，于次年六月落成。书院名取自朱熹《子游祠堂记》“南方之学，得其菁华”句。南菁书院依仿阮元诂经精舍、学海堂之规制，重视经史之学。清末“变法”以后，是首个开设数学、天文、历算课程的地方书院。

此联是左宗棠应江苏学政黄体芳之请而作。联语自陆游《秋夜读书每以二鼓尽为节》“白发无情侵老境，青灯有味似儿时”诗句化出。上联说自己旧时所立志向多已忘记，嗟叹身已老大。左宗棠虽在清季立下赫赫功业，已是封疆大吏，但他仅是举人出身，在科举上算不得成功，故在给南菁书院题字时有所慨叹。下联讲述读书的体验，希望诸生读书时要涵泳其言，细味其理，不急功近利，而有从容自得之雅致。

江阴南菁书院联[1]

黄以周(1828—1899)

字元同，号儆季，定海(今浙江舟山)人。黄式三子。清同治九年

(1870)举人,历任分水县训导,处州府学教授,特荐加为内阁中书。主江阴南菁书院,又兼主讲宁波辨志精舍,成就者甚众。初治《易》,著《十翼后录》,精“三礼”之学,著《礼书通故》。另著有《子思子辑解》《军礼司马法》《经训比义》《儆季杂著》等。

七十子六艺兼通〔2〕,文学溯薪传〔3〕,北方未先于吴会;
九百里群英皆萃,礼仪表茅蕝〔4〕,东林以后有君山〔5〕。

【注释】

〔1〕选自胡君复原编,常江点校重编《古今联语汇选》第五册。

〔2〕七十子:指孔门“七十二子”。七十,举其成数。《孟子·公孙丑上》:“以德服人者,中心悦而诚服也,如七十子之服孔子也。”六艺:指儒家六经,即《易》《书》《诗》《礼》《乐》《春秋》。

〔3〕文学:此处指孔门四科之一。

〔4〕茅蕝:古代诸侯盟会,束茅而列,以表位次。

〔5〕君山:在江阴北郊、黄田港东岸。原名瞰江山。相传战国末楚相黄歇被李园所杀,葬于此山西麓。黄歇号称春申君,后人因改山名为君山。

【评析】

上联追溯南方文学的渊源。孔门七十二子中唯一的南方弟子是言偃。言偃,字子游,又称叔氏,常熟人。七十二子皆精通六艺,但论文学,则以子游为先。《论语·先进》:“德行,颜渊、闵子骞、冉伯牛、仲弓。言语,宰我、子贡。政事,冉有、季路。文学,子游、子夏。”邢昺疏:“若文章博学,则有子游、子夏二人也。”子游属吴人,其列在子夏之前,故黄以周说在文学薪传上“北方未先于吴会”。下联讲南菁书院辐射大江南北,广泛吸引英才入学,列数江南书院,南菁书院是继东林书院而起的大型书院。此联境界阔大,属对精工,洵为佳作。

南菁书院藏书楼联[1]

黄体芳（1832—1899）

字漱兰，号莼隐，瘦楠、东瓯憨山老人，浙江瑞安人。清同治二年（1863），进士，选庶吉士，授编修，历官翰林院侍讲、詹事府左庶子、侍读学士、内阁学士、兵部左侍郎、署都察院左副都御史等。光绪十七年（1891），以病乞休。晚年主讲金陵文正书院。著有《漱兰诗葺》《黄漱兰先生奏稿》《黄漱兰先生赋钞》《黄漱兰先生寿文祭文钞》《黄体芳文牍稿本》《漱兰诗葺补》等。

东西汉[2]，南北宋[3]，儒林道学[4]，集大成于二先生[5]，宣圣室中人[6]，吾党未容分两派；

十三经，廿四史，诸子百家，萃总目至万余种，文宗江上阁[7]，斯楼应许附千秋。

【注释】

〔1〕选自胡君复原编，常江点校重编《古今联语汇选》第五册。

〔2〕东西汉：东汉经学与西汉经学，统指汉学。

〔3〕南北宋：统指宋代理学。

〔4〕儒林：指《儒林传》。《史记》列《儒林列传》。张守节《史记正义》引姚承云："儒谓博士，为儒雅之林。"此后儒林传为正史儒者列传的类目。道学：指《道学传》，《宋史》设《道学传》，以表彰濂洛关闽理学诸儒。

〔5〕集大成：汇聚各家思想、学说，融会贯通，而有巨大的成就。《孟子·万章下》："伯夷，圣之清者也；伊尹，圣之任者也；柳下惠，圣之和者也；孔子，圣之时者也。孔子之谓集大成。"二先生：指郑玄与朱熹。

〔6〕宣圣：汉平帝元始元年（1）谥孔子为褒成宣公，后尊称孔子为宣圣。

〔7〕文宗：指镇江文宗阁。位于江苏镇江金山寺，建于清乾隆四十四年(1779)，收藏《四库全书》和《古今图书集成》各一部。文宗阁毁于清咸丰三年(1853)。

【评析】

上联讲书院藏书楼上所祀为东汉大儒郑玄与南宋理学家朱熹。二人一入《后汉书·儒林传》，一入《宋史·道学传》。郑玄集西汉至东汉末汉代经学之大成，朱熹集北宋濂洛关学以来理学之大成，故黄体芳尊称为“二先生”。清代学术以乾嘉考据学为主，而理学不彰。但到道光后又形成了汉宋合流的学风，黄体芳的联语也体现了他调和汉宋的思想。他要求南菁书院诸生治学要兼采汉学与宋学，不能相互割裂。下联叙藏书情况。南菁书院藏书丰富，多同治以来的官刻本。因左宗棠命各省所刻官书善本各上交一部，黄体芳檄江左右、浙江、湖南北、山东诸书局汇所刻书，藏之中楼。十三经、二十四史及诸子百家之书，构成了南菁书院藏书的特色，成为南菁书院诸生的取资之源。黄体芳认为这座藏书楼可以依附镇江文宗阁而传至千秋。这副长联极为工巧，句式多样，三言句、四言句、五言句、七言句参互使用，七言的句法很灵活。联中嵌入大量的方位词和数词，方位词有东、西、南、北、中、上，数词有二、两、三、四、十、廿、百、千、万等，却极为自然，没有板滞之感。

武进雪堰桥道南书院联〔1〕

许　棫(1799—1881)

字太眉，一字梦西，自号三橿老翁，江苏武进人。清咸丰元年(1851)举孝廉不赴，主讲道南书院十余年。著有《东夫山堂诗集》《三橿老屋词》等。

多士当收束身心〔2〕，此是圣域贤关〔3〕，不徒论文章巧拙；
先儒幸留贻教泽〔4〕，正须坐风立雪〔5〕，共猛下刻苦功夫。

【注释】

〔1〕选自胡君复原编,常江点校重编《古今联语汇选》第五册。

〔2〕多士:众多的贤士,指书院的生徒。

〔3〕圣域:圣人的境界。《汉书·贾捐之传》:“臣闻尧舜,圣之盛也,禹入圣域而不优。”唐韩愈《进学解》:“是二儒(孟轲、荀卿)者,吐辞为经,举足为法,绝类离伦,优入圣域。”贤关:贤者的门径。《汉书·董仲舒传》:“太学者,贤士之所关也,教化之本原也。”

〔4〕先儒:先世的儒者。杜预《春秋经传集解》:“先儒所传,皆不其然。”教泽:教化的恩泽。《战国策·齐策六》:“田单之爱人!嗟,乃王之教泽也!”

〔5〕坐风:指坐而论道,满座风生。立雪:即程门立雪,表示尊师重道。用杨时的典故,切道南书院名。《宋史·道学传》:“(杨时)一日见颐,颐偶瞑坐,时与游酢侍立不去。颐既觉,则门外雪深一尺矣。”

【评析】

雪堰桥在江苏武进东南隅,武进港与雅浦河汇合处,扼县东南境诸河入太湖口。宋名薛堰,明建薛堰桥,后以谐音改为今名。这是一副劝学联。上联勖诸生收束身心,立志向学,并且不仅仅从事文章之学,还须以道学修养身心。下联劝诸生尊师重道,师法龟山先生程门立雪的精神,刻苦用功。

武进雪堰桥道南书院联〔1〕

李超琼(1847—1909)

初名朝昱,字紫璈,别字惕夫、石船居士等,四川合江人。清光绪五年(1879)举人。历任溧阳、元和、阳湖、上海等地知县。卒于上海知县任所。著有《石船居日记》《草心庐日记》等。

春秋读法〔2〕,冬旭饮宾〔3〕,观于乡,知王道易易尔〔4〕;

淳水讴谣〔5〕,夫椒弦诵〔6〕,登其堂,喜诸生彬彬然〔7〕。

【注释】

〔1〕选自胡君复原编,常江点校重编《古今联语汇选》第五册。

〔2〕读法:宣读律法。

〔3〕饮宾:乡饮酒礼。

〔4〕易易:容易。

〔5〕淳水:代指溧阳,李超琼曾任溧阳知县。溧阳境内主要以南河、中河、北河汇全县山丘之水和高淳、郎溪部分客水东流入太湖。

〔6〕夫椒:代指元和,李超琼由溧阳移元和知县。夫椒山,太湖金庭岛屿之一。《玄中记》载:"吴国西有具区,中有包山。洞庭地下,潜通琅琊东武山。山穴道一名椒山。哀公九年,越败吴夫差于夫椒,即此是也,又名洞庭山。"

〔7〕彬彬:文质兼备貌。

【评析】

此联为李超琼任阳湖令上所撰。上联讲雪堰桥民风淳朴。《周礼·地官·司徒》:"凡春秋之祭祀、役政、丧纪之数,聚众庶。既比,则读法。"清代礼制于孟春望日及孟冬朔日于学宫行乡饮酒之礼,由学校教官担任司正,行礼致辞。"观于乡"一句,一般认为是孔子的原话。《礼记·乡饮酒义》解释说:"贵贱明,隆杀辨,和乐而不流,弟长而无遗,安燕而不乱。此五行者,足以正身安国矣。彼国安而天下安,故曰:'吾观于乡,而知王道之易易也。'"即认为通过举行乡饮酒礼便能贵贱分明,礼的繁和简清楚了,和谐欢乐而又不放肆失礼,不论长幼都不会遗漏,平安燕乐而不迷乱,这五种行为,足以规范身心而安定国家。国家安定了,天下才能安定。下联"淳水讴谣""夫椒弦诵",为自叙官迹及受百姓、士子爱戴之况,因李超琼历任溧阳、元和县令,所至有政声。"登其堂,喜诸生彬彬然"句讲道南书院生徒文质彬彬,为之欣喜。

常熟虞山书院联[1]

侯先春（1545—1611）

字元甫，号少芝，南直隶无锡（今属江苏）人。明万历八年（1580）进士，历任礼、吏、兵、户等科都给事中，任钦差阅视辽东，贬广西按察使司知事，迁南京吏部文选司主事。

登斯楼也，怡然旷然[2]，不觉莞尔而笑[3]，便见爱人易使[4]，心从自性流出[5]；

望兹丘也，罣如鬲如[6]，曷胜仰止之思[7]，当知礼乐文明，化由谁氏得来。

【注释】

〔1〕选自解维汉编《中国牌坊书院楹联精选》。

〔2〕怡然：喜悦貌。《史记·孔子世家》："有所穆然深思焉，有所怡然高望而远志焉。"

〔3〕莞尔：微笑貌。《论语·阳货》："夫子莞尔而笑，曰：'割鸡焉用牛刀！'"

〔4〕爱人易使：语出《论语·阳货》："君子学道则爱人，小人学道则易使也。"

〔5〕自性：心学借用佛教术语，指诸法各自具有的不变不灭之性。

〔6〕罣如：高貌。罣，通"皋"。如，助词。《孔子家语·困誓》："自望其广，则罣如也。"王肃注："罣，高貌。"鬲如：上小下大貌。《荀子·大略》："望其圹，皋如也，嵮如也，鬲如也。"

〔7〕仰止：仰慕；向往。止，语助词。语出《诗经·小雅·车辖》："高山仰止，景行行止。"

【评析】

常熟虞山书院命运坎坷，屡兴屡废。书院原名文学书院，元至顺二年（1331）邑人曹善诚建，祀孔子弟子言偃（子游），后毁。明宣德间，知县郭世南于县学西侧复建，更名学道书院，寻圮。明嘉靖四十三年（1564）改建于虞山之麓，仍名文学书院。万历初，张居正诏毁天下书院，仅存言子祠。万历三十四年（1606），常熟知县耿橘重修书院，更名为虞山书院。明天启间，魏忠贤尽毁天下书院，又废。崇祯间，言氏后裔复其地。清康熙、雍正间几修几圮，唯言子祠、莞尔堂幸存。咸丰间毁于兵火，仅存言子祠。上联纯用《论语·阳货》："子之武城，闻弦歌之声。夫子莞尔而笑，曰：'割鸡焉用牛刀？'子游对曰：'昔者，偃也闻诸夫子曰："君子学道则爱人，小人学道则易使也。"'子曰：'二三子！偃之言是也。前言戏之耳。'"虞山书院在言偃旧里，作者于此登高望远，便能体会言子在武城以弦歌教化人民的用心，即通过学道使君子有仁爱之心，百姓有顺从之习。这种礼乐教化遵循着自性，即人的天性，自然而然，潜移默化而来。下联中的兹丘指言子的坟丘。望先贤之坟丘，而生仰止崇敬之意，进而想到孔子、言子以礼乐文明教化之功。

常熟虞山书院学道堂联[1]

管志道（1536—1608）

字登之，号东溟，江南太仓州（今江苏太仓市）人。明隆庆五年（1571）进士，授南京兵部车驾司主事。官至广东按察佥事。著有《问辨牍》《理学酬咨录》《惕若斋集》等。

孔子学何学，曰圣与仁是[2]，时习之悦悦斯，朋来之乐乐斯[3]；

孔子道何道，曰一以贯之[4]，多学而识识此，忠恕而行行此[5]；

【注释】

〔1〕选自胡君复原编,常江点校重编《古今联语汇选》第五册。

〔2〕圣与仁:语出《论语·述而》:“若圣与仁,则吾岂敢?抑为之不厌,诲人不倦,则可谓云尔已矣。”

〔3〕时习之悦悦斯,朋来之乐乐斯:语出《论语·学而》:“学而时习之,不亦说乎?有朋自远方来,不亦乐乎?”

〔4〕一以贯之:谓用一种道理贯穿于万事万物。《论语·卫灵公》:“子曰:“赐也,女以予为多学而识之者与?’对曰:‘然,非与?’曰:‘非也,予一以贯之。’”又《论语·里仁》:“子曰:‘参乎!吾道一以贯之。’……曾子曰:‘夫子之道,忠恕而已矣。’”

〔5〕忠恕:忠,谓尽心为人;恕,谓推己及人。《论语·里仁》:“夫子之道,忠恕而已矣。”朱熹集注:“尽己之谓忠,推己之谓恕。”

【评析】

管志道受学于耿定向,其学沟通儒、释、道三教。同时曾师从罗汝芳、王襞,晚年颇耽禅悦。管志道曾讲学于虞山书院,这副对联也是以讲学的口吻来写。联中引用《论语》,对孔子之学与道进行精要的概括。上联发问孔子之道为何道,答曰“一以贯之”,这是《论语》中夫子一再自道的。关于孔子之道是什么,即什么是孔子思想的核心,一般认为是仁,学者由此有很多讨论。管志道则引子夏与曾子之语,从多学而识与忠恕而行两方面来阐论夫子之道。下联问孔子之学为何学,答曰作圣与成仁,再引《论语》开篇“学而时习之,不亦说乎?有朋自远方来,不亦乐乎”为解。与李氏《论语订释》中的观点可相参考。这则对联为理学家之联,长于阐发义理,以达到劝学的目的。

常熟虞山书院体圣堂联[1]

李右谏(生卒年不详)

号明鳌,江西丰城人。明万历十七年(1589)进士。万历十八年为安徽绩溪令,有德政,后调歙县、河南汲县令、苏州知府,升山东布政使司右参政。泰昌元年(1620)转湖广按察使,湖北道。天启三年(1623)十月升南京太仆寺卿。

一邑弦歌[2],仿佛东周气象;

千年俎豆,於昭南国精华[3]。

【注释】

〔1〕选自解维汉编《中国牌坊书院楹联精选》。

〔2〕弦歌:指礼乐教化。《论语·阳货》:"子之武城,闻弦歌之声。"

〔3〕於:音乌,语气词,表示感叹、赞美。《诗经·大雅·文王》:"文王在上,於昭于天。"

【评析】

上联赞美耿橘在常熟的美政,耿橘精于水利荒政之学,在常熟时疏理河道,兴利水利,造福于一方。同时复建书院,振兴县学,推行教化。春秋时代,礼崩乐坏,孔子推行周礼,力图恢复礼乐文明;言偃为武城宰,以礼乐弦歌教化民众,得到孔子的称许。联语中所谓"东周气象",赞誉耿橘创办书院的功绩成效。下联讲书院有言子祠,祀先贤言偃。言偃是孔门中唯一的南方人,后人称"南国孔子",对联中崇之为南国的精华。此联对仗工稳,虚实相间,气象深沉。

常熟虞山书院体圣堂联[1]

耿　橘(生卒年不详)

字庭怀,号蓝阳,直隶献县(今属河北)人。明万历二十九年(1601)进士,授尉氏知县。万历三十二年移常熟知县。万历三十四年,修虞山书院。聘请名儒讲学,刊刻《虞山书院志》。累官至监察御史、兵部主事,后辞官养亲。精于水利荒政之学,著有《常熟县水利全书》《周易铁笛子》《耿氏春秋》等。

日用非他,常行便为至圣;
羹墙何物[2],神尧就是吾心。

【注释】

〔1〕选自胡君复原编,常江点校重编《古今联语汇选》第五册。

〔2〕羹墙:指追念前辈或仰慕圣贤。《后汉书·李固传》:“坐则见尧于墙,食则睹尧于羹。”

【评析】

耿橘被黄宗羲列入《明儒学案》,认为其学术思想与王学泰州学派罗汝芳相近。此联亦是其心学思想的体现:一是日用常行即是成圣之道,不必下省察克治的功夫。二是我心即是圣人之心,常人与圣人之间并无隔绝之墙。联语质朴而富于理,启人深思。

常熟虞山书院有本室联[1]

耿　橘

洒扫应对,便是形而上者[2];
日用平常,只要默而识之[3]。

【注释】

〔1〕选自胡君复原编,常江点校重编《古今联语汇选》第五册。

〔2〕形而上者:无形抽象的学问。语出《易·系辞上》:“是故形而上者谓之道,

形而下者谓之器。”朱熹《答黄道夫书》:“天地之间,有理有气。理也者,形而上之道也,生物之本也;气也者,形而下之器也,生物之具也。”

〔3〕默而识之:默记。语出《论语·述而》。

【评析】

“洒扫应对”,就是下联的“日用平常”。形而上学,是抽象高深的义理之学。耿橘认为不必死下穷理的工夫,圣贤之道就在洒扫应对等日用平常事务中,只要默默记住这个道理就行了。

赣榆选青书院联〔1〕

张　謇

地临齐鲁大区,愿诸生绍述儒林,广为上都培杞梓〔2〕;

客是江淮男子〔3〕,笑十载驰驱幕府,又来东海看涛山。

【注释】

〔1〕选自邓洪波编著《中国书院楹联》(湖南大学出版社2001年版)。

〔2〕上都:指京师。杞梓:杞木与梓木,皆良材,比喻贤才。《左传·襄公二十六年》:“晋卿不如楚,其大夫则贤,皆卿材也。如杞、梓、皮革,自楚往也。虽楚有材,晋实用之。”

〔3〕客:作者自指。

【评析】

选青书院在连云港赣榆区。清道光二十六年(1846),知县彭荣皓建,招生童肄业其中。清光绪十四年(1888)三月,赣榆知县陈玉泉延请张謇为选青书院山长,兼修县志。联即撰写于此时。上联勉励诸生绍述儒林前修,成为国之栋梁美材。下联言自己十年幕府生涯后又来到东海之滨的赣榆。作者虽然颇多感慨,但并不颓唐。

淮安奎文书院联[1]

完颜麟庆

退食自公[2],最喜逢春暖秋清,水流花放;
澄心相对,更静参鹿鸣鹤和,鱼跃鸢飞[3]。

【注释】

〔1〕选自〔清〕汪春泉绘,〔清〕完颜麟庆撰《鸿雪因缘图记》。

〔2〕退食自公:减膳以示节俭,谓操守廉洁。《诗经·召南·羔羊》:“退食自公,委蛇委蛇。”郑玄笺:“退食,谓减膳也;自,从也,从于公,谓正直顺于事也。”

〔3〕鱼跃鸢飞:语出《诗经·大雅·旱麓》:“鸢飞戾天,鱼跃于渊。”《毛传》:“言其上下察也。”孔颖达疏:“毛以为大王、王季德教明察,著于上下。其上则鸢鸟得飞至于天以游翔,其下则鱼皆跳跃于渊中而喜乐。”后以“鱼跃鸢飞”谓世间生物任性而动,自得其乐。

【评析】

奎文书院由淮安府兴办,位于淮安夹城平成门内,原立周公、孔子像。清乾隆三十六年(1771),淮安知府陶易建悦道楼,祀周、孔,并立惜阴书塾,召诸生讲学其中。清嘉庆四年(1799),知府宫懋弼增修院舍,易名为奎文书院。其命名之意为:“奎于星为天之府库,系之以文”,“是为文章之府”。此联写其悠游闲静的书院学者生涯,体现出儒者乐天知命的精神状态。“春暖秋清,水流花放”“鹿鸣鹤和,鱼跃鸢飞”,一片天机流行,技法上不仅与下联对仗,也是句内对。

扬州梅花书院联[1]

曾焕文（生卒年不详）

生平事迹不详。

座有春风[2]，昔侍西山讲席[3]；

岭仍香雪[4]，今陪东阁主人[5]。

【注释】

〔1〕选自解维汉编《中国牌坊书院楹联精选》。

〔2〕春风：比喻师之教化。

〔3〕西山：指扬州甘泉山，位于扬州府城西北三十五里。

〔4〕香雪：指梅花。扬州有梅花岭，明万历中，州守吴秀浚河积土成丘，丘上植梅，故名。明末，清兵攻破扬州，史可法死难，家人葬其衣冠于此。清在此设梅花书院。

〔5〕东阁主人：语出杜甫《和裴迪登蜀州东亭送客逢早梅相忆见寄》：“东阁官梅动诗兴，还如何逊在扬州。”

【评析】

梅花书院前身为明国子监祭酒湛若水的“甘泉行窝”，明嘉靖六年（1527），湛氏在扬州考绩讲道，其弟子葛涧、葛洞兄弟为其师在广储门外建行窝，作休憩讲道之所。湛若水，号甘泉，而此行窝恰好位于扬州甘泉山之余脉，名、地巧合，成为风雅掌故。次年，巡盐御史朱廷立将其改建为“甘泉山书馆”，后来又改名为甘泉书馆、甘泉书院。嘉靖三十七年（1558）废圮。甘泉书院后易名崇雅书院，明天启间毁。清雍正间，扬州府同知刘重选于旧址建梅花书院，延桐城派古文家姚鼐掌书院。乾隆初改名甘泉书院，一度并入安定书院,后仍改为梅花书院。盐运使朱孝纯、曾燠先后接管书院,造士甚众。此联上联追述在甘泉山讲道的明代大儒湛若水,下联缅怀在扬州抗清殉国的南明阁臣史可法。春风侍座,香雪陪人,运用拟人手法,不仅对仗工稳,而且风流蕴藉。

扬州梅花书院联〔1〕

方濬之(生卒年不详)

生平事迹不详。

十月先开,而今未问和羹事〔2〕;
几生修到,不知谁是谪仙才〔3〕。

【注释】

〔1〕选自解维汉编《中国牌坊书院楹联精选》。

〔2〕和羹:配以不同调味品而制成的羹汤。《尚书·说命》:"若作和羹,尔惟盐梅。"后比喻大臣辅佐朝政。

〔3〕谪仙:谪居世间的仙人。多以称誉才学优异的人。

【评析】

此为集句联。十月先开,出自唐樊晃《南中感怀》"十月先开岭上梅";"而今未问和羹事",化用宋王曾《早梅》"雪中未问和羹事"句;"几生修至",化用宋谢枋得《武夷山中》诗"天地寂寥山雨歇,几生修得到梅花";"不知谁是谪仙才",用唐韦承贻《策试夜潜纪长句于都堂西南隅》原句。上下联的前两个四言句暗用了梅花的典故,切梅花书院名。后两个七言句则暗用科举故事,以此劝学。《杨文公谈苑》载:"王曾布衣时,以《梅花诗》献吕蒙正,云:'而今未问和羹事,且向百花头上开。'蒙正云:'此生已安排状元宰相也。'"《登科记考》载:"故《广记》云,唐举人试日,既暮,许烧烛三条。韦承贻试日先毕,作诗云:'褒衣博带满尘埃,独上都堂纳卷回。蓬巷几时闻吉语,棘篱何日免重来。三条烛尽钟初动,九转丹成鼎未开。残月渐低人扰扰,不知谁是谪仙才。'"对联匠心独具,安排巧妙。

扬州广陵书院联[1]

周作文(生卒年不详)

生平事迹不详。

校士每携琴[2],谈经鹿洞[3],独爱二分明月;

慕贤希鼓瑟[4],鳣堂讲学[5],遍观一郡文风。

【注释】

〔1〕选自解维汉编《中国牌坊书院楹联精选》。

〔2〕校士:考评士子。

〔3〕鹿洞:指白鹿洞书院。

〔4〕鼓瑟:指曾皙之志。《论语·先进》记夫子问曾皙之志。曾皙舍瑟而作,对曰:"莫春者,春服既成。冠者五六人,童子六七人,浴乎沂,风乎舞雩,咏而归。"

〔5〕鳣堂:指讲学之所。出自《后汉书·杨震传》:"后有冠雀衔三鳣鱼,飞集讲堂前,都讲取鱼进曰:'蛇鳣者,卿大夫服之象也。数三者,法三台也。先生自此升矣。'"

【评析】

扬州广陵书院于清康熙五十一年(1712)由知府赵宏煜创建,初为义学,乾隆间易名为竹西书院。后移址于东关街,专课童生。咸丰间因兵燹停课,同治间复课。对联讲书院山长的弦歌风雅及生徒讲习之乐,体现扬州广陵书院的教育特点。

扬州广陵书院联[1]

王道坦(生卒年不详)

生平事迹不详。

旧赋感芜城[2],琴鹤临民[3],兵气全消舒化日[4];
新堂重建树,案萤师古,士风丕振看登云[5]。

【注释】

〔1〕选自解维汉编《中国牌坊书院楹联精选》。

〔2〕旧赋:指鲍照《芜城赋》。芜城:指扬州,因鲍照《芜城赋》而得名。

〔3〕琴鹤临民:携琴随鹤,意指主官清廉高雅。宋赵抃为成都转运使,入川时唯一仆一马,一琴一鹤,两年后回京师,仍以一琴一鹤相随。

〔4〕兵气:战争的气氛。

〔5〕丕振:大振。

【评析】

在咸同战乱中,扬州曾三度被太平军攻破,广陵书院也遭到破坏,堂宇倾圮。清同治四年(1865),知府孙恩寿重修。此前广陵书院仅课童生,自此兼课生、监。上联首句写由战争引起的芜城记忆,赞扬扬州主官携琴随鹤的风范,希冀消除战争的影响,重现太平。下联写广陵书院重建讲堂,以勤学师古相勉励,便得扬州士风大振,有望科举成功。此联可视作咸同战争后扬州文化中兴的一条例证。

镇江宝晋书院联[1]

赵佑宸(1817—1886)

字粹甫,浙江宁波人。清咸丰六年(1856)进士,授翰林院编修,出补江苏镇江府、松江府、江宁府,江南盐巡道、粮储道,官至大理寺卿,卒于任。著有《平安如意室诗文钞》。

六载守京江[2],所期寒士欢颜,安得万间广厦;

一庵怀海岳[3],差幸昔贤遗迹,犹存千古名山。

【注释】

〔1〕选自裴国昌主编《中国名胜楹联大辞典》。

〔2〕京江:代指镇江。长江流经今江苏镇江市北的一段。因镇江古名京口而得名。杜牧《杜秋娘诗》:"京江水清滑,生女白如脂。"

〔3〕海岳:指北宋米芾,晚年居润州丹徒(今镇江),于北固山结庵,自号海岳居士。《铁围山丛谈》:"芾以所珍研山易苏学士家甘露寺地,结庵其中,自号海岳,日吟哦其间。"

【评析】

此联为赵佑宸任镇江知府时所撰宝晋书院联。宝晋书院位于镇江市北固山北麓,北宋书法家米芾在此筑海岳庵,内有宝晋斋。米芾书法师晋人,故以"宝晋"为斋名。清乾隆二十八年(1763),丹徒知县贵中孚因其旧址,建为书院,故名"宝晋"。时任镇江知府的赵佑宸又两次增扩书院,将宝晋洲公产包括三万多亩芦滩拨付宝晋书院,以其赋税作为书院开支,并为宝晋书院题写了这副楹联。乾隆五十年,郡守周樽重葺书院,规模渐增。咸丰三年(1853),宝晋书院毁于战乱。光绪二年(1876)重建,但规模远逊于前。清末废科举后停办。上联作者自抒怀抱，以杜甫《茅屋为秋风所破歌》中“安得广厦千万间，大庇天下寒士俱欢颜”自勉，点明修建书院的目的。下联记述宝晋书院和米芾的渊源。米芾的海岳庵在清代遗迹尚存，但已经残破不堪。康熙四十四年（1705），清圣祖南巡，曾书“宝晋遗踪”额。

宿迁钟吾书院联〔1〕

佚　名

岱为四岳之宗〔2〕，自梁父云亭以来〔3〕，经凫绎龟蒙〔4〕，磅礴马陵冈上〔5〕，秀挺三台〔6〕，应放登山眼孔；

河乃百川并灌〔7〕，由昆仑积石而下〔8〕，合汴沂淮泗〔9〕，逶迤宿预边城〔10〕，澜回九曲〔11〕，宜寻学海心源。

【注释】

〔1〕选自胡君复原编，常江点校重编《古今联语汇选》第五册。

〔2〕岱：指泰山。四岳：泰山、华山、衡山、恒山的总称。《左传·昭公四年》：“四岳、三涂、阳城、大室、荆山、中南，九州之险也。”杜预注：“东岳岱，西岳华，南岳衡，北岳恒。”

〔3〕梁父：山名。在今山东省新泰市西。古代皇帝常在此山辟基祭奠山川。云亭：云云山与亭亭山，均在山东省泰安东南。传说中古帝封禅之地。《史记·封禅书》：“管仲曰：‘古者封泰山禅梁父者七十二家，而夷吾所记者十有二焉。昔无怀氏封泰山，禅云云；虙羲封泰山，禅云云；神农封泰山，禅云云；炎帝封泰山，禅云云；黄帝封泰山，禅亭亭。’”裴骃《史记集解》：“李奇曰：‘云云山在梁父东。’”张守节《史记正义》引《括地志》：“云云山在兖州博城县西南三十里也。亭亭山在兖州博城县西南三十里也。”

〔4〕凫绎：凫山与绎山，均在山东邹城。《诗经·鲁颂·閟宫》：“保有凫绎。”《毛传》：“凫，山也。绎，山也。”绎，一本作“峄”。 龟蒙：龟山与蒙山，在山东平邑县、蒙阴县及新汶县一带。

〔5〕马陵冈：马陵山，地跨山东临沭、郯城、江苏新沂三县。《〔乾隆〕郯城县志》中称马陵山在县东十里，北连兰山，南抵宿迁，长亘数百里。

〔6〕三台：钟吾书院内建筑。

〔7〕河：黄河。百川并灌：语出《庄子·秋水》：“秋水时至，百川灌河。”

〔8〕积石：山名。即阿尼玛卿山。在青海省东南部，延伸至甘肃省南部边境。为昆仑山脉中支，黄河绕流东南侧。《尚书·禹贡》：“导河积石，至于龙门。”

〔9〕汴沂淮泗：指汴水、沂水、淮水、泗水四条河流。其中汴水为隋炀帝开凿的大运河段，名通济渠，连通黄河与淮河。沂水、泗水均为淮水流域的水系。历史上黄河曾夺淮入海。

〔10〕宿预：宿迁古称，东晋时置。

〔11〕九曲：指黄河。因其河道曲折，故称。

【评析】

钟吾书院在宿迁市，清道光年间，由县令华凤喈率士绅叶峻嵋等人捐资兴建。清末新政后，改为钟吾学堂。此联气势磅礴，境界高绝。上联以岱岳起笔，继写其山脉延绵而来，直抵马陵冈。下联写黄河水势，源起昆仑积石，汇聚众流，流经宿迁城，而书院正建在东岳大河交汇之处，为河岳间气所钟。由此高屋建瓴，勖勉诸生开阔心胸，拓展眼界，探寻学海，直接心源。对联以古文作法为之，立意高远，文气贯注，当是出于名手，可惜作者之名佚失了。华凤喈在《书院经始记略》中记载书院环境，与联语可以相参：“谨按是地，北枕马陵，南望洪泽，东襟运道，西带黄河，形胜之美，称于江淮。马陵山脉，发源泰岱，绵亘八百余里。左沭右沂，夹脉而行。西北潴为骆马湖，东北汇为县东湖。水交气止，盖山川一大融结也。”

祠庙联

南京方正学祠联[1]

徐　鲸（生卒年不详）

上海人。明万历间处士，生平事迹不详。万历三十三年（1605），尝捐资修方孝孺墓、祠及安德门至新亭间大道。

十族遗骸埋聚宝[2]；
千年孤冢表长干[3]。

【注释】

〔1〕选自〔清〕梁章钜编纂《楹联续话》卷一。

〔2〕十族：明燕王朱棣夺取建文帝政权后，命方孝孺起草即位诏书，方孝孺坚决不从，被灭十族。十族，指株连之广。聚宝：聚宝门，南京南门，今称中华门。

〔3〕长干：古建康里巷名。故址在今江苏省南京市南。左思《吴都赋》："长干延属，飞甍舛互。"刘逵注："江东谓山冈间为'干'。建邺之南有山，其间平地，吏民居之，故号为'干'。中有大长干、小长干，皆相属。"

【评析】

南京方正学祠，在南京雨花台，祀方孝孺。方孝孺，字希直，号逊志，学者称"正学先生"，浙江宁海人。明惠宗朱允炆即位后，任翰林侍讲、翰林学士。建文二年（1400），值文渊阁，尊以师礼，任《太祖实录》副总裁。燕王朱棣入南京，方孝孺拒不奉诏为朱棣起草即位书，被诛，并夷十族。明神宗万历间于南京立祠祭祀。梁章钜《楹联续话》卷一载："成祖杀方孝孺于聚宝门外，有门人廖镛、廖铭检其骨葬之，不封不树，莫可认识。今诸搢绅立方祠于永宁寺后山，又聚土为坟，上海徐鲸刻一联于华表云：'十族遗骸埋聚宝，千年孤冢表长干。'"徐鲸此联记录了方孝孺及其族人被诛后的埋骨之地，因感佩其孤忠精神，为之修墓冢与祠堂。赞颂方正学的一身正气，将与其长干孤冢一样并传千秋。联语简质有力。

无锡泰伯殿享堂联〔1〕

秦　鹤（生卒年不详）

字声九，江苏无锡人。清乾隆时诸生。工书，学欧阳询。

句吴分土惟三〔2〕，端委垂型〔3〕，梅里肇基名最古〔4〕；
迁史世家第一〔5〕，云仍衍绪〔6〕，华陂崇祀惠无疆〔7〕。

【注释】

〔1〕选自〔清〕梁章钜等撰，白化文、李鼎霞点校《楹联丛话》卷三。

〔2〕句吴：即吴国。《史记·吴太伯世家》："太伯之奔荆蛮，自号句吴。"司马贞《史记索隐》："颜师古注《汉书》，以吴言'句'者，夷语之发声，犹言'於越'耳。"分土惟三：分土，分封土地。《尚书·武成》："列爵惟五，分土惟三。"

〔3〕端委：古代礼服。《左传·昭公元年》："吾与子弁冕端委，以治民临诸侯。"杜预注："端委，礼衣。"孔颖达疏引服虔曰："礼衣端正无杀，故曰端；文德之衣尚褒长，故曰委。"垂型：树立典型。

〔4〕梅里：商末周初吴国之都，一般认为在无锡梅里村。肇基：谓始创基业。《尚书·武成》："至于大王，肇基王迹。"

〔5〕世家：《史记》中用以记载侯王家世的一种传记。"世家"之体古已有之，司马迁撰《史记》时以之记王侯诸国之事，著《世家》三十篇。

〔6〕云仍：远孙。《尔雅·释亲》："昆孙之子为仍孙，仍孙之子为云孙。"郭璞注："言轻远如浮云。"

〔7〕华陂：寺观名。陆羽《游惠山寺记》："凡联峰沓嶂之中，有柯山、华陂、古洞阳观，秦始皇坞。柯山者，吴子仲雍五世孙柯相所治也。华陂者，齐孝子华宝所筑也。"

【评析】

泰伯庙，又名至德祠、让王庙，在今无锡梅村镇的伯渎河畔，为纪念古公亶父长子泰伯而建。泰伯有弟仲雍、季历，季历贤明，且有令子姬昌。泰伯与仲雍避让君位，迁居江东，建立勾吴。东汉桓帝永兴二年(154)，敕令吴郡太守麋豹在泰伯故宅立庙，祀泰伯。现存泰伯庙为明清建筑。此联与上联意思相似。上联写泰伯至勾吴，为吴国开国之君。下联写泰伯列于《吴世家》，为《史记》第一篇。泰伯在吴地被祭祀，并惠福无穷。联语端庄肃穆，技法纯熟。

无锡泰伯殿享堂联〔1〕

吴　云(1811—1883)

字少青，一作少甫，号平斋，晚号退楼主人，归安(今浙江湖州)人。清道光诸生，援例授常熟通判，历知宝山、镇江。咸丰间总理江北大营营务及筹军饷，擢苏州知府。擅书画篆刻，嗜收藏，精考古。著有《两罍轩彝器图释》《焦山志》等。

草昧造三吴〔2〕，自南河阳城箕山以来〔3〕，天锡此土；
豆登延百世〔4〕，立君臣父子兄弟之极，民无能名〔5〕。

【注释】

〔1〕选自胡君复原编，常江点校重编《古今联语汇选》第二册。

〔2〕草昧：天地初开时的混沌状态；蒙昧。《易·屯》："天造草昧。"王弼注："造物之始，始于冥昧，故曰草昧也。"三吴：地名。晋指吴兴、吴郡、会稽。北魏郦道元《水经注》："永建中，阳羡周嘉上书，以县(会稽)远，赴会至难，求得分置，遂以浙江西为吴，以东为会稽。汉高帝十二年，一吴也，后分为三，世号'三吴'。吴兴、吴郡、会稽其一焉。"

〔3〕南河：古代称黄河自今潼关以下由西向东流的一段为南河。《尚书·禹贡》："浮于江沱潜汉，逾于洛，至于南河。"《史记·五帝本纪》："舜让辟丹朱于南河之南。"张守节《史记正义》："河在尧都之南，故曰南河。"阳城：相传帝舜禅位之后，大禹躲到阳城辞让不就，后来丹朱不得人心，诸侯都到阳城朝拜大禹，于是大禹就以阳城为都。《史记·夏本纪》："帝舜荐禹于天，为嗣。十七年而帝舜崩。三年丧毕，禹辞辟舜之子商均于阳城。天下诸侯皆去商均而朝禹。禹于是遂即天子位，南面朝天下。国号曰夏后，姓姒氏。"箕山：语出《吕氏春秋·求人》："昔尧朝许由于沛泽之中，曰：'……请属天下于夫子。'许由辞曰：'为天下之不治与？而既已治矣。自为与？啁噍巢于林，不过一枝；偃鼠饮于河，不过满腹。归已君乎！恶用天下？'遂之箕山之下，颍水之阳，耕而食，终身无经天下之色。"

〔4〕豆登：古代盛器，亦用作祭器。登似豆而较浅。韩愈《陆浑山火和皇甫湜用其韵》："豆登五山瀛四樽，熙熙醻酬笑语言。"

〔5〕无能名：指无可称说。语出《论语·泰伯》："子曰：'泰伯，其可谓至德也已矣！三以天下让，民无得而称焉。'"又："大哉尧之为君也！巍巍乎！唯天为大，唯尧则之。荡荡乎！民无能名焉。"

【评析】

上联写泰伯与仲雍同避荆蛮，断发文身，示不复用，土人尊太伯有德义，追随归附，约有千余家，立其为君主，称吴太伯，自号"句吴"，就是联中所谓的"草昧造三吴"。作者认为泰伯让位于季历，与大禹避居阳城将君位让给丹朱，许由辞让尧避居箕山，都是辞让的高贵美德。"天锡此土"，谓上天将吴地赐予泰伯。下联评泰伯之德。"立君臣父子兄弟之极"，指为封建时代君臣、父子、兄弟等伦常建立典范。

宜兴荆溪关帝庙联〔1〕

齐彦槐（1774—1841）

字梦树，号梅麓，徽州婺源（今属江西）人。清嘉庆十四年（1809）

进士，入翰林院为庶吉士。散馆，授江苏金匮知县，迁苏州同知，保擢知府。著有《梅麓诗文集》《北极星纬度分表》《天球浅说》《中星仪说》。

威镇雄州〔2〕，野树尚含荆浦绿〔3〕；

神游故国〔4〕，夕阳偏照蜀山红。

【注释】

〔1〕选自胡君复原编，常江点校重编《古今联语汇选》第二册。

〔2〕雄州：指荆州。

〔3〕荆浦：指荆溪。

〔4〕神游故国：故国，指蜀汉。苏轼《念奴娇·赤壁怀古》词："故国神游，多情应笑我，早生华发。"

【评析】

关公崇拜约起源于南北朝时期的荆州地区，为地方民间信仰的一种。至宋朝尤其是南宋时，关公信仰大兴。由于北宋为金国所败，中原地区被金人占据。不仅如此，金国占据中原后，即以"中国"自居，自称正统。而南宋朝廷偏安，故在政治与史学上以同样偏处南方的蜀汉政权作为"正统"。于是大力提倡关羽的忠义精神，在官方与民间兴起关公信仰。宜兴荆溪关帝庙联运用双关手法，将宜兴本地的地名与三国时期地理及关羽事迹相关联，极为巧妙。"威镇雄州"，指关羽生前曾镇守荆州；"荆浦"，指荆州之浦，但与宜兴的荆溪双关。下联"神游故国"，用苏轼《念奴娇·赤壁怀古》词句。"蜀山"，原指蜀地之山，此处与宜兴的蜀山双关，原名"独山"，苏轼曾登此山，叹曰："此山似蜀"，后人为纪念苏东坡，改"独山"名"蜀山"。此联不仅立意高明，"野树""夕阳"两个七字句也情景相生，极有美感。当然，最重要的还是由于采用双关手法，此联就只能用于宜兴荆溪关帝庙，具有了独特之美。

宜兴周孝侯庙联[1]

齐彦槐

朝有奸党[2],岂能成将帅之功,若教仗钺专征[3],蛟虎犹非对手敌[4];
世无圣人,不当在弟子之列,谁信读书折节[5],机云曾作抗颜师[6]。

【注释】

〔1〕选自〔清〕梁章钜等撰,白化文、李鼎霞点校《楹联丛话》卷一。

〔2〕奸党:坏人集团。联中指以西晋梁王司马肜为首的集团。

〔3〕仗钺:手持黄钺,表示将帅的权威。引申指统帅军队。《三国志·孙坚传》:“古之名将,仗钺临众,未有不断斩以示威者也。”专征:受命自主征伐。班固《白虎通·考黜》:“好恶无私,执义不倾,赐以弓矢,使得专征。”

〔4〕蛟虎:蛟龙与猛虎。

〔5〕折节:强自克制,改变平素志行。《史记·货殖列传》:“富人争奢侈,而任氏折节为俭,力田畜。”

〔6〕机云:陆机与陆云。抗颜:犹正色。谓态度严正。柳宗元《答韦中立论师道书》:“今之世不闻有师,有,辄哗笑之,以为狂人。独韩愈奋不顾流俗,犯笑侮,收召后学,作《师说》,因抗颜而为师。”

【评析】

周孝侯庙位于宜城镇东庙巷内,始建于晋元康九年(299),是为祭祀晋平将军周处而建的专祠。周处,字子隐,义兴郡阳羡县(今江苏宜兴)人,东吴鄱阳太守周鲂之子。少时横行乡里,与南山猛虎、长桥蛟龙并称“三害”。其后射虎杀蛟,幡然改悔,弃恶从善。向陆云问学,折节读书,颇有文思,任东吴无难都督。吴亡,入晋,官至御史中丞。任职期间,凡所举劾,不避宠戚,公正处置,得罪梁王司马彤。齐万年反叛朝廷,周处率军讨伐。梁王授意不救,周处弦尽矢绝,力战而死,追赠平西将军、清流亭侯,谥号孝。上联惜周处被害而死。《晋书·周处传》载其死节事:"处按剑曰:'此是吾效节授命之日,何退之为!且古者良将受命,凿凶门以出,盖有进无退也。今诸军负信,势必不振。我为大臣,以身殉国,不亦可乎!'遂力战而没。"悲慨之气,至今盈溢于纸上。齐彦槐认为,若朝中无奸党牵掣陷害,用周处为主将,以周处之忠义勇略,则必能平定齐万年之乱。下联惜其有才而不竟所学。魏晋之世,玄风大畅,儒学不竞,故周处原本无处求师问学,成为乡里一害。但其后能够自我悔悟,折节读书,请学于吴郡二陆,终能成就其节义文学。作者将周处人生中两个高光时刻写入联语,一是慷慨死节,二是改过自新,具有激发人心的作用。

无锡李纲祠联〔1〕

李　曜(生卒年不详)

生平事迹不详。

文克经邦〔2〕,武克定乱〔3〕,勋名过开元宰相〔4〕,

忠以辅主,哲以保身,理学推大宋名儒。

【注释】

〔1〕选自〔清〕梁章钜等撰,白化文、李鼎霞点校《楹联丛话》卷四。

〔2〕经邦:治理国家。《尚书·周官》:"立太师、太傅、太保,兹惟三公,论道经邦,燮理阴阳。"孔传:"此惟三公之任,佐王论道,以经纬国事,和理阴阳。"

〔3〕定乱:平定祸乱。《文心雕龙·檄移》:"夫兵以定乱,莫敢自专。"

〔4〕开元宰相:指唐玄宗开元名相姚崇、宋璟等。

【评析】

李纲，字伯纪，号梁溪居士，祖籍福建邵武，祖父辈迁居江苏无锡。宋政和二年（1112）进士，历官太常少卿。兵部侍郎、尚书右丞。靖康元年（1126），金兵侵汴京，李纲带兵击退金兵。因所谓“专主战议，丧师费财”的罪名被贬官南迁。宋高宗即位后，被起用为尚书右仆射兼中书侍郎，为宰相。上当务之急十事，反对与金议和，同时订立军律，改定兵制，募兵买马，积极准备收复失地。复为幸臣黄潜善、汪伯彦所排斥，拜相仅七十五天便被贬为观文殿大学士。其后虽浮沉宦海，而慷慨兴复之志不迁。南宋绍兴十年（1140），病逝于福州。累赠太师、陇西郡开国公，谥忠定。李纲历仕徽宗、钦宗、高宗，以高风亮节而名望深重。联语简质，上联赞李纲之功业勋名，谓其能文能武，为经邦定乱之才。其勋名超过唐玄宗开元时期的名相姚崇、宋璟等。下联赞李纲忠诚明哲之美德，推他为有宋一代的理学名儒。对联以“文”“武”“忠”“哲”四字概括李纲之才德，颇为精当。

无锡惠山张睢阳庙联〔1〕

佚　名

天地风尘〔2〕，古庙丹青今几劫〔3〕；

江淮俎豆，空山鼠雀亦千秋〔4〕。

【注释】

〔1〕选自〔清〕金武祥《粟香随笔·粟香二笔》卷五。

〔2〕天地风尘：语出杜甫《秋日荆南送石首薛明府辞满告别奉寄薛尚书颂德叙怀斐然之作三十韵》：“天地相澒洞，天地一丘墟。”

〔3〕古庙丹青：语出杜甫《武侯庙》：“遗庙丹青落，空山草木长。”

〔4〕空山鼠雀：语出杜甫《秦州杂诗二十首·其一》：“水落鱼龙夜，山空鸟鼠秋。”

【评析】

张巡,唐蒲州河东(今山西永济)人,唐代名将。安史之乱时,起兵守睢阳,终因粮草耗尽而被俘遇害。此联不正写张巡守睢阳之事迹,而是就惠山张睢阳祀庙之兴废描写,上联写天地之间,风尘扰攘,张睢阳之祀庙及画像亦几经劫难,写出沧桑之感;下联写张巡因保障江淮之功而被俎豆祭祀,即便此庙立于空山,为鼠雀所据,近于荒芜,但张巡之功烈,自足千秋不朽。化用杜甫诗句,对联典重沉郁,感慨极深。

无锡胡安定祠联〔1〕

孙尔准(1770—1832)

字平叔,号戒庵,江苏金匮(今无锡)人。清嘉庆十年(1805)进士,选庶吉士,授编修。历任福建汀州知府、盐法道,江西按察使,福建、广东布政使,安徽、福建巡抚。道光五年(1825),擢闽浙总督。卒谥文清。著有《泰云堂集》。

文宣聿启文昭〔2〕,木铎千秋〔3〕,教著江河日月;
有虞肇开有宋〔4〕,云仍万祀,道垂礼乐诗书。

【注释】

〔1〕选自〔清〕梁章钜等撰,白化文、李鼎霞点校《楹联丛话》卷四。

〔2〕文宣:指孔子。唐玄宗开元二十七年封孔子为文宣王。聿:语助词。《诗经·大雅·文王》:“无念尔祖,聿修厥德。”文昭:胡瑗的谥号。

〔3〕木铎:以木为舌的大铃,铜质。古代宣布政教法令时,巡行振鸣以引起众人注意。《周礼·天官·小宰》:“徇以木铎。”郑玄注:“古者将有新令,必奋木铎以警众,使明听也。”以喻宣扬教化的人。《论语·八佾》:“天下之无道也久矣,天将以夫子为木铎。”

〔4〕有虞：指舜。有，是词首语助词。安定胡姓可上溯至西周初年帝舜之后胡公满，受封于陈国，后人以胡为氏。有宋：指赵宋。

【评析】

胡瑗，字翼之，学者称安定先生，与孙复、石介并称“宋初三先生”。历任太子中舍、光禄寺丞、国子监直讲，以太常博士致仕。祖籍陕西安定，泰州如皋(今江苏如皋)人。曾于泰州等地讲学，于经义外重经世之学，造士甚众。南宋宝庆二年(1226)，泰州官员在他曾经讲学处建安定书院，院内建胡公祠祀奉胡瑗。“文宣聿启文昭”，文宣是孔子的尊号，文昭是胡瑗的谥号。上联极赞胡瑗能继承孔子讲学的传统，千载以来一脉相承，其教化的功效有如江河行地、日月经天。“有虞”指安定胡氏为胡满之后。下联讲胡安定之学对宋代理学的影响，谓其所讲习之儒道将永远垂范。全祖望《宋元学案》称：“宋世学术之盛，安定(胡瑗)、泰山(孙复)为之先河，程(程颐)、朱(朱熹)二先生皆以为然。”

无锡秦观祠联〔1〕

裘廷梁(1857—1943)

字葆良，民国后改名可桴，江苏无锡人。清光绪十一年(1885)举人。光绪二十四年创《无锡白话报》。光绪二十七年入励志学会，任会长。光绪三十年，任锡金学务公所总董，创办新学堂数十所。宣统元年(1909)任锡金城厢自治公所总董。宣统二年任无锡市自治公所总董。辛亥革命后，任锡金军政分府民政部部长，俄即辞职。著有《可桴文存》。

望重苏门〔2〕，叹古来震旦〔3〕，生才多罹党祸；
魂归璨岭〔4〕，看后世名流，接武大振宗风〔5〕。

【注释】

〔1〕选自解维汉编选《中国祠庙陵墓楹联精选》(陕西人民出版社 2006 年版)。

〔2〕苏门:指与苏轼交游或受其荐举的黄庭坚、秦观、晁补之、张耒、陈师道、李廌等人。有“苏门四学士”或“苏门六君子”之称。

〔3〕震旦:古代印度称中国为震旦。

〔4〕璨岭:璨山,位于无锡市西约三公里,北连惠山,西与嶂山相望。南宋绍兴初年,秦观子湛任常州通判,遂将秦观墓迁葬于璨山。

〔5〕接武:步履相接,前后相接;继承。刘勰《文心雕龙·物色》:“古来辞人,异代接武,莫不参伍以相变,因革以为功。”

【评析】

秦观,字少游,号淮海居士,高邮人。宋神宗元丰八年(1085)进士。因苏轼荐,任太学博士,迁秘书省正字兼国史院编修官。绍圣元年(1094),坐元祐党籍,出通判杭州。又被劾以“影附苏轼,增损《实录》”,贬监处州酒税,继遭贬谪,编管雷州。元符三年(1100),复命为宣德郎,俄卒于藤州。秦观名列“苏门四学士”,却因元祐党争遭到贬谪,作者因此慨叹中国历史上党祸之烈,摧折人才之甚。秦观去世后原葬高邮,后其子秦湛任常州通判,遂迁葬于璨山。下联后二句赞秦氏后裔名流辈出,能振起宗风。

无锡邵文庄公祠联〔1〕

秦　瀛(1743—1821)

字凌沧,一字小岘,号遂庵,江苏无锡人。清乾隆四十一年(1776)举人,授内阁中书,充军机章京。历任浙江安察使、广东按察使、浙江布政使、光禄寺卿、太常寺卿等,官至刑部侍郎。嘉庆十五年(1810),以病解任归里。著有《小岘山人诗集》《小岘山人文集》《己未词科录》等。

疏许立身，一饭心常悬北阙[2]；
功存讲学，半弓地已辟东林[3]。

【注释】

〔1〕选自〔清〕梁章钜等撰，白化文、李鼎霞点校《楹联丛话》卷四。

〔2〕北阙：古代宫殿北面的门楼，是臣子等候朝见或上书奏事之处，用为宫禁或朝廷的别称。

〔3〕半弓地：半弓之地，形容面积很小。弓，旧时丈量地亩的计算单位，一弓等于五尺。

【评析】

邵文庄公祠，祀明邵宝。原为邵氏于明正德十一年（1516）建立的二泉书院，后改为祠。邵宝，字国贤，号二泉，江苏无锡人。成化二十年（1484）进士。授许州知州。入为户部员外郎，历郎中，出为江西提学副使，修白鹿洞书院学舍以处学者。后改官浙江按察使。正德四年（1509），迁右副都御史，总督漕运。因忤刘瑾，勒致仕。瑾诛，升户部侍郎，拜南京礼部尚书，前后七疏，恳辞不就。嘉靖初，起复前职，复辞。卒赠太子太保，谥文庄。学者称二泉先生。上联写邵宝之孝与忠。《明史》本传载其晚年累次上疏辞官奉养其母，是其孝。本传复载其孝亲之行："宝三岁而孤，事母过氏至孝。甫十岁，母疾，为文告天，愿减己算延母年。及终养归，得疾，左手不仁，犹朝夕侍亲侧不懈。"宋人称赞杜甫每饭不忘君恩，此处用以赞邵宝。下联写邵宝讲学之功。邵宝于无锡创二泉书院，讲学其中。邵宝"学以洛、闽为的"，教诸生"道德至上，功名次之"，造士甚多。

无锡顾端文公祠联[1]

顾　皋(1763—1832)

字晴芬，号缄石，江苏金匮(今无锡)人。清嘉庆六年(1801)进士，授翰林院修撰。嘉庆九年，提督贵州学政，擢国子监司业。嘉庆二十一年，值懋勤殿。历任左、右庶子，侍讲学士，侍读学士，与修《秘殿珠林》《石渠宝笈》。嘉庆二十四年，入值上书房。次年，擢詹事府詹事。道光元年(1821)，擢工部侍郎。后调户部兼国子监事，曾连典顺天、浙江乡试。道光八年，以病乞归。著有《墨竹斋诗古文》《峰峦集》《井华词》《兰竹说》等。

立朝与天子宰相争是非，悉宗社远谋[2]，国本重计[3]；
居恒共师弟朋友相讲习，惟至善性体，小心工夫。

【注释】

〔1〕选自〔清〕梁章钜等撰，白化文、李鼎霞点校《楹联丛话》卷四。

〔2〕宗社：宗庙和社稷的合称，借指国家。孔融《论盛孝章书》："惟公匡复汉室，宗社将绝，又能正之。正之之术，实须得贤。"

〔3〕国本：立国之根本，古代特指确定皇位继承人，设立太子为国本。《唐大诏令集·册遂王为皇太子文》："建立储嗣，崇严国本。"联中指明神宗册立太子的问题。

【评析】

顾端文公祠，在无锡惠山，祀明光禄寺少卿顾宪成。明万历间建，清乾隆间重修。《周易·系辞上》云"君子之道，或出或处"。上下联分写顾宪成的出处情形。上联赞顾宪成立朝时正直不阿的品格。尤其是在"国本案"中的表现。明神宗长子朱常洛为宫女所生，为神宗不喜，欲立郑贵妃之子朱常洵为太子。这违背了宗法制中的立谪原则,为朝官所反对。万历二十一年正月,明神宗下诏将长子朱常洛和另外两个儿子朱常洵、朱常浩同时封王,而不明确皇位继承人,以便朱常洵仍有被立为太子的机会。包括顾宪成在内的许多廷臣上奏阻止这一诏令的颁发,神宗迫于公议,于同年农历二月间收回了三王并封之命。这就是联中所谓的"宗社远谋""国本重计"。由于"国本"事件,明神宗对顾宪成极为反感,之后借机将顾宪成削职。顾宪成回乡后在无锡修复东林书院,同年十月,顾宪成会同顾允成、高攀龙、安希范、刘元珍、钱一本、薛敷教、叶茂才等人,发起东林大会,制定了《东林会约》,众人讲习其中,形成明代理学史上的东林学派及对晚明政治影响深远的东林党。"至善性体""小心工夫",则是顾宪成的讲学宗旨。

宜兴卢忠肃公祠联〔1〕

周家楣

尽瘁鞠躬,死而后已〔2〕,有明二百余年宗社,系之一身,望旌旗巨鹿城边,谁知忠孝精诚,赍志空期戈挽日〔3〕;

成仁取义〔4〕,没则为神,惟公三十九岁春秋,寿以千古,撷芹藻斩蛟桥畔〔5〕,想见艰难砥柱,感怀那禁泪沾襟。

【注释】

〔1〕选自胡君复原编,常江点校重编《古今联语汇选》第二册。

〔2〕尽瘁鞠躬,死而后已:语出诸葛亮《出师表》:"鞠躬尽瘁,死而后已。"

〔3〕赍志:怀抱着志愿。江淹《恨赋》:"赍志没地,长怀无已。"戈挽日:《淮南子·览冥训》:"鲁阳公与韩构难,战酣,日暮,援戈而挥之,日为之反三舍。"后以"鲁阳戈"谓力挽危局的手段或力量。

〔4〕成仁取义:为正义事业而牺牲。《宋史·文天祥传》:"天祥临刑殊从容……

其衣带中有赞曰:'孔曰成仁,孟曰取义,惟其义尽,所以仁至。读圣贤书,所学何事,而今而后,庶几无愧。'"

〔5〕芹藻:祭品。语本《诗经·鲁颂·泮水》:"思乐泮水,薄采其芹……思乐泮水,薄采其藻。"斩蛟桥:指晋周处斩杀蛟龙处。南朝梁刘孝标注引《初学记》引祖台之《志怪》曰:"义兴郡溪渚长桥下有苍蛟,吞啖人。周处执剑桥侧伺,久之,遇出,于是悬自桥上投下蛟背,而刺蛟数创,流血满溪,自郡渚至太湖句浦乃死。"

【评析】

卢忠肃公祠,在宜兴市珠巷东端,祀兵部尚书卢象升。卢象升,字建斗,又字斗瞻、介瞻,号九台,南直隶常州府宜兴县(今江苏宜兴)人。明天启二年(1622)进士,历仕户部主事及员外郎、大名府知府、大名兵备道、郧阳巡抚、湖广巡抚。崇祯二年(1629)募兵保卫京师,镇压农民起义。崇祯九年冬,调任宣大总督,防御清兵。崇祯十一年,加兵部尚书衔。清兵入塞,奉命入卫京师,并督天下援兵。因与兵部尚书杨嗣昌及关宁总监高起潜不合,受其牵掣。于此年十二月(1639年1月)在巨鹿贾庄被清军包围,壮烈殉国。追赠太子太师、兵部尚书。南明弘光时,谥忠烈。清乾隆时,追谥忠肃。著有《卢忠肃公集》《卢象升疏牍》。这是一则长联,上联四十字写卢象升壮烈殉国。首联"尽瘁鞠躬,死而后已"八字,用诸葛武侯《出师表》语意,言卢象升受命出征之日已怀尽忠报国的死志。在当时内外受掣的情况下,显得格外悲壮。有明宗社系之一身,言卢象升之重要。后世史家多将卢象升之战死视为明亡的重要原因之一。如方苞《书卢象晋传后》所说:"明之亡,始于孙高阳之退休,成于卢忠烈之死败。""望旌旗"以下三句,写卢象升之牺牲。卢公虽然忠孝精诚,天地可感,筹策兵略,论者以为不在岳武穆之下,但受杨嗣昌、高起潜之牵掣,于巨鹿兵败身殉,赍志没地。大明王朝亦如残阳难以挽回其覆亡的命运,读之令人扼腕慨叹。下联赞颂卢象升之精神。"成仁取义",是孔孟真精神,南宋文天祥绝命诗中有"孔曰成仁,孟曰取义"之句,对联取其语意。"惟公"二句,写卢公身殉社稷之时虽仅三十九岁,但如老子所说"死而不亡者寿",卢公自然生命虽然短暂,但精神永垂千古。"撷芹藻"以下三句,指对联作者参与祭祀时,想象卢公在明末竭忠尽力支撑危局并最终以身殉社稷的情形,不禁为之洒泪。对联气势恢宏,沉郁悲慨,对仗精深,体现了乡后学对前辈的景仰之心。

江阴阎典史祠联〔1〕

阎应元(1607—1645)

字丽亨,顺天通州(今北京通州)人。明末任江阴典史。明崇祯十七年(1644),因御海贼功迁广东英德县主簿,以道远未赴,暂寓江阴。南明弘光朝覆灭,固守江阴,竭力捍御者三月。城破,犹拼死巷战,不屈而死。

八十日带发效忠〔2〕,表太祖十七朝人物;

十万人同心死义,留大明三百里江山。

【注释】

〔1〕选自〔清〕韩菼撰《江阴城守记》卷下。

〔2〕带发:未剃发。

【评析】

阎典史祠,祀江阴典史阎应元,此为阎应元在南明弘光元年(1645)八月二十一日江阴城破时所作自挽联,随即英勇就义。此联为绝笔之作。韩菼《江阴城守记》卷下备载其事,曰:"阎应元坐东城敌楼,索笔题门曰:'八十日带发效忠,表太祖十七朝人物;十万人同心死义,留大明三百里江山。'题讫,引千人上马格斗,杀无算。夺门西走,不得出;勒马巷战者八,背被箭者三。顾谓从者曰:'为我谢百姓,吾报国事毕矣。'自拔短刀刺胸,血出,即投前湖中。义民陆正先欲从水中扯起,适刘良佐遣兵来擒,言与有旧,必欲生致;卒见发浮水面,出而缚之。良佐踞坐乾明佛殿,见应元至,跃起,两手拍应元肩而哭。应元曰:'何哭!事至此,只有一死,速杀我!'贝勒坐县署，急索应元；至堂上，挺立不屈，背向贝勒，骂不绝口。一卒以枪刺其胫，血涌沸而仆。日暮，拥至栖霞庵。庵僧夜闻呼'速杀我'不绝口，已而寂然。天明，已遇害。家丁存者犹十余人，询其不降而戮之，偕死一处。"阎应元虽只是一介小吏，但却慷慨殉国。清兵攻破江阴后，江阴军民无一降者，血性忠气，光耀天壤。

徐州项王祠联〔1〕

佚　名

天意欲兴刘〔2〕，到此英雄难用武〔3〕；
人心犹慕项，至今父老尚称王。

【注释】

〔1〕选自胡君复原编，常江点校重编《古今联语汇选》第二册。

〔2〕天意欲兴刘：语出曹伯启《过滹沱河》"当年天意欲兴刘"。

〔3〕英雄难用武：语出《三国志·诸葛亮传》"英雄无所用武"。

【评析】

徐州项王祠，祀项羽。项羽建立西楚，定都彭城，即在徐州。《史记·项羽本纪》载秦灭以后的楚汉相争中，项羽被围于垓下，项羽自认为失败出于天意，非战之罪。上联即用此意。下联讲后人对项羽的悲剧命运极为同情，尤其是项羽故里及彭城的父老，仍以项王称之。对联以"天意"与"人心"作为上下句的句眼，关合甚妙。当然，项羽的失败不能简单归于"天意"。但对联是文学表达，用"天意"而非"史实"来概括项羽的失败，强化了项羽的英雄气概与悲剧命运，增加了文学感染力。

沛县西阳岭关帝庙联[1]

朱秉铭(生卒年不详)

字緎三,建宁府浦城(今福建浦城)人。清嘉庆六年(1801)举人,曾协修《〔嘉庆〕新修浦城县志》。著有《绿筠堂菊花诗》《焚余诗草》《雪龛制艺》等。

至诚之功[2],孚及豚鱼[3],虽阿瞒莫敢不服[4];
大义所归,坚如金石[5],惟使君乃得而臣[6]。

【注释】

〔1〕选自〔清〕梁章钜编纂《楹联续话》卷一。

〔2〕至诚:《礼记·中庸》:“唯天下至诚,为能经纶天下之大经,立天下之大本,知天地之化育。”朱熹集注:“至诚之道,非至圣不能知;至圣之德,非至诚不能为。”

〔3〕孚及豚鱼:孚,信也。信义及于豚和鱼,形容信义昭著,无微不及。《易经·中孚》:“豚鱼吉,信及豚鱼也。”王弼注:“鱼者,虫之隐者也;豚者,兽之微贱者也。争竞之道不兴,中信之德淳著,则虽微隐之物,信皆及之。”

〔4〕阿瞒:曹操的小名。《三国志·魏书·武帝纪》中裴松之注引三国吴无名氏《曹瞒传》:“太祖一名吉利,小字阿瞒。”

〔5〕金石:比喻心志坚定,忠贞不贰。

〔6〕使君:指刘备。《三国志·蜀书·先主传》:“先主未出时,献帝舅车骑将军董承辞受帝衣带中密诏,当诛曹公。先主未发。是时曹公从容谓先主曰:‘今天下英雄,唯使君与操耳。本初之徒,不足数也。’先主方食,失匕箸。”

【评析】

此联立意甚正。上联写关羽之诚信,即便曹操也被他折服;下联写关羽之忠义,唯有刘备方能使之臣服。

常州邹浩祠联[1]

汤　斌（1627—1687）

字孔伯，号潜庵，河南睢州（今河南睢县）人。清顺治九年（1652）进士，选庶吉士，授国史院检讨。历仕陕西潼关道副使、江西岭北道参政、翰林院侍讲等职。清康熙十八年（1679），应博学鸿词试，授翰林院侍讲。康熙二十一年，充《明史》总裁。康熙二十三年，迁内阁学士，出为江苏巡抚。升礼部尚书，转工部尚书。汤斌为理学名臣，著有《汤子遗书》《洛学编》等。

六经万户千门，只慎独两言[2]，上接泗滨[3]，下肩伊洛；
三疏九年再窜，痛引裾一决[4]，晓行岭海，夜渡潇湘。

【注释】

〔1〕选自〔清〕梁章钜等撰，白化文、李鼎霞点校《楹联丛话》卷四。

〔2〕慎独：独处之时谨慎不苟。语出《礼记·大学》：“此谓诚于中，形于外，故君子必慎其独也。”

〔3〕泗滨：泗水之滨，指孔子之儒学，因孔子曾在洙泗之间聚徒讲学。《礼记·檀弓上》“吾与女事夫子于洙泗之间”。

〔4〕引裾：拉住衣襟。指三国时辛毗拉住魏文帝衣襟坚持诤谏的故事，见《三国志·魏书》。后以“引裾”喻人臣能据理直谏。

【评析】

邹忠公祠，祀邹浩。邹浩祠原位于常州市西瀛里，今移至济美里。邹浩，字志完，谥号忠，学者称道乡先生，晋陵（今江苏常州）人。宋元丰五年（1082）进士。历仕扬州、颍昌府学教授、太常博士、右正言、吏部侍郎、兵部侍郎等，因直谏两次被贬谪。赦归后任龙图阁待制。政和元年(1111)病逝，后被追赠为宝文阁学士，谥忠，朝廷敕令建造邹浩专祠。祠壁经数百年几近湮没。明万历三十一年(1603)，敕令重建邹忠公祠。明清易代时有毁损，清康熙间重修葺。汤斌此联当作于此时。上联讲邹浩之学，拈出“慎独”二字。“上接泗滨，下肩伊洛”，述邹浩的学术渊源。宋张栻《昭州新立吏部侍郎邹公祠堂记》：“晚岁益为中外所尊仰，而公不居其成，讲究切磋，惟是之从。盖尝从伊川程先生论学，而上蔡谢公良佐、龟山杨公时皆其所友也。”下联叙邹浩的行迹。“三疏九年再窜”，指邹浩性耿介，在朝时曾三次上疏反对哲宗立刘妃为后。另上疏弹劾时相章惇，遂遭刘妃、章惇诋毁，被谪戍新州。哲宗死，宋徽宗继位，复为右正言，调司谏及兵吏二部侍郎等职。复遭蔡京奸党所诬，于宋崇宁二年(1103)被戍岭南昭州。“引裾一决”指直谏。“晓行岭海，夜渡潇湘”指邹浩赴新州、昭州。联中多用数字与地名而不显板重。

常熟仲雍墓联[1]

佚　名

一时逊国难为弟[2]；

千古名山尚属虞。

【注释】

〔1〕选自裴国昌主编《中国名胜楹联大辞典》。

〔2〕一时：同时。逊国：推让君位。

【评析】

仲雍，又名虞仲，为周太王次子。因周太王欲立幼子季历，与兄泰伯同避江南，建立吴国。后因泰伯无子，仲雍继位，成为吴君，殁后葬于常熟乌目山，乌目山因而改名为虞山。《吴地记》曰："仲雍冢在吴郡常熟县西海虞山上，与言偃冢并列。"《太平寰宇记》记载："虞山有仲雍、齐女墓。"上联点明仲雍之德，历来皆以逊位让国称赞泰伯，此联则赞仲雍之德与其兄同，可谓泰伯难为兄，仲雍难为弟，立意颇为高明。下联写仲雍死后葬于虞山的故实，赞其德行使虞山名传千秋。

苏州沧浪亭五百名贤祠联〔1〕

陶　澍

非关貌取前人〔2〕，有德有言〔3〕，千载风徽追石室〔4〕；
但觉神传阿堵〔5〕，亦模亦范，四时俎豆式金阊〔6〕。

【注释】

〔1〕选自〔清〕梁章钜等撰，白化文、李鼎霞点校《楹联丛话》卷四。

〔2〕貌取：只凭外貌来衡量人的品质和才能。据《史记・仲尼弟子列传》载，澹台灭明，字子羽，状貌甚恶。欲事孔子，孔子以为才薄。子羽受业孔门后，退而修行，南游至江，从弟子三百人，名施乎诸侯。孔子闻之，乃曰："以貌取人，失之子羽。"

〔3〕有德有言：语出曹植《班婕妤赞》："有德有言，实惟班婕。"

〔4〕风徽：风范，美德。石室：古代藏图书档案处。《史记・太史公自序》："周道废，秦拨去古文，焚灭《诗》《书》，故明堂石室金匮玉版图籍散乱。"

〔5〕神传阿堵：语出《世说新语・巧艺》："顾长康画人，或数年不点目精。人问其故，顾曰：'四体妍蚩，本无关于妙处；传神写照，正在阿堵中。'"

〔6〕金阊：苏州有金门、阊门两城门，故以"金阊"借指苏州。

【评析】

五百名贤祠，位于苏州沧浪亭内西北部，供奉了与苏州有渊源的五百余位先贤。《〔光绪〕苏州府志》记载："五百名贤祠在沧浪亭西，国朝道光八年巡抚陶澍创建。自周至国朝，凡五百七十余人，皆求遗像刻石祀之。"清道光七年（1827），江苏巡抚陶澍于顾沅辟疆小筑见其所藏吴中名贤画像三百余幅，后经广为搜集，又得二百余幅。遂命孔继尧临绘，沈石钰勾摹刻石。时值江苏布政使梁章钜重修沧浪亭竣工，陶澍遂与梁章钜、陈銮、李景峄等捐俸建五百名贤祠于沧浪亭之左。五百名贤画像收录先贤画像由春秋时期至清代，绘制精美，镌刻工妙，世所罕见。此联为陶澍自撰，首联讲绘图刻石并非要以貌取人，而是钦仰五百名贤之风范美德，既有懿行又有佳言，因此绘图刻石，藏之石室。下联写绘图镌刻之精工，能传神阿堵，以供瞻仰祭拜。

苏州伍相国祠联〔1〕

吴　云（生卒年不详）

字天门，号舫翁，江西安福人。明末拔贡生。曾主持景贤书院，晚年游居武功。撰有《天门诗文稿》《灵谷寺志》等。

微斯人吴其为沼〔2〕；
赖此老海不扬波。

【注释】

〔1〕选自〔清〕梁章钜等撰，白化文、李鼎霞点校《楹联丛话》卷四。

〔2〕微：无。吴其为沼：语出《左传·哀公元年》："（伍员）退而告人曰：'越十年生聚，而十年教训。二十年之外，吴其为沼乎？'"杜预注："谓吴宫室废坏，当为污池。"

【评析】

伍相国祠原在苏州盘门,明万历间迁至朱家园。20世纪80年代仍在盘门复建。上联用《左传》伍子胥之语,但反用其意。《左传》原意为伍子胥谏吴王夫差若不防备越国,则20年之后,吴国将灭亡。联中表达的意思是伍子胥生前助吴胜楚,死后仍护佑吴地。下联写伍子胥被吴王夫差赐死,尸体被装入革囊抛于江中。《吴越春秋》载:"(伍子胥)遂伏剑而死。吴王乃取子胥尸,盛以鸱夷之器,投之于江中,言曰:'胥,汝一死之后,何能有知?'即断其头,置高楼上,谓之曰:'日月炙汝肉,飘风飘汝眼,炎光烧汝骨,鱼鳖食汝肉。汝骨变形灰,有何所见?'乃弃其躯,投之江中。子胥因随流扬波,依潮来往,荡激崩岸。"伍子胥死后,身化为神,民立庙祭祀。"海不扬波",寄托着古人对伍子胥的祈愿。"吴其为沼"与"海不扬波"对仗密合无间,信为佳联。

常熟言子墓联〔1〕

言如泗(1716—1806)

字素园,江苏昭文(今常熟)人,言子七十五世孙。清乾隆十四年(1749),铨授山西垣曲知县,调闻喜,举卓异,擢保德直隶州知州。父丧除,补解州知府。乾隆二十九年,擢湖北襄阳知府。光绪中,祀名宦。编著有《言子文学录》《常昭合志》等。

旧庐墨井文孙守〔2〕;
高垅虞峰古树森。

【注释】

〔1〕选自裴国昌主编《中国名胜楹联大辞典》。

〔2〕墨井:位于常熟言子巷言子故居内,传为言偃涤砚处。文孙:原指周文王

之孙。《尚书·立政》:“继自今文子文孙。”孔传:“文子文孙,文王之子孙。”后泛用为对他人之孙的美称。

【评析】

言子墓在常熟虞山东麓。明弘治中,由知县杨子器修筑,清朝时又多次修葺。现在墓道从山下逐级而上,规模宏大,形制雄伟。墓门在北门大街上,中间两根石柱上刻有柱联。左侧边门额刻有“乾隆三十三年岁次丁亥三月廿八日建”字样,右侧边门额刻有“翰林院世袭五经博士裔孙如洙等恭立”字样。上联讲言子旧居,特举墨井,为其裔孙世世保守。下联讲言子墓的位置在虞山之麓,“古树森”,既写环境之清幽,也显示言子受到里人崇敬,故墓上之木未被樵采。

苏州邓禹祠联〔1〕

潘遵祁(1808—1892)

字觉夫,一字顺之,号西圃,江苏吴县(今苏州)人。清道光二十五年(1845)进士,入翰林院。旋乞归,隐邓尉,筑香雪草堂居之。工花卉,著有《西圃集》。

聪明正直谓之神〔2〕,中界星辰〔3〕,麟阁昭垂清史柄〔4〕;
清奇古怪如此树〔5〕,空山岁月,夙冈想象翠华临〔6〕。

【注释】

〔1〕选自李根源著《吴郡西山访古记》(古吴轩出版社2015年版)。

〔2〕聪明正直:语出《左传·庄公三十二年》“神,聪明正直而一者也”。

〔3〕中界:指人间。星辰:指古代星图中的二十八宿。

〔4〕麟阁:汉代阁名,在未央宫中。《汉书·苏武传》:“甘露三年,单于始入朝。

上思股肱之美，乃图画其人于麒麟阁。”颜师古注引张晏曰：“武帝获麒麟时作此阁，图画其像于阁，遂以为名。”联中的麟阁代指云台，东汉明帝追念前世功臣，图画邓禹等二十八将于南宫云台，以应天上二十八宿之名。

〔5〕清奇古怪：指司徒庙中四株汉代古柏，相传为汉代司徒邓禹手植，清高宗南巡时将其命名为清、奇、古、怪。

〔6〕翠华：天子仪仗中以翠羽为饰的旗帜或车盖。司马相如《上林赋》：“建翠华之旗，树灵鼍之鼓。”李善注：“翠华，以翠羽为葆也。”

【评析】

苏州光福镇有邓尉庙，相传东汉时邓尉隐居于此，后里人建庙祀之。此邓尉本无考，不知何时被附会为东汉大司徒邓禹，故又名司徒庙。邓禹，字仲华，南阳郡新野县（今河南新野）人。西汉末游学长安，与刘秀交好，新莽败亡后往投刘秀，劝之以河北为基地，收揽民心，待机取天下，以此深得刘秀信任。后协助刘秀建立东汉。刘秀称帝后，被拜为大司徒。明帝时进位太傅。司徒庙又名古柏庵、柏因社、柏因精舍，始建时间无考，现存殿宇为清末民初所建。此联称颂邓禹的功德，言邓禹聪明正直，因此死后成神。他在人间又上应天上的星辰，汉明帝时追念开国功臣二十八人，图其像于南宫云台，以应天上二十八宿。下联讲司徒庙的四株古柏，树龄近两千年，相传为邓禹手植，乾隆南巡至此，将其命名为清、奇、古、怪。“清奇古怪”与上联“聪明正直”对仗极工。“空山岁月”，写此四树独处空山之中，经历茫茫岁月，岿然独存。末句“翠华临”写乾隆南巡之事。

吴门许远祠联〔1〕

佚　名

待张巡若同胞，先死后死，与常山平原义分一席〔2〕；

恨李翰不作传〔3〕，大书特书，赖紫阳涑水笔补千秋〔4〕。

【注释】

〔1〕选自〔清〕梁章钜等撰，白化文、李鼎霞点校《楹联丛话》卷四。

〔2〕常山：指颜杲卿，字昕，京兆万年（今陕西西安）人。颜杲卿初任范阳户曹参军，安史之乱时，与其子颜季明守常山，从弟颜真卿守平原。以计杀安禄山部将李钦凑，擒高邈、何千年。传檄河北诸郡，有十七郡响应。天宝十五年（756），叛军围攻常山，城破，颜杲卿骂贼遇害，谥忠节。平原：指颜真卿，字清臣，京兆万年（今陕西西安）人，颜杲卿从弟。任平原太守，安史之乱后，以抗贼功授宪部尚书。唐代宗时仕至太子太师，封鲁郡公。唐兴元元年（784），奉诏晓谕叛将李希烈，凛然拒贼，被缢杀。追赠司徒，谥文忠。

〔3〕李翰：天宝中擢进士第，房琯等荐为史官。安史之乱时，从张巡客宋州。巡率州人守城，贼攻围经年，食尽矢穷方陷。薄巡者言巡降贱，翰乃序巡守城事迹，撰张巡、姚訚等传两卷上之，肃宗方明张巡之忠义。李翰后累迁至翰林学士。病免，客阳翟卒。

〔4〕紫阳：指朱熹。朱熹之父朱松曾在歙县紫阳山读书。朱熹后居福建崇安，题厅事曰紫阳书室，以示不忘。后人因以紫阳作为朱熹的别称。涑水：指司马光。司马光为北宋陕州夏县涑水乡人，故称。

【评析】

许远，字令威，右仆射许敬宗玄孙。唐开元末中进士，授益州从事，贬高要县尉。安史之乱中累迁睢阳太守。唐至德二载（757）正月，安庆绪部将尹子琦攻睢阳，许远与张巡共守睢阳。后城破，许远被害。朝廷追赠他为荆州大都督，图其像于凌烟阁。唐代宗时为褒扬张巡、许远的忠义之举，于睢阳敕建双忠庙，以时祭祀。宋以后多地有双忠祠庙，或称二圣祠，吴门之许远庙即其一。据《〔民国〕吴县志》记载："东岳行宫……又有一在城内庙堂巷，名东岳二圣行祠，祀唐忠臣张巡、许远。"上联讲许远信任张巡，与之共守睢阳殉难就义事。"先死后死"，用韩愈《张中丞传后叙》语"竟与巡俱守死，成功名。城陷而虏，与巡死先后异耳"，意为许远之死虽然后于张巡，但不屈于叛军、英勇就义的行为与张巡相同。"与常山平原义分一席"，谓许远与张巡守睢阳的义举，与颜杲卿、颜真卿兄弟举兵抵抗安史叛军相同。下联讲许远的忠义之行在李翰为张巡辩诬所作的《张巡传》及《进张巡中丞传表》中未被表彰。韩愈读到李翰的《张巡传》,认为虽然详密,但恨尚有遗阙,首条就是不为许远立传。韩愈特撰《张中丞传后叙》,表彰许远之功。司马光《资治通鉴》、朱熹《资治通鉴纲目》中也补写了许远之功。

常熟张旭祠联〔1〕

钱 泳

书道入神明,落纸云烟〔2〕,今古竞传八法;
酒狂称草圣,满堂风雨〔3〕,岁时宜奠三杯。

【注释】

〔1〕选自〔清〕梁章钜编纂《楹联续话》卷一。

〔2〕落纸云烟:语出杜甫《饮中八仙歌》:“张旭三杯草圣传,脱帽露顶王公前,挥毫落纸如云烟。”

〔3〕满堂风雨:语出权德舆《马秀才草书歌》“满堂风雨寒飕飕”。

【评析】

草圣祠在江苏省常熟市周神庙弄,原为屠太尉祠,明代弘治年间改为张旭祠,因张旭曾任常熟县尉。张旭,字伯高,一字季明,吴县(今江苏苏州)人。唐代著名书法家,擅狂草,世人称为“草圣”。张旭与怀素并称,又与贺知章、张若虚、包融并称“吴中四士”。传世法帖有《古书四帖》《肚痛帖》等。梁章钜《楹联续话》载钱泳语曰:“唐张旭曾为常熟县尉,故县城南有草圣祠,今为文庙土地之神,新立一祠于大成门之右。广文属余书一联一额。余曰联句尚易,额甚难也。再四思之,总未题就。偶忆韩文公‘优入圣域’四字,因书付之,并撰一联……”上联讲张旭之草书成就,言其书法已入神明之境。下联讲张旭生平嗜酒,故宜以酒祭祀之。“落纸云烟”“满堂风雨”,借用杜甫与权德舆的诗句,形容张旭在创作草书时的狂放恣肆。

苏州虎丘五贤祠联[1]

陈元素(生卒年不详)

字古白,号素翁、处廓先生,私谥贞文先生,明代南直隶苏州府长洲(今江苏苏州)人。诸生,早负才名,工诗文,书画俱精。

朝烟夕霭,诸岚收万象之奇,公等文章具在;
雅调玄衿[2],异代结千秋之契,谁堪俎豆其间。

【注释】

〔1〕选自〔清〕徐崧、张大纯纂辑,薛正兴校点《百城烟水》卷一(江苏古籍出版社1986年版)。

〔2〕玄衿:玄深的襟怀。

【评析】

虎丘五贤祠,明万历二十六年(1598)长洲知县江盈科在姑苏平远堂旧址上兴建。祭祀古代与苏州有渊源的五位贤人:韦应物、白居易、刘禹锡、王禹偁、苏轼。江盈科为撰《五贤祠记》。清乾隆二十一年(1756),费天修改建于东山浜。乾隆六十年,移建于后山竹亭北,三祠皆已毁。五贤中韦应物、白居易、刘禹锡皆曾任苏州刺史,王禹偁曾任长洲县令,苏轼虽未在苏州为官,但曾六次至苏州,写了不少诗文,留下了美好的记忆,与苏州也颇有渊源。上联写登虎丘所见山间奇景,"朝烟夕霭",气象万千,以此来比喻五贤文章之懿美。江盈科《五贤祠记》曰:"虎丘北隅,有堂曰平远,其前为虞山,横伏拱揖,山下诸流分派南泻,如白练错出,平田远野,苍翠交映,堂所由名以此。"与联语可以参互观之。下联写诸贤风雅与襟怀,"异代结千秋之契",

就五贤共祠而言，诸公生不并时，却因此祠而结下交契，并为后人所祭祀纪念，可谓美谈。

苏州韦公祠联[1]

梁章钜（1775—1849）

字闳中，又字茝林，号退庵，福建长乐人。清嘉庆七年（1802）进士，任礼部主事。嘉庆二十一年，任军机章京。历仕湖北荆州知府、江苏按察使、甘肃布政使、广西巡抚等职。后因病辞官归里，专事著述。著有《浪迹丛谈》《楹联丛话》等。

唐史传偏遗，合循吏儒林，读书不碍中年晚；
苏州官似谥，本清才名德，卧理能教末俗移[2]。

【注释】

〔1〕选自〔清〕梁章钜等撰，白化文、李鼎霞点校《楹联丛话》卷四。

〔2〕卧理：犹卧治。用《汉书·汲黯传》典故。又《南史·刘善明传》："淮南近畿，国之形胜，非亲贤不居，卿与我卧理之。"末俗：谓末世的习俗。董仲舒《士不遇赋》："生不丁三代之隆盛兮，而丁三季之末俗。"

【评析】

韦公祠，在苏州，祀唐苏州刺史韦应物。旧称集贤祠，自宋有之。明嘉靖四年（1525），知府胡缵宗考正，亲书木主。清咸丰十年（1860）毁。同治七年（1868）重建二公祠，合祀白居易、韦应物。韦应物，字义博，京兆杜陵（今陕西西安）人。宣州司法参军韦銮之子。十五岁起任唐玄宗三卫郎。安史之乱后，唐玄宗流落蜀地，韦应物失职，折节读书，以进士及第，历任滁州、江州、苏州刺史。上联说韦应物未入两《唐书》传，但其吏才与才德足以进入正史的《循吏列传》或《儒林列传》。韦应物少时浮荡,安史之乱失职后始折节读书,成为进士,这是极其不易的。唐代进士考试录取额数极少,韦应物在成年后方才向学,能进士及第可谓凤毛麟角。梁章钜说“读书不碍中年晚”,固然有其道理,但应当与韦应物的天分与毅力有关。下联讲韦应物治理地方的成绩。韦应物曾任滁州、江州刺史,最后任苏州刺史,后世称“韦苏州”。韦应物在苏州的事迹不甚详,下联末句谓其“卧理”而能移易末俗,当是本着韦应物的个性及其清淡诗风而言。李肇《唐国史补》:“韦应物立性高洁,鲜食寡欲,所居焚香扫地而坐。”不过韦应物的修身洁己与其实际的治理方法未必相同。韦应物的墓志说他“下车周星,豪猾屏息”;从其诗歌中所反映的情况看,他的政务还是很繁忙的,并不像汉代的汲黯任淮阳太守时无为而治、政务清明。

苏州虎丘白公祠联〔1〕

梁章钜

讽喻岂无因,乐府正声熟人口〔2〕;

行藏何足辨〔3〕,名山大业定生前〔4〕。

【注释】

〔1〕选自〔清〕梁章钜等撰,白化文、李鼎霞点校《楹联丛话》卷四。

〔2〕正声:正风,雅正的诗篇。白居易《编集拙诗成一十五卷因题卷末戏赠元九李二十》诗:“一篇长恨有风情,十首秦吟近正声。”

〔3〕行藏:指出处或行止。语出《论语·述而》:“用之则行,舍之则藏。”

〔4〕名山:指可以传之不朽的藏书之所。《史记·太史公自序》:“以拾遗补艺,成一家之言……藏之名山,副在京师,俟后世圣人君子。”司马贞《史记索隐》:“言正本藏之书府,副本留京师也。”

【评析】

虎丘白公祠，故址在虎丘东南的塔影园。初为明代文肇祉的别墅，名海涌山庄，后更名为塔影园。明天启间，归吴江赵氏。清顺治初，顾苓购得改筑，名云阳草堂。乾隆年间，蒋重光购得废址建园，俗称蒋园。嘉庆二年（1797），苏州知府任兆炯改建为白公祠，祀唐苏州刺史白居易。咸丰十年（1860）废毁。白居易，字乐天，号香山居士，太原籍，生于河南新郑。唐贞元年间进士，授秘书省校书郎。元和年间任左拾遗及左赞善大夫，因上表请求严缉刺死宰相武元衡的凶手，得罪权贵，被贬为江州司马。宝历初年任苏州刺史。上联称赞白氏讽喻诗的成就，《新乐府》五十首是白居易于左拾遗任上所作，主旨在于以讽喻手段揭露社会黑暗，尽其谏官之职。他创作的《新乐府》继承了《诗经》的讽喻精神，“为君、为臣、为民、为物、为事而作，不为文而作也”。为民间传诵故为“正声”。下联讲白居易为人做官出处隐退的原则及其对其诗歌的编集与赠藏情况。白居易对其诗集极为矜慎，并多次将编成的诗集抄录，赠藏于名寺或赠亲友。这就是下联所写的“名山大业定生前”。

苏州虎丘白公祠联[1]

贺长龄（1785—1848）

字耦耕，晚号耐庵，善化（今湖南长沙）人。清嘉庆二十三年（1818）进士。历任翰林院编修、广西乡试副考官、山西学政、江西南昌知府、江苏布政使、贵州巡抚等，官至云贵总督兼署云南巡抚。贺长龄好经世之学，曾委托魏源纂辑《皇朝经世文编》，著有《耐庵诗文集》《孝经辑注》等。

唐代论诗人，李杜以还，惟有几篇新乐府[2]；
苏州怀刺史，湖山之曲，尚留三亩旧祠堂。

【注释】

〔1〕选自〔清〕梁章钜等撰,白化文、李鼎霞点校《楹联丛话》卷四。

〔2〕新乐府:唐代出现的一种用新题写时事的乐府体诗。虽辞为乐府,已不被声律。此类新歌,创始于初唐,发展于盛唐,至中唐元稹、白居易时发扬光大,并确定了新乐府的名称。白居易《新乐府》序称其创作宗旨为规讽时事,“欲闻之者深诫也”“为君、为臣、为民、为事而作,不为文而作”。

【评析】

此联首言白居易在唐代诗坛中的地位,认为白居易的新乐府为李杜以外的佳作。贺长龄在极度推崇李杜的语境下仅许可白居易的乐府诗,对其余唐代诗人不屑一顾,即便对白居易的其他诗作也多持贬抑态度,立论似稍偏颇。下联讲白居易与苏州的渊源。白氏曾经任苏州刺史,有遗爱,以此吴人追怀不已。末二句写建祠祀白居易,“三亩旧祠堂”,颇有些萧条之感。

苏州沧浪亭苏子美祠联[1]

洪　钧

徙倚水云乡[2],拜长史新祠[3],犹向羁臣留胜迹[4];

品评风月价[5],吟庐陵旧什[6],恍闻孺子发清歌[7]。

【注释】

〔1〕选自解维汉编选《中国亭台楼阁楹联精选》(陕西人民出版社2006年版)。

〔2〕水云乡:语出苏轼《南歌子·别润守许仲涂》:“一时分散水云乡,惟有落花芳草断人肠。”傅幹注:“江南地卑湿而多沮泽,故谓之水云乡。”

〔3〕长史:指苏舜钦。宋庆历八年(1048)复官为湖州长史,未及赴任病逝。

〔4〕羁臣:羁旅流窜之臣。《左传·昭公七年》:“君之羁臣,苟得容以逃死,何位

之敢择？”

〔5〕品评风月价：语出欧阳修《沧浪亭》：“清风明月本无价，可惜只卖四万钱。”

〔6〕庐陵旧什：即指欧阳修《沧浪亭》诗。庐陵，欧阳修籍贯所在地，今名吉安。

〔7〕孺子发清歌：指《孺子歌》，又名《沧浪歌》。《孟子·离娄上》：“有孺子歌曰：‘沧浪之水清兮，可以濯我缨。沧浪之水浊兮，可以濯我足。’”《楚辞·渔父》亦载其辞。

【评析】

沧浪亭在苏州城南三元坊附近，原为五代吴越国广陵王钱元璙之园囿，五代末为中吴军节度使孙承祐别墅，北宋苏舜钦购得后于园内建沧浪亭，后以亭名为园名。苏舜钦，字子美，汴梁（今河南开封）人。北宋景祐元年（1034）进士。历仕蒙城、长垣县令、集贤殿校理。因受庆历党争牵连，被劾除名，遂至苏州购园筑沧浪亭，隐居不仕。庆历八年复官为湖州长史，未及赴任病逝。沧浪亭在明清时期屡经修葺，清咸同间又毁于战火，光绪年间重新修成，苏子美亦得以重祀。洪钧此联当为此而作，从首联中的“长史新祠”可见。“徙倚水云乡”，用苏轼《南歌子》句，写作者徘徊于沧浪亭。“羁臣”指苏舜钦，时因庆历党争受到牵连。下联前两句用欧阳修《沧浪亭》诗句，即“庐陵旧什”。末以《孺子歌》结尾，既点出沧浪亭之名，又有袅袅不尽的余韵。

苏州范文正公祠联[1]

宋　荦（1634—1713）

字牧仲，号漫堂，晚号西陂老人，河南归德府（今商丘）人。清顺治四年（1647）为侍卫。康熙三年（1664），授湖广黄州通判。历官理藩院院判、刑部员外郎、山东按察使、江苏布政使、江西巡抚、江苏巡抚、吏部尚书等。著有《西陂类稿》。

兵甲富于胸中[2],一代功名高宋室;
忧乐关乎天下[3],千秋俎豆重苏台[4]。

【注释】

〔1〕选自〔清〕梁章钜等撰,白化文、李鼎霞点校《楹联丛话》卷四。

〔2〕兵甲:兵器和铠甲。《国语·吴语》:“唯是车马、兵甲、卒伍既具,无以行之。”《孟子·离娄上》:“城郭不完,兵甲不多,非国之灾也。”此处借指军事谋略。

〔3〕忧乐:忧愁与欢乐。《左传·襄公三十一年》:“忧乐同之,事则从之;教其不知,而恤其不足。”荀悦《申鉴·杂言上》:“为世忧乐者,君子之志也。”范仲淹《岳阳楼记》:“先天下之忧而忧,后天下之乐而乐。”

〔4〕苏台:即姑苏台,又名胥台,在苏州西南姑苏山上。相传为春秋时吴王阖庐所筑,夫差于台上立春宵宫,作长夜之饮。越国攻吴,吴太子友战败,遂焚其台。

【评析】

范文正公祠位于苏州天平山东南麓,又名范文正公忠烈庙,纪念北宋著名政治家、军事家、文学家范仲淹。范仲淹曾出任苏州知州,治理水患,创建州学,造福乡里。宋皇祐四年(1052)殁,谥文正。宋室南渡后,因“西土皆陷,忠烈之庙越在异邦”,遂于范仲淹天平山葬地附近改建范公祠。上联写范仲淹的功业。范仲淹富于军事韬略,他任职陕西前,宋军对西夏作战大败,边地动荡。范仲淹采取积极防御政策,稳固边防,修筑大顺城以遏制西夏军的进犯。同时修葺多个军事要塞,形成完整的军事防线。对于边军,范仲淹开展内部改革临阵战法及精兵去冗,对附近少数民族示义,以朝廷名义犒赏,使得羌族脱离西夏,归向宋朝。此外,范仲淹安定边地经济,恢复生产,取得了积极的成效。体现出高明的战略眼光与务实的治政经验。下联赞颂范仲淹的淑世情怀,他以天下为己任,不以一己之得失荣辱介怀,“先天下之忧而忧,后天下之乐而乐”,体现了北宋士大夫积极入世的政治理想与心怀苍生的高贵情操。

苏州韩世忠祠联[1]

林则徐

祠庙肃沧浪[2],更寻来一万字穹碑[3],新焕岩阿榱桷[4];

威灵镇吴越,还认取七百年华表[5],遥传江上旌旗。

【注释】

〔1〕选自〔清〕梁章钜《楹联三话》卷上(中华书局1987年版)。

〔2〕沧浪:苏州沧浪亭,曾为韩世忠府邸,其祠庙亦在其中。

〔3〕穹碑:高大窿顶的石碑。顾炎武《石射堋山》:“山下蕲王宋时墓,屹然穹碑镇山路。”灵岩山韩世忠墓前有南宋孝宗时所立蕲王万字碑。

〔4〕岩:指灵岩山,在苏州木渎镇西北,韩世忠墓位于灵岩山西麓。榱桷:屋椽。《世说新语·伤逝》:“孝武山陵夕,王孝伯入临,告其诸弟曰:‘虽榱桷惟新,便自有《黍离》之哀。’”指道光十三年(1833)韩世忠裔孙韩崶于墓前所修的享堂。

〔5〕华表:古代设于桥梁、宫殿、城垣或陵墓前作装饰之用的巨柱。陵墓前之华表又名“墓表”。

【评析】

韩世忠祠,在苏州沧浪亭。韩世忠,字良臣,延安府绥德军(今陕西绥德)人。南宋名将,与岳飞、张俊、刘光世合称“中兴四将”。金人入侵时,在河南抗金。南渡后任浙江制置使。南宋建炎三年(1129),金兀术南侵,次年,韩世忠在黄天荡大破金兵,以功授神武左军都统制,驻镇江。绍兴四年(1134),于大仪大破金与伪齐联军,升任淮东路宣抚处置使,镇守楚州。韩世忠为人耿直,不肯依附权臣秦桧,曾为岳飞遭陷害而鸣不平,史称其“固将帅中社稷臣也”。累迁至镇南、武安、宁国三镇节度使,封爵咸安郡王。晚年杜门谢客,口不谈兵,悠游西湖以自乐。卒于绍兴二十一年,追赠太师、通义郡王。宋孝宗时追封蕲王。南宋淳熙三年(1176),谥忠武。清道光十三年,韩世忠裔孙韩崶重修祠庙及韩墓享堂,请时任江苏按察使的林则徐撰书此联。上联写韩氏裔孙重修祠庙及韩墓的情况,下联赞韩世忠威镇吴越。末二句缅想蕲王英魂毅魄归来,认取墓前耸立之华表,仿佛间似见长江之上蕲王旌旗蔽空之军容,笔法开荡。

苏州韩蕲王祠联〔1〕

陈　銮(1786—1839)

字仲和,湖北江夏(今武昌)人。清嘉庆二十五年(1820)进士,授编修。道光二年(1822),任浙江乡试副考官。历任松江知府、广东盐运使、浙江按察使、江苏布政使、江西巡抚、江苏巡抚,官至两江总督兼署江南河道总督。

高冢卧麒麟〔2〕,回首感六陵风雨〔3〕;

神弦弹霹雳〔4〕,归魂思一曲沧浪〔5〕。

【注释】

〔1〕选自胡君复原编,常江点校重编《古今联语汇选》第二册。

〔2〕高冢卧麒麟:语出杜甫《曲江二首》:“花边高冢卧麒麟。”麒麟,指墓前石兽。

〔3〕六陵:宋六陵。指宋高宗永思陵、孝宗永阜陵、光宗永崇陵、宁宗永茂陵、理宗永穆陵、度宗永绍陵,在今浙江省绍兴市。

〔4〕神弦弹霹雳:指神弦曲,南朝清商乐,用以娱神。其中又用《南史·曹景宗传》典:“景宗谓所亲曰:‘我昔在乡里,骑快马如龙,与年少辈数十骑,拓弓弦作霹雳声,箭如饿鸱叫。平泽中逐獐,数肋射之,渴饮其血,饥食其脯,甜如甘露浆。觉耳后生风,鼻头出火,此乐使人忘死,不知老之将至。’”蕲王生前勇猛如曹景宗,卒后娱神

之曲用霹雳之声。

〔5〕沧浪：指《沧浪歌》。

【评析】

首句用杜甫《曲江二首》句，写蕲王之墓前，唯石兽尚在，写出萧瑟荒凉之意。“回首感六陵风雨”，意指南宋之灭亡。贝琼《穆陵行》诗序曰：“至元中，胡僧杨琏真伽利宋诸陵宝玉，因倡妖言惑主，尽发攒官之在会稽者，断理宗顶骨为饮器。”诗中有句曰：“六陵草没迷东西，冬青花落陵上泥。黑龙断首作饮器，风雨空山魂夜啼。”作为南宋中兴之将的韩世忠虽有恢复之志，然因投降派势力的牵掣与阻挠，最终未成功，只能赍志没地。而南宋最终覆亡，帝陵惨遭挖掘，遗骸也被抛弃荒野，甚至被制成酒器。下联想象蕲王的英魂在激烈的神弦曲声中归来沧浪亭上，并在《沧浪歌》中得到安息。通联意境沉郁，悲慨苍凉。

苏州唐寅墓联[1]

韩　菼（1637—1704）

字元少，号慕庐，江南长洲（今江苏苏州）人。清康熙十二年（1673）状元，授翰林院修撰。累官日讲起居注官、赞善、侍讲学士、内阁学士、礼部右侍郎兼翰林院掌院学士。康熙三十九年，升礼部尚书。卒于任。著有《有怀堂文稿》《有怀堂诗稿》。

在昔唐衢常痛哭[2]；
只今宋玉与招魂[3]。

【注释】

〔1〕选自〔清〕梁章钜等撰，白化文、李鼎霞点校《楹联丛话》卷六。

〔2〕唐衢：唐衢，唐中叶诗人，屡应进士试，不第。所作诗意多伤感。见人诗文有所悲叹者，读后必哭。尝游太原，预友人宴，酒酣言事，失声大哭。时人称唐衢善哭。事见李肇《唐国史补》卷中。

〔3〕招魂：《楚辞》篇名。一说是宋玉为屈原招魂作。

【评析】

唐寅墓，在苏州市郊横塘乡，前有才子亭，为清初江苏巡抚宋荦所修。上联巧用唐衢典故，指代唐寅。唐衢善哭，唐寅佯狂，两位唐姓的失意文人都是贫士失职而志不平的例子。下联作者以宋玉自比，而将唐寅比作屈原，欲为之招魂。韩菼对唐寅的坎坷命运深表同情。历来才子、名士常不为世俗所容，多有时运不济之感慨，从而遗恨千古。唐衢之哭、宋玉招魂，是这一现象的典型。作者以一副对联、两个典故精炼地概括了古往今来才子的命运，引人感慨。

常熟瞿忠宣公祠联〔1〕

丁祖荫（1871—1930）

字芝孙，号初我、初园居士，又号一行，江苏常熟人。庠生。清光绪中创中西学社，办《女子世界》月刊、《小说林》。后历任常昭劝学所总董、海虞市自治公所总董、江苏省谘议局议员等职。辛亥革命后，任常熟民政长、知事。1913年调吴江县知事，保升道尹，后因病辞归。丁氏富收藏，搜罗常熟地方文献，刻《虞山丛刻》《松陵文牍》《逸史》等。著有《丁芝孙日记》《初我日记》等。

新折桂林一枝〔2〕，十里青山有汉士〔3〕；
手补梅花千树〔4〕，二分明月共扬州。

【注释】

〔1〕选自裴国昌主编《中国名胜楹联大辞典》。

〔2〕桂林一枝：原指杰出人才。《晋书·郤诜传》："（诜）累迁雍州刺史。武帝于东堂会送，问诜曰：'卿自以为何如？'诜对曰：'臣举贤良对策，为天下第一，犹桂林之一枝，昆山之片玉。'"联中为双关语，并指桂林城和瞿式耜就义处。

〔3〕十里青山：代指常熟。沈玄《过海虞》："七溪流水皆通海，十里青山半入城。"

〔4〕梅花：弘光朝时清军南下，史可法困守扬州，拒降遇害，葬于梅花岭。

【评析】

瞿忠宣公祠，在江苏常熟，祀南明桂王朝大学士瞿式耜。瞿式耜，字起田，号稼轩，南直隶苏州府常熟人。明万历四十四年（1616）进士，历仕江西永丰知县、户科给事中。瞿氏因是钱谦益门人，并以此得罪温体仁、周延儒而被削职归里。明亡，任南明弘光朝应天府丞，旋擢右佥都御史，巡抚广西。不久南都破，唐王亦殉国，遂拥戴南明桂王朱由榔于肇庆，任吏部右侍郎。南明永历元年（1647），拥帝至桂林，任兵部尚书，后封临桂伯。永历四年与张同敞留守桂林，被清军所执，孔有德劝降不从，于桂林风洞山仙鹤岭下英勇就义。上联写瞿公就义。"新折桂林一枝"暗喻桂林陷落、瞿公殉国，"十里青山"指常熟。明沈玄《过海虞》诗中有"七溪流水皆通海，十里青山半入城"句，联句当出于此。明清易代过程中，南明虽然失败了，但士大夫的抗争精神将永垂青史。下联将瞿式耜与在扬州殉国的史可法相提并论。史可法衣冠冢立于扬州梅花岭，故联中以梅花指代史可法。意即瞿式耜踵武史可法舍生取义，二人均可与日月同光。

海安文信国祠联〔1〕

佚　名

海道昔曾经，虾子湾头〔2〕，一叶扁舟支半壁；

祠堂今重建，凤凰山下[3]，千秋词客吊孤忠。

【注释】

〔1〕选自胡君复原编，常江点校重编《古今联语汇选》第二册。

〔2〕虾子湾：海安古地名，唐时为古横江东段。

〔3〕凤凰山：据《古海陵志》载："海安东北半里许原有一座土山，名玉山，又名凤凰山，高三丈，周百步，山前有溪水夹道环绕，溪路尽头有石桥。"

【评析】

海安文信国祠，祀宋丞相文天祥，又名文丞相祠。文天祥，字宋瑞，又字履善，自号浮休道人、文山。宋理宗宝祐四年（1256）中进士第一名，历仕宁海军节度判官、刑部侍郎等职，以疏劾宦官董宋臣、讽贾似道而遭贬斥，自请致仕。咸淳九年（1273）被起用，为提点荆湖南路刑狱。次年为赣州知府。德祐元年（1275），元军南侵，文天祥募士卒勤王，先后任浙西、江东制置使兼知平江府。后升右丞相兼枢密使，奉命与元军议和，被拘留，于押解北上途中逃归。不久，在福州参与拥立益王赵昰为帝，又自赴南剑州聚兵抗元。后被俘，押至元大都，羁囚三年，誓死不屈，从容就义。明代宗景泰七年（1456），追谥号"忠烈"。上联言当年文天祥曾经由海安入海。据清代南通徐缙、杨廷《崇川咫闻录》记载：虾子湾在汉河东南，景炎元年（1276）闰三月，文天祥躲避元军追捕，易名刘洙，由此赴通州石港，乘舟南下温州。文天祥有《过泰州虾子湾》诗："飘蓬一叶落天涯，潮溅青沙日未斜。好事官人无勾当，呼童上岸买青虾。"下联讲明嘉靖间海安文信国祠之建立。《〔嘉靖〕海门县志》卷三："文丞相祠在西禅寺，通州判官史立模置。"对联今昔对比，追缅文山先生当年辛苦流离之境况与赤胆丹心之诚悃，具有激发大义、感动人心的力量。

南通曹公祠联[1]

张 謇

匹夫犹耻国非国[2]；
百世以为公可公。

【注释】

〔1〕选自张謇著《张謇全集》(上海辞书出版社2012年版)。

〔2〕匹夫：古代指平民中的男子。《左传·昭公六年》："匹夫为善，民犹则之，况国君乎？"

【评析】

曹公祠又名曹义勇祠，在南通狼山，祀明抗倭殉国的平民曹顶。曹顶，南直隶通州余西场(今江苏南通)人。为盐丁，性豪迈，膂力过人。明嘉靖三十二年(1553)应募御倭。翌年，倭寇三千进犯通州城，曹顶激战二十余日，斩倭首几百余级，身被数十创。战后朝廷叙功，辞官不受，解甲归里。嘉靖三十六年四月，倭寇再犯通州，曹顶偕守军与倭寇战于通州城北，追寇至单家店(今平潮镇)，因天雨泥淖，马蹶壕堑，殁于赍志桥畔。倭人恨之，碎其尸。通州人为之立衣冠冢，另建曹义勇祠瞻仰供奉。顾炎武曰："保天下者，匹夫之贱，与有责焉耳矣。"(《日知录·正始》)当倭族入侵，国将不国之时，曹顶以匹夫之躯，奋不顾身，投军杀敌，最终慷慨殉国，体现了中华民族英勇不屈的优秀品质。下联讲曹顶生前只是一介平民，死后亦未获封爵位，但其功勋之巨与殉国之烈将世代被纪念。"国非国""公可公"，对仗有力。

海安刘公平倭冢碑联[1]

郭雍南（1888—1945）

字仲达，江苏如皋人。清光绪间诸生。著有《天慵随笔》《邻绿馆诗余》等。

薄海奉金仙[2]，梵宇恢宏千载上；
编师扫倭寇，苍碑突兀两楹间。

【注释】

〔1〕选自海安县政协文史资料编辑部编《海安文史资料（第一辑）》（1985年）。

〔2〕薄海：到达海边。语出《尚书·益稷》"州十有二师，外薄四海，咸建五长"。孔颖达疏："外迫四海，言从京师而至于四海也。"金仙：指佛。李白《与元丹丘方城寺谈玄作》诗："朗悟前后际，始知金仙妙。"王琦注："金仙，谓佛。"

【评析】

刘公平倭冢碑为明嘉靖三十九年（1560）春如皋县知县童蒙吉所立，碑额题"刘公平倭冢记"，两行，篆书，双鹤祥云纹饰，碑体四周为忍冬纹饰。记明嘉靖间刘景韶将军于海安歼灭倭寇之事功。刘景韶，字子成，号白川，湖广武昌府崇阳县（今湖北咸宁）人。嘉靖二十三年进士。任浙江海防兵备副使，升浙江按察使，仍掌海道事务。嘉靖三十八年四月，倭寇数千来犯，败通州副总兵于海上，逼如皋，西窥淮扬，势如风火。时任海防兵备副使的刘景韶率部抵抗，先后于丁埝、如皋对倭作战，连战连捷。歼倭寇大部于西场，封土基上，名"平倭冢"。如皋知县童蒙吉为表彰刘将军战功，作《刘公平倭冢记》，刻石立碑树于冢前。平倭碑原立于海安西场东郊串场河边"平倭冢"前，清代移至镇后街惠民寺大殿东壁。1941年冬，惠民寺毁于火，而此碑独存。撰联时碑尚在惠民寺,故上联有"金仙""梵宇"之词。下联写刘将军扫灭倭寇之功。

淮安清江浦禹王台联〔1〕

完颜麟庆

三过其门〔2〕,虚度辛壬癸甲〔3〕;
八年于外〔4〕,平成河汉江淮〔5〕。

【注释】

〔1〕选自胡君复原编,常江点校重编《古今联语汇选》第二册。

〔2〕三过其门:传说大禹治水时三过家门而不入。《孟子·离娄下》:"禹、稷当平世,三过其门而不入,孔子贤之。"

〔3〕辛壬癸甲:语出《尚书·益稷》:"娶于涂山,辛壬癸甲。"孔传:"(夏禹):辛日娶妻,至于甲日,复往治水,不以私害公。"

〔4〕八年于外:语出《孟子·滕文公上》:"禹八年于外,三过其门而不入。"

〔5〕平成:治理成功。《左传·文公十八年》:"舜臣尧,举八恺,使主后土,以揆百事,莫不时序,地平天成。"河汉江淮:《孟子·滕文公上》:"禹疏九河,瀹济、漯,而注诸海;决汝、汉,排淮、泗,而注之江,然后中国可得而食也。"

【评析】

陶澍《清河印心石屋图说》:"清江浦有元帝山,乾隆三十七年移奉禹王圣像于此,因以台名。碧瓦丹楹,高出云表。登台览胜,则见运河前横,帆樯往来如织。其东广衢修巷,市廛辐辏,慈云寺、朱公桥巍然在望。台之后为普应寺,唐贞观五年建,有玉带河绕之。其西为龙池,绿藻红蕖,光景蒨绚。又西为长堤,柳影参差,遥堤而外,烟波浩渺,则洪泽湖也。台上恭悬高宗纯皇帝‘平成永赖’额、仁宗睿皇帝‘功成渐暨’额。兹谨就台左构屋，恭奉御书‘印心石屋’石刻，并将浦上投赠诸作环嵌壁间，宝翰腾辉，直与河出荣光昭庥应云。”此联记大禹治水之功劳。上联写大禹三过其门而不入，即使娶妻这样的人生大事，也仅仅在家待了三天就再次外出治水，可谓辛勤之至。下联写大禹八年在外，终于治水成功。河、汉、江、淮，为黄河流域与长河流域的大河，治理这些江河，是传说中夏禹治水的功绩。此语化用《尚书》《孟子》中关于夏禹治水的记载，颇为典重。对仗数词之外，以干支之辛壬癸甲与河汉江淮对仗，也很巧妙。

淮安韩信庙联〔1〕

陈文烛（1525—？）

字玉叔，湖北沔阳人。明嘉靖四十四年（1565）进士，授大理寺评事。历官淮安知府、四川提学副使、山东左参政、福建按察使，以大理寺卿致仕。博学工诗，不为七子所囿，著有《二酉园诗集》。

力拔山，气盖世〔2〕，因公束手；
歌大风，思猛士〔3〕，为子伤神。

【注释】

〔1〕选自解维汉、解诗梵编选《中国名人故居楹联精选》（陕西人民出版社2008年版）。

〔2〕力拔山，气盖世：《史记·项羽本纪》载项羽被围垓下时所唱《垓下歌》，歌词曰：“力拔山兮气盖世，时不利兮骓不逝。骓不逝兮可奈何，虞兮虞兮奈若何！”

〔3〕歌大风，思猛士：语出《史记·高祖本纪》所载刘邦返丰沛时所唱《大风歌》，歌词曰：“大风起兮云飞扬，威加海内兮归故乡，安得猛士兮守四方！”

【评析】

淮安韩信庙，唐宋人已有诗篇歌咏。此联评价韩信在楚汉军事集团斗争中的重要性及其悲剧命运。韩信具有卓越的军事才能，加入刘邦军事集团后，由于萧何的举荐，取得了刘邦的信任，拜为大将。渡河击赵破齐，最终率汉军与楚军决战于垓下，并将后者歼灭。汉帝国建立后，刘邦为了巩固政权，杀戮功臣，韩信亦因谋反罪被杀害。此联以工巧见长，上下联平行分写，并从侧面落笔，通过项羽与刘邦对韩信的态度来彰显韩信其人在秦汉易代之际的重要作用。对联剪裁了项羽与刘邦的诗歌，也是秦汉易代之际的两个重要历史情境，一是垓下之战中，韩信指挥汉军将项羽包围于垓下，项羽夜中听闻汉营中四面楚歌，自知大势已去，慷慨悲歌曰："力拔山兮气盖世，时不利兮骓不逝。骓不逝兮可奈何，虞兮虞兮奈若何！"最终兵溃，后突围自刎于乌江之畔。项羽虽有盖世之勇，但面对韩信的军事指挥能力也无可奈何，只能接受失败。二是汉高祖十一年（前196），淮南王英布反，军势甚盛。刘邦不得已亲自出征，得胜还军路过沛县时设宴与父老饮酒。酒酣，击筑悲歌曰："大风起兮云飞扬，威加海内兮归故乡，安得猛士兮守四方！"汉高祖在建立汉帝国后鸟尽弓藏，杀掉功臣，韩信也被他以谋反罪戮于钟室。汉高祖闻其死，"且喜且怜"。但遇到大事时颇有无人可用之感，"安得猛士守四方"应有为韩信感慨的意思。两首诗，两位权倾天下的帝王，其成败皆系于韩信一身。即便如此，韩信也无法跳出自身的宿命，令人感慨唏嘘。

淮安韩信庙联〔1〕

曹于汴（1558—1634）

字自梁，一字真予，解州安邑（今山西运城）人。明万历二十年（1592）进士。初授淮安推官，升刑科给事中，转吏科，擢太常少卿，光宗时转大理少卿。熹宗立，迁左佥都御史，进吏部右侍郎。崇祯即位，任左都御史。明崇祯六年（1633）辞官乡居。卒后赠太子太保。著有《共发编》《仰节堂集》等。

英雄既许驱驰，固已誓忠汉，讵肯听蒯生之计[2]；

豪杰非无智略，顾乃罔筹刘[3]，只为酬萧相之知[4]。

【注释】

〔1〕选自解维汉编选《中国祠庙陵墓楹联精选》。

〔2〕蒯生：指蒯通，曾游说韩信反汉，韩信犹豫未决。

〔3〕筹：算计，谋划。《史记·高祖本纪》“运筹帷幄之中”。

〔4〕萧相：指萧何。韩信曾想离开汉营，萧何急追留之，并劝说刘邦拜之为大将军。

【评析】

此联对韩信深表同情，为之辩诬。韩信以谋反罪被戮，但实际原因是汉高祖与吕后出于巩固与延续政权目的而杀戮功臣。此联则是对韩信的正面辩护，认为韩信始终忠于汉朝。上联说韩信重视承诺，投入刘邦麾下后既得之重用，他不听蒯通劝他自立的计谋，是出于忠于刘汉的誓言。下联是对韩信之智谋策略的肯定，他不用来对付刘邦，是出于对萧何的知己之感。这就完全推翻了司马迁《史记》中对韩信如同儿戏的谋反描写，而是强调韩信的知己观。韩信不忘漂母一饭之恩，对萧何的举荐怀有知己之感，正是战国时期士风之遗，由此推之，韩信主观上欲谋反的可能性不大。

淮安韩信庙联[1]

杨传第（？—1861）

字听胪，江苏阳湖（今常州）人。清咸丰二年（1852）举人，曾入河道总督黄赞汤幕。以知府分发河南。奉母赴开封，未入城而捻军至，母死，遂仰药自尽。长于文，能诗词，著有《汀鹭诗钞》《文钞》《词钞》等。

西望关中,百战十年空鸟兔[2];

北临绵上[3],千秋一例感龙蛇[4]。

【注释】

〔1〕选自胡君复原编,常江点校重编《古今联语汇选》第二册。

〔2〕鸟兔:语出《史记·越王勾践世家》:“蜚鸟尽,良弓藏;狡兔死,走狗烹。”

〔3〕绵上:古地名。春秋晋地。在今山西省介休市东南四十里介山之下。《左传·僖公二十四年》记载介之推隐于绵上山中而死,晋文公求之不获,遂以绵上之田作为介之推的祭田。

〔4〕龙蛇:指介之推《龙蛇歌》。《吕氏春秋·季冬纪》:“晋文公反国,介子推不肯受赏。自为赋诗曰:‘有龙于飞,周遍天下。五蛇从之,为之承辅。龙反其乡,得其处所。四蛇从之,得其雨露。一蛇羞之,槁死于中野。’”《史记·晋世家》所载介之推诗曰:“龙欲上天,五蛇为辅。龙已升云,四蛇各入其宇。一蛇独怨,终不见处所。”

【评析】

此联不局限于淮阴侯而加以概括与评骘,而是以情韵见长,可谓能得联中活法。联语为韩信庙而作,空间上却不及淮安之地,而是转写关中与绵上。关中是秦国的根本,秦末义师相约先入关中者为王。韩信在帮助刘邦战胜项羽后先封楚王,后因匿楚将钟离眜罪贬淮阴侯,困居长安,后以谋反罪被诛,夷三族,亦在关中。“百战十年”指秦汉易代时秦楚之战及其后的楚汉争霸。“空鸟兔”,用《史记·淮阴侯列传》中韩信所引古语:“狡兔死,良狗亨;高鸟尽,良弓藏;敌国破,谋臣亡。”指韩信被刘邦与吕后借故诛杀之事。下联引譬连类,将韩信与春秋时期随从晋文公重耳流亡的介之推相连而论。介之推从晋文公流亡,曾割股以活重耳,至晋文公回国为君后,未赏赐他,介之推入绵山隐居,后被火烧死。此联立意高远,感慨深沉,对仗亦极为工致。

淮安关忠节公祠联[1]

林则徐

六载固金汤[2]，问何人忽坏长城[3]，孤注空教躬尽瘁[4]；

双忠同坎壈[5]，闻异类亦钦伟节[6]，归魂相送面如生。

【注释】

〔1〕选自〔清〕丁晏撰《颐志斋文钞》卷一。

〔2〕金汤：金铁造的城，沸水流淌的护城河，形容城池险固。《汉书·蒯通传》："必将婴城固守，皆为金城汤池，不可攻也。"颜师古注："金以喻坚，汤喻沸热不可近。"

〔3〕忽坏长城：语出《南史·檀道济传》："道济见收，愤怒气盛，目光如炬，俄尔间引饮一斛。乃脱帻投地，曰：'乃坏汝万里长城。'"

〔4〕孤注：将所有钱并作一次赌注。比喻仅存的可资凭借的事物。宋司马光《涑水记闻》卷六："（王钦若）数乘间言于上曰：'澶渊之役，准以陛下为孤注与敌博耳。'"

〔5〕双忠：关天培与水师参将麦廷章皆牺牲于虎门之役。

〔6〕异类：指英国人。

【评析】

关忠节公祠，在淮安城县东街，祀抗英名将关天培。关天培，字仲因，号滋圃，江苏山阳（今淮安）人。清嘉庆八年（1803）武庠生，中武举，授把总。历仕千总、守备、游击等职。道光六年（1826）以海运功升江苏太湖营内河水师副将。次年，授江南苏松镇总兵。道光十四年，擢广东水师提督，驻师虎门寨。曾配合林则徐虎门销烟。道光二十一年二月，英军再犯虎门，关天培率兵坚守炮台，以身殉职，谥忠节。林则徐时遣戍伊犁，听闻关天培殉国消息，撰此联哀挽，后用作关天培祠联。"六载"约指关天培任广东水师提督至殉国的时间。"问何人"当指以钦差大臣接任两广总督的琦善。琦善见英人船坚炮利,遂主张"抚夷",与英人和谈。虎门失守之后,江苏巡抚裕谦指斥琦善遣散壮勇,撤除防务,导致其后虎门战争失败。下联末二句指虎门战役之后,英军归还关天培遗躯,用《左传·僖公三十三年》先轸典故。

盐城陆公祠联〔1〕

孙　渠(1590—1662)

字不喻,号从所,又号东海,别号东懈,江苏盐城人。明崇祯十六年(1643)进士。历仕上虞知县、户科给事中。著有《四书正义》《藏堂诗稿》等。

社稷已墟,尚有怀中六尺〔2〕;
君臣不死,直从海底千秋。

【注释】

〔1〕选自裴国昌主编《中国名胜楹联大辞典》。

〔2〕六尺:身高六尺,指的是南宋少帝赵昺,此为虚数,少帝赴海时仅七八岁小儿,应无六尺之长。

【评析】

陆公祠,建于明嘉靖十年(1531),位于盐城儒学街陆公祠巷,祀南宋丞相陆秀夫。陆秀夫,字君实,楚州盐城(今江苏盐城)人。南宋景炎元年(1276)任礼部侍郎。祥兴元年(1278),与文天祥等并立幼主赵昺,任丞相,驻军崖山(今广东新会境内)。后元军攻破崖山,陆秀夫负幼帝昺投海而死。上联写陆秀夫在崖山海战面临绝境时的生死抉择。"社稷已墟",心知大宋已亡;"尚有怀中六尺",少帝的命运当如何?国亡君虏,只是加重羞辱。下联赞亡宋君臣举身殉国的精神将千秋不朽。陆秀夫与少帝之赴海,不仅是个人之死亡,而是昭示不屈的抗争精神。后人观史,每以懦弱视南宋,陆秀夫君臣以殉国的行为彰显南宋人之血性刚烈,读此联,有惊心动魄之感。联中不直写陆秀夫与少帝的赴海行为,而就陆公临难时的心理及后人的评价着笔,虚实相关,剪裁得法。

盐城陆公祠联[1]

宋于汴(生卒年不详)

生平事迹不详。

泪洒西风,湿透朝衣浑是血[2];

身沉南海,洗清宋骨不沾腥[3]。

【注释】

〔1〕选自裴国昌主编《中国名胜楹联大辞典》。

〔2〕朝衣:君臣上朝时的礼服。《孟子·公孙丑上》:“立于恶人之朝,与恶人言,如以朝衣朝冠坐于涂炭。”

〔3〕腥:腥膻,代指元人。

【评析】

此联亦写崖山之战失败后陆秀夫的悲凉及其志节。血湿朝衣,见战争之残酷。下联写陆秀夫负帝沉海,是坚持了大宋的骨气,保住了大宋最后的尊严。“腥”字双关。

盐城陆公祠联[1]

佚　名

沥胆披肝[2],眼看山河已破,衣裹千行之泪;
竭忠尽智[3],志存不辱社稷,身负六尺之孤。

【注释】

〔1〕选自裴国昌主编《中国名胜楹联大辞典》。

〔2〕沥胆披肝:剖露肝胆,谓竭诚尽忠。黄滔《启裴侍郎》:"沾巾堕睫,沥胆披肝,不在他门,誓于死节。"

〔3〕竭忠尽智:竭尽忠诚与智虑。《史记·屈原贾生列传》:"屈平正道直行,竭忠尽智以事其君。"

【评析】

上联悲南宋之亡,下联怀决死之志。南宋之亡,有具体的历史原因。身处危亡之时的士大夫如文天祥、陆秀夫等人临难不苟,欲挽狂澜,"沥胆披肝""竭忠尽智",功虽不成,志在千秋。联中写陆秀夫当山河破碎、邦国沦亡之时,悲愤泪下。国亡君辱,君虏臣辱,何以祛辱,唯有一死而已。亡国士大夫不畏强御,以死抗争,其精神毅魄与日月争光可也。

扬州华佗庙联[1]

陈鸿寿

元龙币聘以来[2],泽被广陵,到此日青囊未烬[3];
孟德头颅安在,烟消漳水[4],让先生碧血常新。

【注释】

〔1〕选自〔清〕梁章钜等撰,白化文、李鼎霞点校《楹联丛话》卷四。

〔2〕元龙:陈登之字。陈登,东汉末徐州下邳人,陈圭子。举孝廉,除东阳长。归曹操,为广陵太守。赏罚严明,治有纲纪。劝曹操攻灭吕布,以功加伏波将军。后为东城太守。币聘:聘请贤人用的礼物。元稹《送崔侍御之岭南二十韵》:“币聘虽盈箧,泥章未破缄。”

〔3〕青囊:古代医家存放医书的布袋。

〔4〕漳水:指漳河,古称衡漳、衡水。衡者,横也,意指古代漳河迁徙无常,散漫而不可制约。西汉末年以前,漳河属于黄河水系,以后因黄河南徙,纳入海河水系。

【评析】

华佗,字元化,一名旉,沛国谯县(今安徽亳州)人。东汉末年著名的医学家,善麻醉、针灸,为外科圣手,后因故被曹操杀害。扬州华佗庙,在扬州旧城。《〔嘉靖〕江都县志》载:“神医庙,在太平桥下,汉末华佗神于医,扬人祠焉,俗名华大王庙。”《〔嘉庆〕重修扬州府志》:“神医庙,在太平桥,今名华大王庙。三国时华佗以医名于魏,尝视广陵太守陈登病,吴普师之。佗殁,普为立庙以祀。”明代华佗庙为成化间马岱敕家庙而建,至清咸丰间毁于兵燹。清光绪年间,里人张国本与僧明玉先后重修。上联写华佗与扬州的渊源。据《三国志·华佗传》载,广陵太守陈登患疾,延请华佗治疾,华佗诊断为寄生虫病，为之治疗。华佗复在广陵治病，并授徒吴普，使其医学遗泽造福于广陵一地。下联痛惜华佗之死。据《三国志》本传，曹操患头风，留华佗于身边为之护理。华佗不愿只以医术侍一人，借故返乡，曹操屡召不至，遂将之杀害。陈鸿寿认为，曹操虽权极一时，但其权势及身而止，所建立的霸业也烟消云散；唯有医佗以医术传世，可以留芳千秋。

高邮露筋祠联〔1〕

陈鸿寿

江淮君子水〔2〕；
山木女郎祠〔3〕。

【注释】

〔1〕选自〔清〕梁章钜等撰，白化文、李鼎霞点校《楹联丛话》卷四。

〔2〕江淮君子水：语出孟郊《忽不贫，喜卢仝书船归洛》："江淮君子水，相送仁有余。"

〔3〕山木女郎祠：语出王维《送杨长史赴果州》："官桥祭酒客，山木女郎祠。"

【评析】

露筋祠俗称仙女庙，故址在江苏高邮县城南三十里，附近有贞女墓。米芾《露筋庙碑》云："有女子夜行至此，因妨男女之嫌，而不求宿附近人家，宁居郊野，被蚊食尽皮肉，露筋而死。后人为表彰此女贞节，遂立祠以祀。"或谓女子姓萧，名荷花。概之，露筋祠为民间祭祠的一种，其事不足深考，其行不足式法，为古代女子贞节观的畸形表现。此联为集句，但原句在新的语境下产生了新的意义群，并且消解了原故事中的残酷与迂腐。上联谓江淮之水有信，有似君子；下联写山木掩映之中乃女郎之祠。全联十字皆用实词，却颇具神韵之美。

高邮露筋祠联[1]

陶　澍

谁与共三秋,有江上曹娥[2],溪边蒋妹[3];
我来游此地,正湖心月白,门外风清。

【注释】

〔1〕选自胡君复原编,常江点校重编《古今联语汇选》第二册。

〔2〕曹娥:东汉时会稽郡上虞县人。相传其父五月五日迎神,溺死江中,尸骸流失。曹娥年十四,沿江哭号十七昼夜,投江而死。世传为孝女。

〔3〕蒋妹:青溪小妹,亦称"青溪小姑",相传为汉蒋子文的三妹。南朝宋刘敬叔《异苑》:"青溪小姑庙,云是蒋侯第三妹。"

【评析】

清嘉庆二十年(1815),陶澍以户部给事中奉命巡视江南漕务。冬,淮河冰冻,漕运难通,陶澍作《告露筋神女文》,请旨重修露筋神女祠,并题此联。上联评古人,将高邮湖边的露筋贞女与曹娥江上的东汉孝女、青溪边的蒋侯三妹相提并论,称颂此女之清贞。下联写现景。"湖心月白""门外风清",化用王渔洋《再过露筋祠》"行人解缆月初堕,门外野风开白莲"句意,意境清寂,卓有神韵。

扬州桃花庵三贤祠联[1]

黄　奭(1809—1853)

字右原，歙县人，以父亲黄至筠为清道光间两淮盐总商而居扬州，入甘泉籍。清道光中赐举人，黄奭家世盐筴，富藏书，精通经史，尤擅辑佚之学，与马国翰并称。著有《胪云集》等，辑佚有《汉学堂丛书》。

四朵兆金瓯[2]，是二千石美谈[3]，不因五色书云[4]，谁识名流皆五马[5]；

万花停玉局[6]，惟六一堂如旧[7]，若溯三贤谥典，合将祠额署三忠[8]。

【注释】

〔1〕选自〔清〕梁章钜《楹联三话》卷上。

〔2〕四朵兆金瓯：即四相簪花典故。

〔3〕二千石：汉代郡首俸禄，此指韩琦。

〔4〕五色书云：五色云，古人以为祥瑞。《宋史·韩琦传》："琦风骨秀异，弱冠举进士，名在第二。方唱名，太史奏日下五色云见，左右皆贺。"

〔5〕五马：语出汉乐府《陌上桑》："使君从南来，五马立踟蹰。"汉时太守乘坐的车用五匹马驾辕，因借指太守的车驾。此处指代高官。

〔6〕万花：邵雍《和司马君实崇德久待不至·其一》："万花深处小车来。"玉局：指苏轼。张邦基《墨庄漫录》卷四："东坡知徐州，作黄楼。未几，黄州安置……在京师送人入蜀云：'莫欺老病未归身，玉局他年第几人。'比归，果得提举成都玉局观。三事皆谶也。"

〔7〕六一堂：叶梦得《避暑录话》卷上："欧阳文忠公在扬州作平山堂，壮丽为淮南第一。堂据蜀冈，下临江南数百里，真、润、金陵三州，隐隐若可见。"《墨庄漫录》卷二："扬州蜀冈上大明寺平山堂前，欧阳文忠公手植柳一株，谓之欧公柳。公词所

谓‘手种堂前杨柳,别来几度春风’者。”

〔8〕三忠:欧阳修、苏轼均谥文忠,韩琦谥忠献。

【评析】

扬州三贤祠,于清乾隆四十八年(1783)移祀桃花庵,并易王士禛为韩琦。扬州个园主人黄奭对此有记述,《楹联续话》引黄氏语曰:“扬州三贤祠,旧以王渔洋继欧、苏后,已不甚称。后更奉伊墨卿太守长生禄位于旁,而议者益起。自裁撤盐政后,湖上园林岁修无主,颓废不堪。李兰卿榷使独能捐廉,重修江山文选楼、桃花庵各处,而别建载酒堂于祠侧,以祀渔洋,于是香火始正。”《楹联三话》载黄奭撰写此联的缘起曰:“丙午年(1846)重至邗上,游桃花庵,登三贤祠堂。与黄右原比部、罗茗香茂才商撰楹联。右原乃杂举《东坡志林》(遍检《东坡志林》无与联语相关者,当是梁章钜误记)、《墨庄漫录》、《避暑录事》(当作《避暑录话》),为合拟一联云。”首联运用四相簪花的典故,讲韩琦有鉴识之能。下联前两句讲苏轼来扬州任知府,寻欧公旧处。末两句言三贤谥号中皆有“忠”字,故宜将三贤祠易名为三忠祠。此联杂用正史及笔记史料中三贤的轶事,而用数字连缀,甚为奇巧,是数字联中的高作。

扬州平山堂联〔1〕

薛时雨

遗构溯欧阳,公为文章道德之宗,侑客传花〔2〕,也自徜徉诗酒〔3〕;
名区冠淮海,我从丰乐醉翁而至〔4〕,携云载鹤,更教旷览江山。

【注释】

〔1〕选自〔清〕薛时雨撰《藤香馆小品》。

〔2〕侑客：劝客饮酒。传花：酒令的一种，鼓响传花，声止，持花未传者即须饮酒。

〔3〕徜徉：安闲自得貌。韩愈《送李愿归盘谷序》："膏吾车兮秣吾马，从子于盘兮，终吾生以徜徉。"

〔4〕丰乐：丰乐亭，在滁州。醉翁：醉翁亭，在滁州琅琊山。

【评析】

平山堂位于扬州市西北郊蜀冈中峰大明寺内。始建于宋仁宗庆历八年（1048），由时任扬州知府的欧阳修筑成。坐此堂上远眺江南诸山，历历似与堂平，因而得名。叶梦得《避暑录话》中称赞此堂"壮丽为淮南第一"。平山堂于元代曾一度荒废，明万历间重修。清咸丰年间毁于兵燹，同治九年（1870）重建，对联当撰写于此时。上联追溯平山堂的建构，言欧阳修于文章道德之余，尚有诗酒风流之举。下联首句由讲扬州之形胜，《尚书·禹贡》载"淮海惟扬州"，故扬州为淮海名区之冠。以下自我入笔，说自己追随欧阳修之遗躅，由滁州醉翁亭、丰乐亭来到扬州平山堂上，由此旷览江山，领略淮扬风光。笔致清倩，自然洒脱。

扬州平山堂欧阳祠联〔1〕

欧阳利见（1825—1895）

字庚堂，号健飞，湖南祁阳人。清咸丰初入湘军长沙水师，与太平军战，屡败太平天国护王陈坤书等部。历官狼山镇游击、淮扬镇总兵，仕至浙江提督。中法战争起，节度浙江水陆诸军，布防抗敌，屡败法军，因功赐头品服。光绪十五年（1889），因病退职。后中日甲午战争爆发，被刘坤一奏调赴前线，病卒于途中。著有《金鸡谈荟》。

山与堂平〔2〕，千古高风传太守；

我生公后，二分明月梦扬州。

【注释】

〔1〕选自胡君复原编,常江点校重编《古今联语汇选》第一册。

〔2〕堂:指平山堂。

【评析】

此联切题。首联“山与堂平”,写登平山堂远眺江南诸山的观感;“千古高风”,赞欧阳修之道德文章及风雅之举。下联换笔,讲自己对欧公的追怀及对扬州的向往。徐凝作《忆扬州》绝句,有“天下三分明月夜,二分无赖是扬州”的佳句。“二分明月”遂成为扬州的标签。

高邮诸贤祠联〔1〕

左　桢(1854—1937)

字绍臣,别号江南大隐,江苏高邮人。以坐馆为业,多所成就,后入广西巡抚史念祖幕,授同知衔,为安徽试用通判。善画山水,有郭熙风格。著有《甓湖草堂文钞》《甓湖草堂笔记》《甓湖楹帖》《金石录》等。

谓之文也,聚三代英才〔2〕,到于今前见古人,后有来者;

子好游乎,览九秋烟景〔3〕,快收拾西湖明月〔4〕,东郭清风。

【注释】

〔1〕选自解维汉、解诗梵编选《中国名人故居楹联精选》。

〔2〕三代:当指宋、元、明三代,文游台上多前人题咏石刻。

〔3〕九秋:指秋天。张协《七命》:“晞三春之溢露,溯九秋之鸣飙。”谢灵运《善哉行》:“三春燠敷,九秋萧索。”

〔4〕西湖:指高邮湖,在高邮城西。

【评析】

高邮诸贤祠，又名四贤祠，位于文游台西侧，为明代建造，祀宋秦观、苏轼、孙觉、王巩四贤。文游台其余建筑多为清嘉庆年间所建。《高邮州志》载："宋苏轼过高邮，与寓贤王巩、郡人孙觉、秦观载酒论文于此。时守以群贤毕集，颜曰'文游台'。"上下联首句中嵌"文""游"二字，对联亦以二字引申其义。上联释"文"字。文游台是北宋苏轼等四贤载酒论文之所，可以谓之文。清嘉庆间高邮知州师兆龙集苏东坡、黄山谷、米元章、秦少游、赵子昂、董玄宰等宋、元、明名家法帖，请金石家钱泳勒刻于文游台，可以谓之文。"前见古人，后有来者"，反用陈子昂《登幽州台歌》意，讲文游台之流风遗韵，源源不绝。下联就"游"字立义，"九秋烟景""西湖明月""东郭清风"皆高邮景观。

扬州史公祠联〔1〕

蒋士铨（1725—1785）

字心余、苕生，号藏园、清容居士，晚号定甫，江西铅山人。清乾隆二十二年（1757）进士，官翰林院编修。乾隆二十九年辞官，先后主持绍兴蕺山书院、杭州崇文书院、扬州安定书院讲席。乾隆四十二年，高宗南巡，赐诗彭元瑞，与蒋氏并称"江右两名士"。士铨感恩，力疾起官，记名以御史补用，充国史馆纂修官，修《开国方略》。士铨工诗古文，与袁枚、赵翼合称"乾隆三大家"，复能撰传奇，著有《忠雅堂诗集》《红雪楼九种曲》等。

心痛鼎湖龙〔2〕，一寸江山双血泪；
魂归华表鹤〔3〕，二分明月万梅花〔4〕。

【注释】

〔1〕选自〔清〕梁章钜等撰，白化文、李鼎霞点校《楹联丛话》卷四。

〔2〕鼎湖龙：指帝王去世。《史记·封禅书》："黄帝采首山铜，铸鼎于荆山下。鼎既成，有龙垂胡髯下迎黄帝。"

〔3〕华表鹤：用丁令威故事。《搜神后记》："丁令威，本辽东人，学道于灵虚山。后化鹤归辽，集城门华表柱。时有少年，举弓欲射之。鹤乃飞，徘徊空中而言曰：'有鸟有鸟丁令威，去家千年今始归。城郭如故人民非，何不学仙冢垒垒。'遂高上冲天。"

〔4〕二分明月：指扬州之月。梅花：指扬州梅花岭。

【评析】

扬州史公祠，位于梅花岭畔，祀南明兵部尚书兼武英殿大学士史可法。史公就义后，其遗体不见，以其衣冠葬于梅花岭下。清初曾建祠于大东门外，后毁圮。乾隆间于墓西侧建祠，并谥忠正。咸丰间毁于兵燹，同治九年（1870）重建。史可法，字宪之，号道邻，河南祥符（今河南开封）人。明崇祯元年（1628）进士，任西安府推官。南明弘光朝时任东阁大学士兼礼部尚书，因遭马士英等人排挤，自请出镇淮上，加太子太保，改兵部尚书、武英殿大学士。南明弘光元年（1645），清军南下，史可法守扬州，城破，自尽未死，不屈就义。下联写史公之魂月夜归来，徘徊于梅花岭畔。蒋士铨此联将易代之际的残酷历史与扬州优美的景观形成鲜明的对比，可谓哀感顽艳。用数字对仗亦极工。

扬州史公祠联〔1〕

谢启昆（1737—1802）

字蕴山，号苏潭，江西南康人。清乾隆二十六年（1761）进士，朝考第一，选庶吉士，授编修。典河南乡试。历官江苏镇江知府、扬州知府、江南河库道、浙江按察使、山西布政使等。嘉庆四年（1799），擢广西巡抚。著有《西魏书》《树经堂集》《小学考》等。

一代兴亡关气数；
千秋庙貌傍江山[2]。

【注释】

〔1〕选自〔清〕梁章钜等撰，白化文、李鼎霞点校《楹联丛话》卷四。

〔2〕庙貌：语出《诗经·周颂·清庙序》郑玄笺："庙之言貌也，死者精神不可得而见，但以生时之居，立宫室象貌为之耳。"因称庙宇及神像为庙貌。

【评析】

梁章钜《楹联丛话》卷四载："谢蕴山启昆知扬州时，修葺史阁部祠墓毕，梦阁部来见，因问：'为公修葺祠墓，公知之否？'曰：'知之，此守土者之责也，然要非俗吏所能为。'问己官位，曰：'不患无位，患所以立。'问将来有子否，曰：'与其有子而名灭，不如无子而名存。'因问：'公祠中少一联，应作何语？'曰：'一代兴亡关气数；千秋庙貌傍江山。'谢为书丹勒石。"梦中撰联，颇为神异，不必指为虚诞，此联语矜庄肃穆，自是佳作。明清易代的历史原因极为复杂，归于天命、气数，是一种宿命论的历史观念，古人多持此说，自不待论。史可法在南明覆亡之时，知其不可而为之，固守扬州孤城，虽于明清易代之事实无能为力，但其精神自与江山永存千秋。

扬州史公祠联[1]

黄文涵（？—1869）

字子湘，湖南澧州人。历官江苏邳县、宿县，官至广西知府。清咸丰十年（1860）寓居上海。著有《忆琴书屋存稿》等。

万点梅花，尽是孤臣血泪[2]；
一抔故土，还留胜国衣冠。

【注释】

〔1〕选自裴国昌主编《中国名胜楹联大辞典》。

〔2〕孤臣：指史可法。

【评析】

此联巧用比喻。史公殉国，遗骸无觅，后人因此立其衣冠冢于梅花岭上。岭上无数梅花，如同史公的斑斑血泪，极写孤臣之悲愤。以乐景写哀，弥增其哀感。下联写史公之衣冠冢，"故土"聊以慰其忠魂。

扬州载酒堂王渔洋祠联〔1〕

李彦章

昼了公事，夜接诗人，得句皆堪作图画；

修禊虹桥〔2〕，访碑禅智〔3〕，此才真不负江山。

【注释】

〔1〕选自〔清〕梁章钜编纂《楹联续话》卷二。

〔2〕虹桥：指扬州红桥。

〔3〕禅智：禅智寺，故址位于扬州月明桥北，太平天国运动时毁于战火，历史上曾是文人墨客流连之地，张祜《纵游淮南》诗云："人生只合扬州死，禅智山光好墓田。"

【评析】

据《楹联续话》卷二载"扬州三贤祠，旧以王渔洋继欧、苏后，已不甚称。后更奉伊墨卿太守长生禄位于旁，而议者益起。自裁撤盐政后，湖上园林岁修无主，颓废不堪。李兰卿榷使独能捐廉，重修江山文选楼、桃花庵各处，而别建载酒堂于祠侧，以祀渔洋，于是香火始正。榷使并为之联”云云。卢见曾去两淮盐运使职后，至李彦章赴任，因物议而将原扬州三贤祠改祀韩琦、欧阳修与苏轼，别建载酒堂独祀王士禛。王渔洋于清顺治十七年（1660）任扬州推官，“昼了公事，夜接诗人”，指王渔洋在扬州的政务及与文人交往活动。“得句皆堪作图画”，指王渔洋的神韵诗中皆有佳景，可以凭之作诗意图。下联讲王渔洋在扬州的文化活动，举虹桥修禊、禅智访碑二事。赞王渔洋之才气与江山之胜境正相媲美。联语风流蕴藉，颇得王渔洋诗之神韵。

镇江焦山关庙联〔1〕

佚　名

江声犹带蜀；
山色欲吞吴。

【注释】

〔1〕选自胡君复原编，常江点校重编《古今联语汇选》第二册。

【评析】

这是镇江焦山的关庙联。焦山在长江中，故对联由此立意，既写出关公对蜀国的眷思，又写出他对东吴的恨意。联句从杜甫诗中化出，极为精炼。上句化自《上兜率寺》：“江山有巴蜀，栋宇自齐梁。”下句化自《八阵图》：“江流石不转，遗恨失吞吴。”

镇江甘露寺三贤祠联[1]

李彦章

溯后先三百载游踪，异代同堂，能结有情香火[2]；
冠今古第一流人物，文章事业，也如无尽江山。

【注释】

〔1〕选自〔清〕梁章钜编纂《楹联续话》卷一。

〔2〕有情香火：犹香火情，指焚香盟誓之情。《新唐书·突厥传上》："（秦王）又驰骑语突利曰：'尔往与我盟，急难相助，今无香火情邪？能一决乎？'"

【评析】

镇江甘露寺三贤祠，在北固山。祠不知建于何时，久已不存，祀李德裕、苏轼、米芾三位贤人。李德裕，字文饶，小字台郎，赵郡赞皇（今河北赞皇）人。早年以门荫入仕，历任校书郎、监察御史、中书舍人、兵部尚书、淮南节度使等职。历仕宪宗、穆宗、敬宗、文宗四朝，一度入朝为相。拜太尉，封卫国公。李德裕曾三任浙西观察使，前后十年，治所在润州，有惠政。苏轼虽未在润州为官，但生平十多次到过此地，或道途所经，或拜访朋侣如米芾、佛印等，与润州素有渊源。米芾，初名黻，后改芾，字元章，号海岳外史，湖北襄阳人。北宋书画家，与苏轼、黄庭坚、蔡襄合称"宋四家"。曾任校书郎、书画博士、礼部员外郎等。宋哲宗元祐二年（1087），迁居镇江丹徒。殁后葬于润州丹徒长山。上联讲三贤虽然生不同时，因合祀的缘故而似结成盟誓。下联谓三贤无论文章与事功，皆是第一流人物，如同北固山古称"天下第一江山"一样。此联颇有逸致，末句将无尽江山与一流人物相提并论，比喻新奇。

兴化山子庙联[1]

佚　名

渤海镇军[2],压六国而霸楚;

阳山食采[3],留三户以诛秦[4]。

【注释】

〔1〕选自兴化市地方志编纂委员会编《兴化市志》(上海社会科学院出版社1995年版)。

〔2〕渤海:兴化为古渤海之地。

〔3〕阳山:昭阳食邑,亦其葬所。食采:亦作“食菜”。享用封邑的租赋。《汉书·地理志下》:“周宣王弟友,为周司徒,食采于宗周畿内,是为郑。”

〔4〕三户:三户人家,极言人数之少。《史记·项羽本纪》:“自怀王入秦不反,楚人怜之至今,故楚南公曰:‘楚虽三户,亡秦必楚也。’”裴骃《史记集解》引臣瓒曰:“楚人怨秦,虽三户,犹足以亡秦也。”一说,三户指楚之昭、屈、景三大姓,见司马贞《史记索隐》引韦昭说。

【评析】

《〔万历〕扬州府志》卷二十三记载兴化县山子庙在西门外,祀楚将昭阳。《〔万历〕兴化新县志》亦记载:“阳有惠政,邑人祠而祀之。死葬于西山,去城三四里高阜,隐隐隆隆,今俗称‘山子庙’者是。”昭阳将军为战国晚期楚国令尹、上柱国,楚怀王六年(前323)伐魏,大败魏军于襄陵(今河南睢县),威震六国。卒谥山子,故其祀庙称“山子庙”。上联言昭阳生前之功烈,下联言其死后之遗思。“留三户以诛秦”,化用“楚虽三户,亡秦必楚”。全联对仗工稳,颇见巧思。

泰兴茅公祠联[1]

佚　名

一代比肩方正学[2]；

千秋抗志董江都[3]。

【注释】

〔1〕选自裴国昌主编《中国名胜楹联大辞典》。

〔2〕方正学：指方孝孺。

〔3〕抗志：高尚其志。《六韬·上贤》："士有抗志高节，以为气势，外交诸侯，不重其主者，伤王之威。"董江都：汉董仲舒，曾为江都王相。

【评析】

泰兴茅公祠，祀明初茅诵。茅诵，字大方，又字大芳。明太祖洪武中为淮安府学教授，后擢秦王府长史。制词褒美，勉以"董子辅相之业"。建文中，累擢右副都御史。靖难之役，因不屈于成祖，慷慨就义，阖门遇难。正德间追赠都御史，谥忠愍，祀于县。后督学御史萧凤鸣、泰兴知县彭祥将茅大方故居改建为茅公祠。茅大方一身正气，靖难之役中不屈被害，阖家遇难的事迹与方孝孺相同，所以说"一代比肩"。茅大方最为仰慕汉代大儒董仲舒，将其堂名号为"希董"，方孝孺曾为之撰《希董堂记》，故下联云"千秋抗志董江都"。

泰州崇儒祠联[1]

顾梦骐（生卒年不详）

字德卿，贡生。明御史顾廷对之子，由广文官至江西定南县令。

乐学重光[2]，往学开来学，世世被春温至教[3]；
崇儒再振，后儒继先儒，人人欣道脉流芳。

【注释】

〔1〕选自〔明〕王艮著，陈寒鸣编校《王艮全集》（上海古籍出版社2022年版）。

〔2〕乐学：指王艮之学。王艮有《乐学歌》。

〔3〕春温至教：温煦如春的至高教化。

【评析】

泰州崇儒祠，明万历四年（1576）建，祠大儒王艮。王艮，字汝止，号心斋，南直隶泰州安丰场（今江苏东台）人。王阳明弟子，王学“泰州学派”开山宗师。对联巧用叠字，首联连用三个“学”字，“乐”是王艮理学思想的核心观念之一。王艮撰有《乐学歌》诗曰：“人心本自乐，自将私欲缚。私欲一萌时，良知还自觉。一觉便消除，人心依旧乐。乐是乐此学，学是学此乐。不乐不是学，不学不是乐。乐便然后学，学便然后乐。乐是学，学是乐。於乎！天下之乐，何如此学。天下之学，何如此乐。”王艮“乐”的观念出自阳明学，阳明曾说“乐是心之本体”，往上可追溯至曾皙之乐、孔颜乐处。如此继往开来，使儒家的教化作用世世流传。下联叠用三个“儒”字，以“崇儒”点题，“后继儒先儒”与上联“往来开来学”相呼应。道脉传衍，故令人欣喜。

泰州崇儒祠联〔1〕

黄道周（1585—1646）

字幼玄，号石斋，学者称石斋先生，福建漳州府漳浦县（今福建漳州）人。明天启二年（1622）进士，改庶吉士。任翰林编修、经筵展书官。后以疏救大学士钱龙锡得罪，被降三级。又以言事削职，先后于余杭大涤书院、漳州紫阳书院讲学。崇祯九年（1636）起复，历仕詹事府少詹事、翰林侍读学士、经筵日讲官。崇祯十一年以言事指斥崇祯不分忠奸，被贬为江西按察司照磨。崇祯十三年以“伪学欺世”罪被廷杖八十，充军广西。是年得诏复官，不奉，归里著述。崇祯十七年，北都陷，任南明弘光朝吏部侍郎、礼部尚书。南都覆，任南明隆武朝吏部尚书兼兵部尚书、武英殿大学士。后抗清失败被俘，于南明隆武二年（1646）壮烈殉国，谥忠烈，追赠文明伯。

东南间气钟天目〔2〕；
邹鲁宗传属海陵〔3〕。

【注释】

〔1〕选自〔明〕王艮著，陈祝生主编《王心斋全集》卷四（江苏教育出版社2001年版）。

〔2〕间气：语出《太平御览》卷三百六十引《春秋演孔图》：“正气为帝，间气为臣。”宋均注：“间气则不苞一行，各受一星以生。”旧谓英雄豪杰、才士异人上应星象，禀天地特殊之气，间世而出，称为“间气”。天目：泰州天目山。《〔万历〕泰州志》记载：“天目山，州治东四十五里，高二丈余，周二百三十步。昔王仙翁（王冶，晋代道士）尝隐是山，有二井。”因二井形如天的一双眼睛，故俗称“天目山”。

〔3〕邹鲁：邹，孟子故乡；鲁，孔子故乡。后因以“邹鲁”指文化昌盛之地、礼

义之邦。宗传：嫡传。张祜《赠禅师》："坐见三生事，宗传一衲来。"海陵：泰州古称。

【评析】

此联谓王艮才高学著，乃禀东南间气而生，又以王艮之学为邹鲁孔孟之学的嫡传，评价极高。王艮意气太高，行事过奇，曾遭阳明裁抑；其泰州学派为王学左派，在宋明理学史上亦有褒有贬。黄道周之学"以致知为宗而止宿于至善，确守朱熹之道脉而独溯宗传"，但他能容异量之美，对不同流派的前辈学者亦能尊重，体现出融通的思想。

哀挽联

挽某君联[1]

黄景仁

生别尚黯然[2],那堪岳色川声,客路频挥才子泪;
死者长已矣,最痛老亲弱息[3],秋风空送故园魂。

【注释】

〔1〕选自胡君复原编,常江点校重编《古今联语汇选》第三册。

〔2〕生别:语出杜甫《梦李白二首·其一》:"死别已吞声,生别常恻恻。"黯然:语出江淹《别赋》:"黯然销魂者,唯别而已矣。"

〔3〕弱息:幼弱的子女。梁简文帝《大同哀辞》:"含精郁抑,叹嗟何极。云谁之悲,悲予弱息。"

【评析】

此联为黄仲则挽友人联,逝者无考。由联语观,其人盖未仕宦而漂泊谋生者,与黄仲则为同类。上联首句逆挽,不直写死别之哀,而写生别之感。"生别尚黯然",兼用杜甫《梦李白二首·其一》"死别已吞声,生别常恻恻"与江淹《别赋》"黯然销魂者,唯别而已矣"句意。下二句,接写与亡友生前挥泪作别之况。生别尚且令人黯然销魂,死别之哀更将如何?下联写亡友死后凄凉之境。逝者已矣,遗下老亲弱息,悲辛如斯。联语情致凄婉深挚,且其人生前遭际、死后凄凉境况与黄仲则极为相似。则此联既挽亡友,亦自挽也。旧有所谓诗谶、词谶,此联可谓联谶。

挽黄景仁联[1]

洪亮吉（1746—1809）

字君直，一字稚存，号北江，晚号更生居士，江苏阳湖（今常州）人。清乾隆五十五年（1790）一甲第二名进士，授翰林院编修，未散馆，分校顺天乡试。后督贵州学政。嘉庆四年（1799），与修《高宗实录》。因言时政被谪戍伊犁，次年获释回籍。洪亮吉长于经学、训诂学、舆地学、方志学、文学，著有《春秋左传诂》《更生斋诗文集》《北江诗话》《卷施阁诗文集》等。

噩耗到三更，老母寡妻惟我托；

炎天走千里[2]，素车白马伴君归[3]。

【注释】

〔1〕选自胡君复原编，常江点校重编《古今联语汇选》第三册。

〔2〕炎天：夏天；炎热的天气。颜延之《夏夜呈从兄散骑车长沙》："炎天方埃郁，暑晏阕尘纷。"

〔3〕素车白马：古代凶、丧之事所用的白车、白马。

【评析】

洪亮吉为黄景仁所撰行状曰："（黄景仁）为债家所迫，复抱病逾太行，出雁门，将复游陕。次解州，病殆，遂卒于今河东盐运使沈君业富运城官署。"乾隆四十八年三月，贫病交加的黄景仁为债主所逼，离京赴西安毕沅幕府，至山西解州时病发。四月二十五日卒于沈业富运城官邸中。"老母寡妻惟我托"，指黄景仁临终前将后事托付给洪亮吉。洪氏挽诗序曰："君作太夫人书毕，目已瞑，复苏，乃更作书贻予于西安。"《萧寺哭临图赞跋》

云:“(黄景仁)疾已亟,飞书达主人(洪亮吉),促急行,以属后事。主人闻耗,即借马疾驰,日走四驿,而君已不及待矣。运使已移君殡古寺中,入门而遗篇断章,零墨废纸,尚狼藉几案。”下联写洪亮吉不负死友之托,将其遗柩运回常州。由此联可见二人交情笃厚之状,洪亮吉不负亡友,亦令人感佩。

挽黄景仁联〔1〕

左　辅(1751—1833)

字仲甫,号杏庄,江苏阳湖(今常州)人。清乾隆五十八年(1793)进士,授安徽南陵知县,调霍邱,因坐催科不力,免官。后补合肥令,以故夺职。补怀宁令,迁泗州直隶州知州,擢颍州知府,转广东雷琼兵备道,迁浙江按察使、湖南布政使,官至湖南巡抚。左辅工诗词古文,著有《念苑斋集》。

潦倒三十年,生尔何为,合与沙虫同朽质〔2〕;
凄清五千首,斯人不死,长留天地作秋声。

【注释】

〔1〕选自〔清〕金武祥撰,谢永芳点校《粟香随笔·粟香二笔》卷二。

〔2〕沙虫:尘沙与小虫,喻死亡。《艺文类聚》卷九十引晋葛洪《抱朴子》:“周穆王南征,一军尽化,君子为猿为鹤,小人为虫为沙。”

【评析】

黄仲则是清代寒士的代表,他才华横溢,却一生潦倒,抱恨而殁。左辅作为黄氏的同乡友人,为之深感不平。“生尔何为”二句是反语,是对赋予黄仲则坎壈命运的天道的质问。如此之才,既然将之生于人世,又为何使之贫贱交加,如同虫沙一样毫无意义地死去?下联叹息黄仲则的诗才。据洪亮吉所言,黄仲则遗稿有诗二千余首。现存的遗诗有一千四百余首。联中言“五千首”,为虚数。黄仲则以诗歌为性命,将全部精神与才华都寄托在诗歌中,虽可以借其诗歌而获得永生,其贫士失职的不平之鸣也将长留于天地之间。

自营生圹联〔1〕

毕　沅(1730—1797)

字湘蘅,一字秋帆,自号灵岩山人,江苏镇洋(今江苏太仓)人。十岁能诗,通晓声韵。后师从沈德潜、惠栋,学问日进。清乾隆十八年(1753)举人,后授内阁中书,迁军机章京。乾隆二十五年,毕沅为一甲第一名进士,授翰林院修撰。历任翰林侍读学士、陕西按察使、陕西巡抚、河南巡抚、湖广总督等职,因事贬山东巡抚。乾隆六十年,复授湖广总督,兼署巡抚。毕沅于经史、小学、地理无不通晓,著有《传经表》《说文解字旧音》《音同义异辨》《续资治通鉴》《灵岩山人诗集》等。

读书经世即真儒〔2〕,遑问他一席名山〔3〕,千秋竹简〔4〕;
学佛成仙皆幻相,终输我五湖明月,万树梅花。

【注释】

〔1〕选自〔清〕梁章钜等撰,白化文、李鼎霞点校《楹联丛话》卷十。

〔2〕经世:经世致用。真儒:真正的儒者,犹大儒。扬雄《法言·寡见》:“如用真儒,无敌于天下。”

〔3〕遑:闲暇。此处反训为不遑,指无暇。

〔4〕竹简:指史书。

【评析】

《楹联丛话》卷十“毕秋帆自营生圹于邓尉山,并自作挽联”云云。古人以立德、立功、立言为三不朽,《左传·襄公二十四年》:“太上有立德,其次有立功,其次有立言。虽久不废,此之谓不朽。”毕沅认为,真正的儒者当以读书与经世为志,至于死后著述藏之名山,抑或列名青史,则不暇顾及。毕沅既是著名的乾嘉考据学者,潜研经史之学,又长期担任封疆大吏,无论著述还是经世,皆可足称,故以真儒自许而不愧。下联有名士旷达之气。毕沅认为,佛家成佛、道家成仙皆为虚幻之说,不如自己死后葬于邓尉山,犹可欣赏太湖明月与邓尉梅花。此联勘破生死名利,洒脱通达。“一席名山,千秋竹简”“五湖明月,万树梅花”,既是上下联对仗,也构成句内对,颇见用心。

挽毕沅联〔1〕

赵 翼

羊祜惠犹留岘首〔2〕;
马援功未竟壶头〔3〕。

【注释】

〔1〕选自〔清〕梁章钜编纂《楹联续话》卷三。

〔2〕羊祜:字叔子,兖州泰山郡南城县人。西晋初都督荆州诸军事,谋虑深远,政有惠爱。岘首:岘山之巅。

〔3〕马援:字文渊,扶风郡茂陵县(今陕西兴平)人。东汉建武二十四年(48),远征武陵、五溪蛮夷,次年受阻于壶头,在军中病逝。壶头:山名,在湖南沅陵。

【评析】

上联用西晋羊祜的典故称颂毕沅的功绩。羊祜镇荆州,有政绩。生平常游岘山,卒后,襄阳百姓于岘山树碑纪念,称“岘山碑”。《晋书·羊祜传》:“襄阳百姓于岘山祜平生游憩之所建碑立庙,岁时飨祭焉。望其碑者莫不流涕,杜预因名为堕泪碑。”下联用东汉名将马援的典故叹息毕沅之死。《后汉书·马援列传》载马援于东汉建武二十四年(48)征武陵、五溪蛮夷,次年兵阻壶头,病逝于军中。清乾隆六十年(1795),毕沅再授湖广总督。湖南苗人石三保造反,毕沅奉命赴常德、荆州督饷。嘉庆元年(1796),枝江(今属湖北)人聂杰人等造反,毕沅攻擒之。嘉庆二年七月,毕沅以疾卒于军中。毕沅与马援虽成败不同,但均死于军中,故颇为切当。赵翼为史学大家,又是著名的诗人,因此典故精熟,既雅且工。

挽武亿大令联〔1〕

洪亮吉

降年有永有不永〔2〕;
廉吏可为可不为〔3〕。

【注释】

〔1〕选自〔清〕洪亮吉著《洪亮吉集》卷二(中华书局2001年版)。

〔2〕降年:寿命。

〔3〕廉吏:清廉守正的官吏。《史记·滑稽列传》:“念为廉吏,奉法守职,竟死不敢为非。”

【评析】

武亿,字虚谷,自号半石山人,河南偃师(今属洛阳)人。清乾隆四十五年(1780)进士,授山东博山知县。在任为政清明,体恤民情,轻赋薄役,兴建书院,一时博山大治。时任步兵统领的和珅纵爪牙入境跋扈,武亿执而杖之，因此被劾罢官，时莅官仅七月，百姓遮道留之。罢官后，主讲启文、清源、春风诸书院。武亿学问醰粹，著述颇丰，经学著作有《群经义证》《经读考异》《三礼义证》《四书考异》，金石著作有《金石三跋》《金石文字续跋》等，另有《授堂札记》《授堂诗钞》等。嘉庆四年（1799），仁宗亲政，罢黜和珅。十一月，召武亿进京，欲委重任，惜武亿已于十月逝世。洪亮吉作集句联挽之，言简而义厚。上句出自《尚书·高宗肜日》："降年有永有不永，非天夭民，民中绝命。"孔传曰："言天之下年与民，有义者长，无义者不长。"此联赞武亿之义。下联用优孟歌谏楚庄王语："贪吏不可为而可为，廉吏可为而不可为。"赞武亿之廉。撰此联时，洪亮吉因上疏言事获罪，谪戍伊犁。此语既悼武亿，亦是自悼。

挽洪亮吉联〔1〕

蒋小松（生卒年不详）

江苏阳湖（今常州）人。生平事迹不详。

罗胸探月窟星垣〔2〕，庾信文章〔3〕，韩琦科第〔4〕，吾宗快婿贤甥，得先生为两绝；

裹足历冰天雪窖〔5〕，紫塞弯弓，上方请剑〔6〕，当代忠臣奇士，贻惇史以千秋〔7〕。

【注释】

〔1〕选自胡君复原编，常江点校重编《古今联语汇选》第三册。

〔2〕月窟：传说月的归宿处。《汉武帝内传》："仰上升绛庭，下游月窟阿。"星垣：我国古天文学的星空分区。指太微垣、紫微垣和天市垣三垣。王勃《晚秋游武担山寺序》："引星垣于沓嶂，下布金沙；栖日观于长崖，傍临石镜。"

〔3〕庾信：字子山，南阳新野人。庾肩吾之子。文藻绮艳，与徐陵齐名，时称"徐

庾体”。累官右卫将军，封武康县侯。侯景陷建康，信奔江陵，奉使聘西魏，被留不返。入周，封临清县子。明帝、武帝皆好文学，并恩礼之。累迁骠骑大将军、开府仪同三司，世称“庾开府”。

〔4〕韩琦：字稚圭，号赣叟，宋相州安阳人。北宋仁宗天圣五年（1027）进士。宝元间进枢密直学士、陕西四路经略安抚招讨使，与范仲淹久在军旅间，名重一时，并称“韩范”。后召为枢密副使，与范仲淹、富弼同时登用。庆历新政败，出知扬州，徙郓州、定州。嘉祐中拜同中书门下平章事，时仁宗有疾，琦力请立皇嗣。英宗即位，拜右仆射，封魏国公。英宗病重，又力请建储。神宗立，拜司空兼侍中，寻改判永兴军、相州等地。卒谥忠献。

〔5〕冰天雪窖：酷寒之地。《宋史·朱弁传》：“叹马角之未生，魂消雪窖；攀龙髯而莫逮，泪洒冰天。”

〔6〕上方请剑：用西汉朱云典，指直谏。《汉书·朱云传》载朱云上疏语曰：“臣愿赐尚方斩马剑，断佞臣一人以厉其余。”

〔7〕惇史：有德行之人的言行记录。《礼记·内则》：“凡养老，五帝宪，三王有乞言。五帝宪，养气体而不乞言，有善则记之为惇史。”孔颖达疏：“言老人有善德行则纪录之，使众人法则，为惇厚之史。”

【评析】

上联概言洪亮吉之学术、诗文与科举。“月窟星垣”，言其学术深奥广博。“庾信文章”语出杜甫《戏为六绝句·其一》“庾信文章老更成，凌云健笔意纵横”，以洪亮吉比庾信，言其文老笔健；庾信以骈文著名，洪亮吉亦是清代骈文名家。“韩琦科第”，韩琦为宋仁宗天圣五年（1027）进士第二名，洪亮吉是清乾隆五十五年（1790）进士第二名。“快婿贤甥”，指出常州洪氏与蒋氏的姻亲关系。“两绝”，即前所言文章与科第。下联写洪亮吉的上疏言事及遭到贬谪的经历。清嘉庆四年（1799），仁宗亲政，下诏求谏，洪亮吉上疏言事，触怒清帝，免死，戍伊犁。“冰天雪窖”，写其遣戍伊犁苦寒之地。洪亮吉有《冰天雪窖词》，联语本此。“紫塞弯弓”，出自李白《出自蓟北门行》：“列卒赤山下，开营紫塞傍。孟冬沙风紧，旌旗飒凋伤。画角悲海月，征衣卷天霜。挥刃斩楼兰，弯弓射贤王。”写其出塞经历。“上方请剑”，写其上疏之事。末二句以“忠臣奇士”四字赞洪亮吉。

挽恽敬联[1]

赵怀玉(1747—1823)

字亿孙,号味辛,晚号收庵,江苏武进人。清乾隆四十五年(1780),清高宗南巡,召试赐举人,授内阁中书。出为山东青州府海防同知,署登州、兖州知府。丁父忧归,遂不复出。主讲通州石港书院。怀玉性坦易,工古文词,为“毗陵七子”之一。诗与孙星衍、洪亮吉、黄景仁齐名,时称“孙洪黄赵”。著有《亦有生斋文集》等。

孤无六尺,亲已八旬,仕宦荣枯原是梦;

长愧十年,业输千古,文章得失更谁论[2]。

【注释】

〔1〕选自胡君复原编,常江点校重编《古今联语汇选》第三册。

〔2〕文章得失:语出杜甫《偶题》:“文章千古事,得失寸心知。”

【评析】

恽敬,字子居,号简堂,江苏阳湖(今常州)人。乾隆四十八年(1783)举人。乾隆五十二年任咸安宫官学教习。后授富阳县知县,历知江西新喻县、瑞金县。后被劾黜官。恽敬研精经训,旁览纵横,以古文著称,与同里张惠言、李兆洛为同道,创“阳湖文派”。著有《大云山房文稿》。上联写恽敬逝后家境凄凉,其子尚未长成,其母龄高,赵怀玉由友人之逝而感到世事如梦,士大夫所追求的入仕为宦及人生的显荣枯槁都只是虚幻。下联为赵怀玉对恽敬的感佩及失去朋友的悲伤。赵怀玉自愧年长恽敬十年,而著述之业却远较恽敬为逊,又悲良朋既逝,再也无人共论文章得失。联语真切感人。

挽庄炘联[1]

陆继辂(1772—1834)

字祁孙,江苏阳湖(今常州)人。清嘉庆五年(1800)举人。官合肥县训导,以修《安徽省志》叙劳,选江西贵溪县知县。居三年,以疾乞休。著有《崇百药斋文集》《合肥学舍札记》。

林下喜重游,一时江左词人,纨扇争图放翁貌;
兵间逾十载,此日关西老将[2],弓衣犹织宛陵诗[3]。

【注释】

〔1〕选自胡君复原编,常江点校重编《古今联语汇选》第三册。

〔2〕关西:指函谷关或潼关以西的地区。《汉书·萧何传》:“关中摇足,则关西非陛下有也。”

〔3〕弓衣:弓袋。《礼记·檀弓下》“赴车不载櫜韔”,郑玄注:“韔,弓衣。”

【评析】

庄炘,字景炎,号虚庵,江苏武进人。乾隆三十三年(1768)副贡生。由州判补陕西咸宁知县,累迁榆林府知府。庄炘与洪亮吉、孙星衍、赵怀玉、张惠言共为考据之学,于声音训诂尤深。生平著述没于水,仅存文六卷、诗七百余首。陆继辂为庄炘同乡好友,故撰此联哀挽。上联讲庄炘晚年归里。嘉庆十一年,庄炘子逵吉为咸宁令,因乞休就养。迨逵吉卒于任,庄炘携两孙归里,得享天年。“纨扇争图放翁貌”,用陆游诗句“吴中近事君知否?团扇家家画放翁”写庄炘晚年悠游里闬的情形。下联逆叙庄炘仕宦之事。庄炘因任职直隶邠州知州,署兴安、凤翔、榆林府事,当白莲教乱时,庄炘因娴于兵事,谙熟战守之策,为陕甘总督宜绵所倚重,以文人知兵而称于一时。故下联称其为“关西老将”。末句用《六一诗话》:“苏子瞻学士,蜀人也。尝于淯井监得西南夷人所卖蛮布、弓衣,其文织成梅圣俞《春雪》诗。此诗在《圣俞集》中未为绝唱,盖其名重天下,异域之人贵重之如此耳。”意谓庄炘通晓兵法的同时,诗歌亦名重一时。

挽方履篯联〔1〕

蒋小松

停舟丹荔村边〔2〕,南海于今犹留陈迹〔3〕。

访旧紫藤花下,东坡而后又恸斯人。

【注释】

〔1〕选自胡君复原编,常江点校重编《古今联语汇选》第三册。

〔2〕丹荔:荔枝,因色红,故称。戴叔伦《春日早朝应制》:“丹荔来金阙,朱樱贡玉盘。”

〔3〕陈迹:旧迹,遗迹。《庄子·天运》:“夫六经,先王之陈迹也。岂有所以迹哉!”

【评析】

方履篯,字彦闻,号术民,江苏阳湖(今常州)人,寄籍顺天府大兴(今北京大兴)。清嘉庆二十三年(1818)举人,官福建永定、闽县知县。学问赅博,工诗词及骈体文,酷嗜金石文字。有《万善花室文集》《河内县志》《伊阙石刻录》等。上联写方履篯的宦迹。方氏任福建永定、闽县知县,故首句写到“丹荔村”与“南海”。下句用苏轼哭秦观诗意。秦观《好事近·梦中作》末有“醉卧古藤阴下,了不知南北”句。《苕溪渔隐丛话》引《冷斋夜话》云:“秦少游在处州,梦中作长短句曰:‘山路雨添花……’后南迁,久之,北归,逗留于藤州,遂终于瘴江之上光华亭。时方醉起,以玉盂汲泉欲饮,笑视之而化。”

又言苏轼极爱此词,曾将末二句书扇,并题词曰:“少游已矣,虽万人何赎!”蒋小松用此意哀挽方履篯,哀感弥深。

挽严南伯联[1]

陆继辂

交君二十载,文心赋手,画笔诗才,若早贡之玉堂[2],奚止程(春海)许(滇生)祁(春圃)田(季高)堪并驾;

成书三百卷,考古征今,拾遗补阙,他日藏诸石室[3],质诸方(望溪)刘(海峰)江(慎修)戴(东原)而无惭。

【注释】

〔1〕选自胡君复原编,常江点校重编《古今联语汇选》第三册。

〔2〕玉堂:官署名。汉侍中有玉堂署,宋以后翰林院亦称玉堂。《汉书·李寻传》:“过随众贤待诏,食太官,衣御府,久污玉堂之署。”颜师古注:“玉堂殿在未央宫。”王先谦补注引何焯曰:“汉时待诏于玉堂殿,唐时待诏于翰林院,至宋以后,翰林院遂并蒙玉堂之号。”

〔3〕石室:古代收藏图书档案处。《史记·太史公自序》:“周道废,秦拨去古文,焚灭《诗》《书》,故明堂石室金匮玉版图籍散乱。”

【评析】

严南伯,生平事迹不详,俟考。上联写其古文诗赋及画艺之学,若其入仕,当可与程恩泽、许乃普、祁寯藻、田嵩年诸人同列。下联写其著述宏富,水平亦极高。举桐城派古文名家方苞、刘大櫆,以及乾嘉考据学名家江永与戴震,认为与上列诸人并列而不愧。

挽商君联[1]

潘德舆（1785—1839）

字彦辅，号四农，江苏山阳（今淮安）人。清道光八年（1828）中江南解元，后六度会试不中。道光十五年，大挑一等，以知县用，分发安徽，然四载未得实授。著有《养一斋集》《养一斋诗话》等。

倾盖在垂髫[2]，到今日我病君亡，回思蕉叶窗边，煮酒论文如梦境；
叩门谁促膝[3]，料此后庭空客散，惟有海棠树下，落花啼鸟诉春愁。

【注释】

〔1〕选自胡君复原编，常江点校重编《古今联语汇选》第三册。

〔2〕倾盖：指订交。储光羲《贻袁三拾遗谪作》诗："倾盖洛之滨，依然心事亲。"垂髫：指童年。髫，儿童垂下的头发。

〔3〕促膝：谓对坐而膝相接近，多形容亲切交谈或密谈。葛洪《抱朴子·外篇·疾谬》："促膝之狭坐，交杯觞于咫尺。"

【评析】

商君，潘德舆友人，生平无考。上联回忆交谊，二人幼年订交，如今一病一死，因忆其生前煮酒论文之乐，恍如梦境。下联哀挽其人，想及商君逝后，再无人来访、促膝相谈，唯有落花啼鸟，引起愁怀。联语优美凄婉，颇为动人。

挽李兆洛联[1]

祝登墀(生卒年不详)

字赓扬,江苏武进人。生平事迹不详。

大夫国人[2],皆所矜式也[3];
后生小子[4],于何问业焉。

【注释】

〔1〕选自胡君复原编,常江点校重编《古今联语汇选》第三册。

〔2〕大夫:士大夫。国人:普通人。

〔3〕矜式:敬重和取法。

〔4〕后生小子:年轻晚辈。俞文豹《吹剑四录》:“恐数十年后,老成凋丧,后生小子,不知根柢,耳濡目染,目变而不复还。”

【评析】

李兆洛生前主讲江阴暨阳书院长达二十年,造士极众。“大夫国人,皆所矜式”语,原为《孟子·公孙丑下》中所载齐宣王对时子所言。齐宣王曰:“我欲中国而授孟子室,养弟子以万钟,使诸大夫、国人皆有所矜式。”此处用肯定语句,指李兆洛的道德学问为士子与平民敬重效法。“后生小子,于何问业”,用韩愈《送温处士赴河阳军序》语:“小子后生,于何考德而问业焉?”指后辈晚学对李兆洛辞世而遽失典型的悲痛之情。对联化用成句,极为妥帖自然。

挽葛云飞联[1]

潘世恩(1770—1854)

字槐堂,号芝轩,江苏吴县(今苏州)人。清乾隆五十八年(1793)一甲一名进士,授翰林院修撰。历任礼部、兵部、户部侍郎,云南、浙江、江西学政,内阁学士,工部、户部尚书,左都御使。道光十三年(1833)擢体仁阁大学士。累官至武英殿大学士、太子太保,加太傅。卒谥文恭。著有《读史镜古编》《思补斋诗集》《思补斋笔记》等。

忠孝难两全,看碧血淋漓,犹留半额头颅见阿母;

英雄真不死,抱丹心冥没[2],总是十分肝胆报君王。

【注释】

〔1〕选自胡君复原编,常江点校重编《古今联语汇选》第四册。

〔2〕冥没:指死亡。

【评析】

葛云飞,字鹏起,号雨田,浙江绍兴府山阴县天乐乡(今属杭州萧山)人。道光三年武进士。历任千总、守备、游击、参将、副将,官至定海总兵。道光二十一年,在中英定海之战中殉国,谥壮节,诰授振威将军,追赠太子少保。同治十年(1871),加赠提督、建威将军。上联写其欲尽孝而不能。《清史稿·葛云飞传》记其殉国之惨烈:"头面右手被斫,犹血战,身受四十余创,炮洞胸背,植立崖石而死。"因葛云飞脸被砍中,故联中谓其"犹留半额头颅见阿母"。下联写其忠。

挽刘达善联[1]

许 棫

宦辙继东坡[2],黄叶早归江上棹;
朋簪追北海[3],白云俄散坐中宾。

【注释】

〔1〕选自胡君复原编,常江点校重编《古今联语汇选》第三册。

〔2〕宦辙:为宦之行迹、经历。

〔3〕朋簪:指朋辈。语出《易·豫》:“大有得,勿疑,朋盍簪。”孔颖达疏:“盍,合也。簪,疾也。若有不疑于物以信待之,则众阴群朋合聚而疾来也。”北海:汉末孔融曾任北海相,人称孔北海。

【评析】

刘达善,字子迎,江苏阳湖(今常州)人。清道光二十四年(1844)举人,官登莱青道。同治九年(1870)因病呈请开缺。卒年当在此后不久。“宦辙继东坡”,指刘达善官登莱青道,苏轼于宋元丰八年(1085)亦曾为登州知府。“黄叶”句,谓其去官归里。“朋簪追北海”,谓刘达善生前喜交游,卒后宾客云散,颇有凄凉之感。

挽何栻联[1]

金武祥

云树一江分,长怀水部高吟[2],诗兴才闻动梅阁;

烟花三月暮,太息广陵绝响[3],归魂还待主蓉城[4]。

【注释】

〔1〕选自胡君复原编,常江点校重编《古今联语汇选》第三册。

〔2〕水部:指南朝梁何逊,官至尚书水部郎,后称何水部。

〔3〕广陵绝响:三国魏嵇康善弹《广陵散》,秘不授人。后遭谗被害,临刑索琴弹之,曰:“《广陵散》于今绝矣!”见《晋书·嵇康传》。

〔4〕蓉城:指芙蓉城,传说中鬼仙所主之境。欧阳修《六一诗话》:“曼卿卒后,其故人有见之者,云恍惚如梦中,言‘我今为鬼仙也,所主芙蓉城’。”

【评析】

上联追忆与何栻的友谊。“云树一江分”中“云树”二字暗用杜甫《春日忆李白》“渭北春天树,江东日暮云”意;“一江分”,指金氏居江阴,何氏在扬州,中隔长江一水。清同治十年(1871),金武祥自江西游幕归江阴。何栻尝集苏轼句为联相赠,并为金武祥诗稿撰序。“水部高吟”用何逊典,切何栻姓。“诗兴”句,用杜甫《和裴迪登蜀州东亭送客逢早梅相忆见寄》“东阁官梅动诗兴,还如何逊在扬州”。下联“烟花三月暮”句,反用李白《黄鹤楼送孟浩然之广陵》“烟花三月下扬州”句意,意谓烟花三月暮日,尚未下扬州,而好友何栻已逝矣。“广陵绝响”,用嵇康典,既喻何栻之死,也切扬州之名。何栻为文人才子,其死后当做鬼仙,为芙蓉城主。

挽蔡纶书联[1]

金武祥

夜雨话巴山，落落知交心醉[2]，屡从公瑾饮；

秋风吹大海，茫茫天道时艰，同惜贾生才[3]。

【注释】

〔1〕选自〔清〕金武祥撰，谢永芳点校《粟香随笔》卷三。

〔2〕心醉：佩服，倾倒。《庄子·应帝王》："列子见之而心醉，归以告壶子，曰：'始吾以夫子之道为至矣，则又有至焉者矣。'"

〔3〕贾生：西汉贾谊。

【评析】

蔡纶书，字纬卿，浙江仁和（今杭州）人。广东候补知县。金武祥《粟香随笔》卷三："仁和蔡纬卿大令纶书英敏豁达，有干济才。余两游潮郡，时大令榷厘汕头，承赠五古四章……庚辰孟秋，卒于羊城，年甫逾强仕。余挽以联。"上联"夜雨话巴山"，化用李商隐《夜雨寄北》"何当共剪西窗烛，却话巴山夜雨时"句意，记二人交情。公瑾知兵，蔡纶书当亦通兵法。下联惜蔡纶书之死。"秋风吹大海"，写其默坐追忆亡友。此句用岭南诗人梁佩兰《秋园》成句。梁诗前四句曰："秋风吹大海，海色结寒姿。入我南园里，无人独坐时。""贾生才"，以蔡纶书比拟贾谊。"夜雨""秋风"二句对仗极工。

自挽联[1]

许　棫

多寿亦何为，溯平生于国于家，此身未有涓埃补[2]；

工诗本余事，况从古无名无位，与世徒供酱瓿缘[3]。

【注释】

〔1〕选自胡君复原编，常江点校重编《古今联语汇选》第三册。

〔2〕涓埃：细流与微尘，比喻微小。《周书 · 萧扮传》："臣披款归朝，十有六载，恩深海岳，报浅涓埃。"

〔3〕酱瓿：语出《汉书·扬雄传下》："钜鹿侯芭常从雄居，受其《太玄》《法言》焉，刘歆亦尝观之，谓雄曰：'空自苦！今学者有禄利，然尚不能明《易》，又如《玄》何？吾恐后人用覆酱瓿也。'雄笑而不应。"覆酱瓿，盖酱坛，后用以比喻著作毫无价值，或无人理解，不被重视。

【评析】

此联皆自我贬抑之语，上联谓多寿于家国无用；下联谓能诗而世无赏音。此联既是贫士失职而志不平的牢骚之语，也反映了晚清传统文士身当世变日亟之时，多有迷茫之感。

挽管乐联[1]

恽鸿仪（1816—1898）

字伯方，号曼云，江苏阳湖（今常州）人，寄籍顺天府大兴（今北京大兴）。清道光三十年（1850）进士，改庶吉士。散馆，授刑部主事，历官贵州镇远府知府、贵阳府知府。入都补主事，题升员外郎。主讲龙城书院二十年，造就人才甚众。

一生负王佐才〔2〕，江左夷吾犹未老〔3〕；

半世为诸侯客，扬州杜牧竟销魂。

【注释】

〔1〕选自〔清〕金武祥撰，谢永芳点校《粟香随笔·粟香五笔》卷二。

〔2〕王佐才：辅佐帝王创业治国的才能。

〔3〕江左夷吾：语出《晋书·温峤传》："于时江左草创，纲维未举，峤殊以为忧。及见王导共谈，欢然曰：'江左自有管夷吾，吾复何虑！'"管夷吾，春秋时期政治家管仲，相齐桓公成就霸业。后来诗文中多以"江左夷吾"称许有辅国救民之才的人。

【评析】

管乐，字才叔，江苏阳湖人，管绳莱子。增贡生，曾为郭嵩焘幕僚。清同治末年曾任上海《汇报》主笔，后因意见不合去职。光绪中卒于扬州。有《才叔诗余》。上联讲管乐之才。"一生负王佐才"，同治元年（1862），郭嵩焘任广东巡抚，管乐、左孟星、王闿运入其幕府，时人谓有王佐之才。"夷吾"，春秋时齐管仲之字，此处切管乐之姓。下联谓管乐半生幕游，卒于扬州，所以说"扬州杜牧竟销魂"。

挽杨泗孙联〔1〕

翁同龢（1830—1904）

字叔平，一字声甫，晚号松禅，江苏常熟人，翁心存子。清咸丰六年（1856）一甲第一名进士。历仕翰林院修撰、陕西学政、署理刑部右侍郎、户部右侍郎、都察院左都御史、刑部尚书、工部尚书、户部尚书、协办大学士等职。光绪中入军机处，称“帝党”，为“清流”领袖。主张光绪帝亲政并支持维新派，百日维新失败后被革职编管。著有《瓶庐诗稿》《翁文恭公日记》等。

风雨客归迟，我愧巨卿真死友[2]；
江湖天遣老，谁知苏轼旧词臣。

【注释】

〔1〕选自胡君复原编，常江点校重编《古今联语汇选》第三册。

〔2〕巨卿：指汉代范式，字巨卿，素为信士，笃于友情。其友人张劭死前托梦，遂素车白马奔丧。见《后汉书·独行列传》。死友：指交情笃厚、至死不相负的朋友。张劭临终谓：“山阳范巨卿，所谓死友也。”

【评析】

杨泗孙，字钟鲁，号滨石，苏州府常熟县（今江苏常熟）人。咸丰二年殿试一甲二名进士，授翰林院编修。咸丰十年擢侍讲。后以疾辞官家居。上联讲因风雨而耽误丧期，自愧有负死友之望；下联讲杨泗孙罹眩晕之症，不得已辞官老于乡里，是天意为之。末句赞其如苏轼一样是资历深厚的词臣。此联情词恳挚，用典贴切二人身份。

挽江标联[1]

盛宣怀

感遇碎身，公死在庚子前可矣；
要终原始[2]，党狱请异世后论之。

【注释】

〔1〕选自胡君复原编,常江点校重编《古今联语汇选》第三册。

〔2〕要终原始:犹原始要终,指探究事物发展的始末。《周易·系辞下》:"《易》之为书也,原始要终,以为质也。"孔颖达疏:"原穷其事之初始……又要会其事之终末。"

【评析】

"感遇碎身",言江标感念光绪知遇之恩,戊戌事变后,欲以死报之。盛宣怀将江标之死归于因光绪被废,感愤而死,将其死事赋予崇高的意义。江标死后次年即发生了庚子事变。下联讲戊戌变法,但盛宣怀亦身处晚清波谲云诡的政局中,帝党清流失势,因此不欲明言变法的得失是非,而是说俟后世再论。

挽徐用仪联〔1〕

丁立钧(1854—1902)

字叔衡,号恒斋,江苏镇江人。清光绪六年(1880)进士,历官翰林院庶吉士、编修、山东沂州府知府。后辞官回乡,出任江阴南菁书院院长。著有《昭代尺牍小传续集》《清画录》《历代大礼辨误》《东藩事略》《历朝纪事本末》等。

有臣殉国忘身,东市朝衣〔2〕,浙水三忠推老宿〔3〕;

几日悬门抉目〔4〕,西师饮马,燕云千里起胡尘。

【注释】

〔1〕选自胡君复原编,常江点校重编《古今联语汇选》第三册。

〔2〕东市朝衣:谓大臣就戮。典出《史记·晁错传》:"上令晁错衣朝衣斩东市。"

〔3〕浙水三忠：指徐用仪、许景澄、袁昶三人，皆浙人，因反对义和团及对西方列强开战被戮。

〔4〕悬门抉目：春秋时，吴国大夫伍员劝吴王夫差拒绝越国求和，夫差听信谗言，不从忠告，反赐剑命其自杀。伍员临死，曰："树吾墓上以梓，令可为器。抉吾眼置之吴东门，以观越之灭吴也。"见《史记·吴太伯世家》。后以"悬门抉目"为烈士殉国的典故。

【评析】

徐用仪，字吉甫，号筱云，浙江海盐人。咸丰九年（1859）举人。同治元年（1862）为军机章京。次年任总理各国事务衙门行走。光绪三年为太仆寺少卿，迁大理寺卿。光绪二十年任军机大臣。中日甲午战争爆发，徐用仪主和遭劾，退出军机处及总理各国事务衙门。光绪二十四年再任总理各国事务衙门行走，任会典馆副总裁，擢升兵部尚书。光绪二十六年，因反对义和团被杀，与许景澄、袁昶并称"三忠"。丁立钧为徐用仪婿，故撰此联挽之。上联哀徐用仪被杀。清廷颟顸愚昧，默许、鼓动义和团兴起排外运动，"扶清灭洋"。徐用仪、许景澄、袁昶、立山、联元等五大臣因反对与列强开战而被杀于北京菜市口。五人中徐用仪、许景澄、袁昶皆浙江人，后称"三忠"。下联写庚子国变之事。慈禧与西方列强宣战后，仅三日即战败，两宫西狩，北京城陷。"悬门抉目"，用伍子胥典，哀徐用仪等人的意见不见用导致国变。联语沉郁，对徐用仪的命运表示同情与悲慨。

挽何嗣焜联[1]

汪　洵（？—1915）

字子渊，号渊若，江苏阳湖（今江苏常州）人。清光绪十八年（1892）进士，改庶吉士，授编修。

是真知己，以国士酬[2]，章草未终心血尽；

曾不慭遗[3]，为天下痛，斗车方转客星沉[4]。

【注释】

〔1〕选自胡君复原编，常江点校重编《古今联语汇选》第三册。

〔2〕国士：一国中才能最杰出者。《左传·成公十六年》："国士在，且厚，不可当也。"《战国策·赵策一》："豫让曰：'臣事范、中行氏，范、中行氏以众人遇臣，臣故众人报之；知伯以国士遇臣，臣故国士报之。'"

〔3〕不慭遗：不愿留。《诗经·小雅·十月之交》："不慭遗一老，俾守我王。"后用作对大臣或耆宿逝世的哀悼之辞。

〔4〕斗车：《史记·天官书》："斗为帝车，运于中央，临制四乡。"客星：隐士之星，代指何嗣焜。

【评析】

何嗣焜，字眉孙，又字眉生、梅生，江苏武进人。少从军，后入张树声幕，颇见倚重，表奏直隶州知州。张树声卒后，居乡读书。光绪十三年，黄河决郑州，应河南巡抚倪文蔚邀，襄理河工。以功授三品盐运使衔、候补知府、诰授通议大夫。光绪二十一年出任南洋公学首任总理。光绪二十七年正月，方伏案起草《要政议据案》，遽卒。光绪二十一年，盛宣怀、刘坤一奏设南洋公学，欲请何嗣焜任公学总理。盛宣怀与嗣焜为同乡兼好友，乃亲诣其庐，以时局艰危不当为洁身之计相劝，邀请何嗣焜到沪任职。何嗣焜慨然应允出山，担任首任南洋公学总理一职。联语中"是真知己"，即指盛宣怀。"以国士酬"，用《战国策》豫让之典，盛宣怀对何眉生以国士相待，何眉生故以国士相酬。何嗣焜自光绪二十三年出任南洋公学总理，不仅捐资建校，而且不领薪酬。在任时，从校舍的创建到教师员工的招聘、学校制度章程的制定，无不擘画经营，倾注了全部的心血。下联写对何眉生的哀挽。谓上天竟不留斯人，使天下之人哀痛。此年为辛丑岁，正月二十九日，清廷推行新政，崇实业，废科举，立学堂，改革政制与军制。"斗车方转"指此。

挽何嗣焜联[1]

张　謇

谁置君天地盲晦之秋[2],热血一腔,死于经济[3];

益坚我江海沉沦之志,侧身四顾,凄绝生平。

【注释】

〔1〕选自胡君复原编,常江点校重编《古今联语汇选》第三册。

〔2〕盲晦:犹晦盲,指社会黑暗、世道混乱。《荀子·赋》:“暗乎天下之晦盲也,皓天不复,忧无疆也。”

〔3〕经济:经世济民。《晋书·殷浩传》:“足下沉识淹长,思综通练,起而明之,足以经济。”

【评析】

张謇与何嗣焜交深,二人相识于清光绪四年(1878)。其时,何嗣焜在张树声军幕,张謇在吴长庆军幕,张、吴皆属李鸿章淮系,故而得以相识订交。此后,二人交谊二十余年。上联悲何嗣焜之逝。“天地盲晦”,喻晚清政局之险恶。“死于经济”,指何嗣焜正热心教育与实业,积劳而遽亡。下联写自己的悲郁。“江海沉沦”,光绪二十四年,张謇丁忧销假,正值其师翁同龢被劾罢官,张謇遂请假南归,不复任清廷之职。“侧身四顾,凄绝生平”,写知交逝世后的彷徨与凄凉心境。联语抑郁悲慨,情感深沉。

挽何嗣焜联[1]

赵凤昌(1856—1938)

字竹君,晚号惜阴老人,江苏武进人。入湖广总督张之洞幕,先后参与“东南互保”、立宪运动、辛亥革命、“倒袁运动”、反张勋复辟,为近现代著名的政治人物。

披帷无术回生[2],最痛离魂心不死;
掷笔微闻太息,已知有药国难医。

【注释】

〔1〕选自胡君复原编,常江点校重编《古今联语汇选》第三册。

〔2〕披帷:拨开帷幕。

【评析】

对联以逆挽法撰,上联写何嗣焜之死。“离魂心不死”,言何眉生身虽死,而心魂牵萦于国之危亡,无法安宁。下联推想其逝前之忧愤的心态。掷笔太息,心知国家积弊难返,无药可救。

挽李鸿章联[1]

盛宣怀

手奠东南几行省,百战功高,惟兹海国一隅[2],是萧相关中[3],寇恂河内[4]；

身系安危数十年，千秋庙食[5]，试写丰碑万遍，记裴公入蔡[6]，元凯平吴[7]。

【注释】

〔1〕选自胡君复原编，常江点校重编《古今联语汇选》第二册。

〔2〕海国一隅：指上海，太平天国战争期间为李鸿章淮兵驻防区。

〔3〕萧相关中：楚汉争霸时，萧何镇关中，转漕输兵不绝，故汉得天下。

〔4〕寇恂河内：刘秀以寇恂为河内太守，坚守转运，给足军粮，率厉士马，防遏他兵，为刘秀取天下立下功劳。

〔5〕庙食：谓死后立庙，受人奉祀，享受祭飨。《史记·滑稽列传》："庙食太牢，奉以万户之邑。"

〔6〕裴公：指唐裴度。宪宗元和中，仕至御史中丞，力主削平藩镇。唐师讨蔡州，以度视行营诸军。还朝，李师道遣人刺杀伤首。拜中书侍郎、同中书门下平章事。以相职督诸军力战，遂入蔡擒吴元济。河北藩镇大惧，由此归顺朝廷。裴度被封晋国公。

〔7〕元凯：指西晋杜预，字元凯，京兆杜陵人。晋武帝咸宁四年，拜镇南大将军，都督荆州诸军事，镇襄阳。次年请伐吴。太康初，遣将攻吴，累克城邑，招降南方州郡，以功封当阳县侯。

【评析】

李鸿章，字子黻，号少荃，晚号仪叟，安徽合肥人。清道光二十七年（1847）进士。太平天国战争期间组建淮军，因战功擢升至直隶总督，兼北洋通商大臣，累加至文华殿大学士，封一等肃毅伯。在洋务运动中创办江南制造局、轮船招商局、上海机器织布局和上海广方言馆等洋务机构，组建北洋水师。甲午战争后，作为特使与日本签订《马关条约》。光绪二十五年（1899），任两广总督。八国联军侵华战争后，参与"东南互保"，并奉命北上谈判。光绪二十七年，李鸿章与庆亲王奕劻代表清政府同列强签订《辛丑条约》。俄卒，赠太傅，晋一等肃毅侯，谥文忠。著有《李文忠公全集》。李鸿章是晚清重臣、洋务运动的领袖，也是中国近代史上极为复杂的人物，对其评价难以简单地一言概之。盛宣怀曾深受李鸿章之器重与擢拔，故挽联中倍加褒扬颂美。上联写李鸿章在太平天国战争中所起的关键作用。李鸿章以淮军驻防上海，与太平军作战，成功守住上海。继而采取“察吏、整军、筹饷、辑夷”等措施，使上海成为稳定的后方。故盛宣怀以两汉开国之功臣萧何与寇恂誉之。东晋应詹曰：“昔高祖使萧何镇关中，光武令寇恂守河内，魏武委钟繇以西事，故能使八表夷荡，区内辑宁。”李鸿章安辑上海对清廷的作用与此相类。不仅如此，同治元年(1862)至三年，淮军反攻苏南，先后收复苏州、常州及浙江嘉兴，并与湘军围攻天京，克复金陵。上联中“手奠东南”，下联中“裴公入蔡”“元凯平吴”，以裴度克复蔡州及杜预平定东吴相比，并非纯是虚誉。盛宣怀认为，以李鸿章之功，当千秋祭祀，丰碑永存。

挽李鸿章联〔1〕

范当世

贱子于人间利钝得失〔2〕，渺不相关，独与公情亲数年，知其为老书生穷翰林而已；

国史遇大臣功过是非，向无论断，有圣主褒忠一字，传之与外四裔内诸夏知之。

【注释】

〔1〕选自龙公著《江左十年目睹记》(上海书店出版社1984年版)。

〔2〕贱子：谦辞，自称。

【评析】

清光绪十八年(1892)，范当世应李鸿章之邀，赴天津任李府西席，至光绪二十一年辞馆南归。约四年时间,范当世与李鸿章结下了深厚的宾主情谊。对于李鸿章的去世,范当世在挽联中从私人情谊与世间公论对李鸿章做出评价。上联叙写与李鸿章的私交,范当世性格孤介,不徇流俗。自称对人间的“利钝得失”毫不介意,与身为清廷重臣的李鸿章也无谄媚利用之心,而是恪守士人的品格,以平等的心态来相交。在他的眼中,李鸿章只是一名老书生、穷翰林而已,这就提供了李鸿章的另一个形象。下联是范当世对李鸿章的评价。李鸿章是晚清历史上的一位极其复杂的人物,很难盖棺定论。即使是国史对于大臣的书写,也是采用详写人物事迹而不加论断的体例,范当世作为一介寒士,对此也极为矜慎,因此用清廷给李鸿章谥号“文忠”中的“忠”字来加以评价,这自然是毋庸置疑的。

自挽联〔1〕

翁同龢

朝闻道夕死可矣;
今而后吾知免乎。

【注释】

〔1〕选自胡君复原编,常江点校重编《古今联语汇选》第三册。

【评析】

翁同龢自挽联,遗命门人张謇书之。上联出自《论语·里仁》,为孔子之语;下联出自《论语·泰伯》,为曾子临终之语。二句体现了孔门之生死观。一是求道之诚笃可外生死,二是生时须恐惧戒慎,以求免于患难,面对死亡时方可从容平淡。翁同龢作为晚清“帝党”的中坚,经历了中日甲午战争、维新运动,政治上卷入风波,人生命运大起大落,临终前可谓“战战兢兢、如临深渊、如履薄冰”，因而在临终时发出由衷之言。

挽翁同龢联〔1〕

张 謇

谗先公亡〔2〕，公试读寺人之诗〔3〕，投畀有北〔4〕，投畀有昊〔5〕，继以豺虎；

厄不天闻，天乃与康成以梦〔6〕，今岁在辰，明岁在巳，嗟哉龙蛇〔7〕。

【注释】

〔1〕选自胡君复原编，常江点校重编《古今联语汇选》第三册。

〔2〕谗：谗人，指荣禄。

〔3〕寺人之诗：指《诗经·小雅·巷伯》。寺人，西周王朝宦官孟子。

〔4〕畀：给予。有北：北方。

〔5〕有昊：昊天。

〔6〕康成：指东汉郑玄，字康成。

〔7〕龙蛇：指辰年和巳年，古代迷信以为凶岁。《后汉书·郑玄传》：“五年春，梦孔子告之曰：‘起，起，今年岁在辰，来年岁在巳。’既寤，以谶告之，以知命当终。”

【评析】

张謇为翁同龢门人，政治上同属“帝党”“清流”。对翁同龢之死，张謇极为悲愤。据《张謇日记》，清光绪三十年（1904）六月十四日，张謇代其兄张詧拟作此联刺谗人。《诗经·小雅·巷伯》云：“彼谮人者，谁适与谋？取彼谮人，投畀豺虎。豺虎不食，投畀有北。有北不受，投畀有昊。”联中的谗人当指荣禄，属“后党”，与翁同龢政见不同，且有私怨。翁同龢被革职返乡拘管，多以为出自荣禄之谗。荣禄卒于光绪二十九年，先翁同龢一年而亡，故张謇书“谗先公亡”于联中,以告慰其师之灵。下联哭师。“厄不天闻”,意谓翁同龢所遭之厄运并非出自上天,暗指光绪帝失位,废黜翁同龢并非出自帝旨。以下数句用郑玄去世之典。郑玄为东汉大儒,因“党锢”而遭禁锢,翁同龢亦因晚清党争而被放废,与郑玄略同。《后汉书·郑玄传》载郑玄之死曰:“五年春,梦孔子告之曰:‘起,起,今年岁在辰,来年岁在巳。’既寤,以谶告之,知命当终。”唐李贤注:“北齐刘昼《高才不遇传》论玄曰:‘辰为龙,巳为蛇,岁至龙蛇贤人嗟,玄以谶合之。’”翁同龢卒于光绪二十九年,岁在甲辰,与郑玄亦同,故得以相比附。

挽庄鼎彝联〔1〕

翁振铭(1868—1927)

字佩孚,江苏武进人。诸生,屡试不第。清末废科举,办城西明志小学。

胡安定掌苏湖教授〔2〕,生徒至不能容,以道觉民,君子之泽如是;
张南轩有师友渊源〔3〕,先德遂以大著,得贤后嗣,在天允可无恫〔4〕。

【注释】

〔1〕选自胡君复原编,常江点校重编《古今联语汇选》第三册。

〔2〕胡安定:指北宋大儒胡瑗。他创立了分科教学的苏湖教法。

〔3〕张南轩:指张栻,四川绵竹人,字敬夫,又名乐斋,号南轩,南宋著名理学家。创立岳麓书院。

〔4〕恫:痛,悲伤。

【评析】

庄鼎彝,字茗甫,江苏武进人。清光绪十七年(1891)举人,曾任汉口招商局文案,后返乡办冠英两等小学堂。上联赞庄鼎彝兴学的功德,言其以北宋大儒胡安定之苏湖法教学,启蒙妇孺,来学者众多,以至校舍无法容纳,不仅泽被毗陵一区,而且可以延及后世。下联追溯毗陵庄氏之祖德,言其先世与张南轩有师友渊源关系,庄鼎彝兴学之举不仅能光大先德,其子庄俞亦极贤良,能继承父志继续办学,其在天之灵可以不悲。

挽范当世联[1]

周家禄(1846—1909)

字彦升,晚号奥簃老人,江苏海门人。清同治九年(1870)举优贡生,官江浦训导,历署丹徒、镇洋、荆溪、奉贤等县训导,后入吴长庆、张之洞幕。又历主师山书院、白华书塾、湖北武备学堂等。博通经史,精文字训诂之学。工诗文,诗以清丽见长,文有魏晋风度。著有《寿恺堂文集》《朝鲜纪事诗》《经史诗笺字义疏证》等。

长卿遗封禅[2],子云草太玄[3],妇哭儿啼,只有高文寿金石;
今年岁在辰,明年岁在巳,君亡吾病,那堪厄运值龙蛇。

【注释】

〔1〕选自胡君复原编,常江点校重编《古今联语汇选》第四册。

〔2〕长卿遗封禅:司马相如言封禅的遗书。《史记·司马相如列传》:“相如既病免,家居茂陵。天子曰:‘司马相如病甚,可往从悉取其书;若不然,后失之矣。’使所忠往,而相如已死,家无书。问其妻,对曰:‘长卿固未尝有书也。时时著书,人又取去,即空居。长卿未死时,为一卷书,曰有使者来求书,奏之。无他书。’其遗札书言封禅事,奏所忠。忠奏其书,天子异之。”

〔3〕子云草太玄:子云,指西汉扬雄,曾仿《易经》作《太玄》。

【评析】

上联赞范当世之才，以司马相如、扬雄为譬，认为其诗文足以寿诸金石，传之不朽。下联悼范当世，亦以自伤。“岁在辰”“岁在巳”，用《后汉书·郑玄传》典故，哀时伤时。

挽秋瑾联[1]

胡君复（生卒年不详）

号芬陀利室主，江苏武进人。晚清至民国时任职于上海商务印书馆，著有《芬陀利室诗存》。编印《近代八大家文钞》《古今联语汇选初集》《古今联语汇选二集》《古今联语汇选三集》《古今联语汇选四集》《古今联语汇选补集》等书。

化身作自由神，姓氏皆香[2]，剑花飞上天去[3]；
呕心为长吉语[4]，龙鸾一啸[5]，诗草还让君传。

【注释】

〔1〕选自胡君复原编，常江点校重编《古今联语汇选》第三册。

〔2〕姓氏皆香：指留名后世。语出王致《辞本州教官》：“他日留泉下，须留姓氏香。”

〔3〕剑花：剑光。李白《胡无人》：“流星白羽腰间插，剑花秋莲光出匣。”

〔4〕呕心：李商隐《李贺小传》：“（李贺）背一古破锦囊，遇有所得，即书投囊中。及暮归，太夫人使婢受囊，出之，见所书多，辄曰：‘是儿要当呕出心始已耳。’”

〔5〕龙鸾：喻贤士。颜延之《祭屈原文》：“身绝郢阙，迹遍湘干。比物荃荪，连类龙鸾。”

【评析】

秋瑾，字竞雄，号旦吾，别号鉴湖女侠，浙江绍兴人。清光绪三十年（1904）赴日本留学，提倡女权，加入三合会。次年回国，加入光复会。同年再赴日本，加入同盟会，任评议部评议员和浙江主盟人。光绪三十二年回国，准备起义。次年二月，回浙江接任绍兴大通学堂督办，与徐锡麟共筹在皖、浙两地发动武装起义。安庆起义失败后被捕，从容就义于绍兴轩亭口。著有《秋女士遗稿》。上联讴歌秋瑾女士英勇就义的精神。秋瑾为清末革命的先驱，为推翻清朝的统治而壮烈牺牲。胡君复称颂她为“自由神”。“自由”一词中国古代典籍已有，但与近代自由观念不同。晚清报刊与译书中使用的“自由”一词，对西方自由概念进行移译。胡君复联中的“自由”即使用这一概念。上联用浪漫主义的笔法对秋瑾进行歌咏。下联称颂秋瑾的诗词，谓其如李长吉呕心之作，如龙鸾吟啸，必传无疑。总而言之，上联以剑喻侠气，下联以诗喻其文心，英爽飘逸，全无一般挽联的悲痛衰飒之气，却足为秋瑾女侠传神写照。

挽赵声联〔1〕

柳亚子（1887—1958）

名弃疾，字稼轩，号亚子，以号行，江苏吴江（今苏州）人。清宣统元年（1909）创南社，任南社主任。后任中国国民党中央监察委员、上海通志馆馆长、中国国民党革命委员会中央常务委员兼监察委员会主席、三民主义同志联合会中央常务理事、中国民主同盟中央执行委员。1949年出席中国人民政治协商会议第一届全体会议。中华人民共和国成立后，曾任中央人民政府委员、全国人大常委会委员、政务院文教委员、华东行政委员会副主席、中央文史馆副馆长等职。著有《磨剑室诗词集》《磨剑室文录》等。

寄奴为公前辈〔2〕，郁郁金焦，固宜生个怪杰，临死呼渡河〔3〕，奈何不

稍缓须臾,坐令竖子成名,遗恨嗣宗叹广武[4];

文叔是我故人[5],滔滔江海,未足比此交情,指困成虚语[6],即此已负惭冥漠[7],缅想英灵无恙,伤心皋羽哭西台[8]。

【注释】

〔1〕选自胡君复原编,常江点校重编《古今联语汇选》第三册。

〔2〕寄奴:南朝宋高祖刘裕的乳名。《宋书·武帝纪上》:"高祖武皇帝讳裕,字德舆,小字寄奴,彭城县绥舆里人,汉高帝弟楚元王交之后也。"

〔3〕临死呼渡河:宋抗金名将宗泽临终前大呼三声"渡河"。

〔4〕坐令竖子成名,遗恨嗣宗叹广武:典出阮籍。《三国志·魏书·王卫刘傅传》"官至步兵校尉"裴松之注引晋孙盛《魏氏春秋》:"(阮籍)尝登广武,观楚汉战处,乃叹曰:'时无英才,使竖子成名乎!'"

〔5〕文叔:光武帝刘秀,字文叔。

〔6〕指囷:典出《三国志·鲁肃传》:"周瑜为居巢长,将数百人故过候肃,并求资粮。肃家有两囷米,各三千斛,肃乃指一囷与周瑜,瑜益知其奇也,遂相亲结,定侨札之分。"

〔7〕冥漠:指阴间。

〔8〕皋羽哭西台:南宋遗民谢翱登钓台哭祭文天祥,有《西台恸哭记》。

【评析】

这是柳亚子挽赵声的长联。赵声,字百先,号伯先,江苏丹徒人。清光绪二十七年(1901)入江南水师学堂读书。清光绪二十九年二月东渡日本,与黄兴结识。同年夏回国,任南京两江师范教员和长沙实业学堂监督,积极宣传革命思想。光绪三十三年入同盟会。宣统元年十月,任广州起义总指挥。计划在宣统三年三月率部赴广州参加起义。因走漏风声,由黄兴率部仓促起事,激战一昼夜后失败。五月,赵声在香港病逝。

上联写赵声之死。起笔奇健,以镇江之豪杰、名山发端,引出逝者。"寄奴"指南朝宋高祖刘裕,镇江人。"临死呼渡河",用两宋之际抗金名将宗泽典。《宋史·宗泽传》载:"泽前后请上还京二十余奏,每为潜善等所抑,忧愤成疾,疽发于背。诸将入问疾,泽矍然曰:‘吾以二帝蒙尘,积愤至此。汝等能歼敌,则我死无恨。’众皆流涕曰:‘敢不尽力!’诸将出,泽叹曰:‘出师未捷身先死,长使英雄泪满襟。’翌日,风雨昼晦。泽无一语及家事,但连呼‘过河’者三而薨。都人号恸。”黄花岗之役失败后,赵声忧愤成疾,于1911年在香港病逝。临终前,他吟诵杜甫“出师未捷身先死,长使英雄泪满襟”诗句,泪流不止,赍志没地。赵声逝世后不久,武昌起义爆发,革命军掌控了武汉三镇,创建湖北军政府,推黎元洪为都督,最终成功推翻清政府。柳亚子可惜赵声过早去世,使黎元洪之流得以暴得大名,因而发出阮籍“时无英雄,使竖子成名”的广武之叹。下联叙交情。首句用东汉严光之典,严光与刘秀少时一同游学,因言“文叔是我故人”。“指囷”用周瑜与鲁肃指囷定交的典故。末句用谢翱西台哭祭文天祥典,表达自己对赵声的无尽哀思。此联古典、今典相结合,沉郁顿挫,情辞并茂,洵为佳作。

挽宋教仁联[1]

张　謇

何人忍贼来君叔[2];
举世谁为鲁仲连[3]。

【注释】

〔1〕选自章开沅著《章开沅文集》第一卷(华中师范大学出版社2015年版)。

〔2〕贼:杀害。来君叔:指来歙,字君叔,南阳新野(今属河南)人,东汉名将。建武十一年(35),进攻公孙述部将王元、环安,途中遇刺身亡,

〔3〕鲁仲连:或称鲁连,战国时齐国人。高节不仕,喜排难解纷。赵孝成王时,游赵,适秦围邯郸。魏使辛垣衍请尊秦昭王为帝,仲连与之辨析利害,坚不帝秦,会魏援军至,秦军退。

【评析】

宋教仁,字钝初,号渔父,湖南常德人。辛亥革命后,因推广宪政,主张国民党组阁,遭袁世凯嫉恨。1913年3月20日,在上海火车站遇刺,22日身亡。1913年,宋教仁在上海遇刺,震惊中外。凶手武士英及指使其行凶的应夔丞虽被抓获,但背后主谋者尚不能确定。故张謇质问"何人忍贼来君叔",悲愤交加,一字一泪。下联以鲁仲连比拟宋教仁,颇有微意。鲁仲连义不帝秦,宋教仁主张推行宪政,坚持政党责任内阁制而非总统制,是意识到在中国实行总统制有独裁的风险。宋教仁具有高度前瞻性的眼光,袁世凯果于数载后悍然称帝,证明了其远见卓识。

挽宋教仁联〔1〕

萧　蜕(1876—1958)

字中孚,号退庵,晚号听松老人,江苏常熟人。南社社员。著有《小学百问》《文字学浅说》等。

虎豹正当关〔2〕,大行无猜〔3〕,不信鸩人羊叔子〔4〕;
龙蛇纷起陆〔5〕,杀机猝发,伤心失我马志尼〔6〕。

【注释】

〔1〕选自胡君复原编,常江点校重编《古今联语汇选》第三册。

〔2〕虎豹正当关:比喻凶残的权臣。语出《楚辞·招魂》:"虎豹九关,啄害下人些。"

〔3〕大行:高尚的德行。《荀子·子道》:"从道不从君,从义不从父,人之大行也。"

〔4〕不信鸩人羊叔子:羊叔子,指羊祜,任车骑将军,坐镇襄阳,筹备灭吴。一日,羊祜赠酒给陆抗,部下怀疑有毒,而陆抗却云"岂有鸩人羊叔子哉,汝众人勿疑",遂从容饮酒。羊祜与东吴主将陆抗惺惺相惜,传为佳话。此处指袁世凯与宋教仁

派别不同、主张相异,却乏古人风度,暗杀宋教仁,为人所不齿。

〔5〕龙蛇纷起陆:喻指局势严峻。典出《阴符经》:"天发杀机,移星易宿。地发杀机,龙蛇起陆。人发杀机,天地反覆。"

〔6〕马志尼:意大利革命家,民族解放运动领袖。

【评析】

首句"虎豹当关",即指袁世凯及其爪牙。"大行无猜",指宋教仁高风亮节,防备不周,故而遇害。上联用羊祜、陆抗之典,既彰显宋教仁心胸广博,又控诉袁世凯无耻之尤、倒行逆施。下联"龙蛇纷起陆",象征着各派势力明争暗斗,局势波谲云诡、凶险万分。此际宋教仁却将星陨落,"出师未捷身先死",如何不让人痛心疾首。羊叔子、马志尼,一用古典,一用西典,"羊""马"相对,又有无情对的味道,堪称工稳妥帖,别出心裁。

挽宋教仁联[1]

庞树柏(1884—1916)

字檗子,号芑庵,别号剑门病侠,江苏常熟人。同盟会会员,南社发起人之一。曾与黄人等组织"三千剑气文社"。参与策划上海光复,后归隐。著有《庞檗子遗集》。

国家多难[2],群飞刺天[3],知我公没而犹视[4];

人道将亡,杀机遍地[5],念同胞生胡以堪。

【注释】

〔1〕选自江忍庵编辑《分类楹联宝库》(中州古籍出版社1989年版)。

〔2〕国家多难:指清末民初的乱局。《礼记·檀弓上》:"吾君老矣,子少,国家多难。"

〔3〕群飞刺天：喻群小得势。韩愈《祭柳子厚文》："子之视人，自以无前，一斥不复，群飞刺天。"

〔4〕没而犹视：指死不瞑目。潘岳《马汧督诔》："慨慨马生，琅琅高致。发愤囹圄，没而犹视。呜呼哀哉！"

〔5〕杀机：致死之道。

【评析】

首二句直写清末民初混乱的危局。悲恸宋教仁被戕，国家危亡，小人当道。宋教仁为有志之士，却被心怀异志的袁世凯遣人刺杀，故死不瞑目。下联哀国人之多艰。当此之时，道德沦丧，到处充满杀机，念及同胞，无比悲悯。

挽杨守敬联[1]

刘师培（1884—1919）

初名世培，后改师培，曾用名光汉，字申叔，别号左盦、无畏，江苏仪征人。清光绪二十八年（1902）举人。至上海后，结识章太炎、蔡元培等，主持《警钟日报》，加入光复会。光绪三十三年赴日本，任《民报》编辑，并加入同盟会。后与其妻何震创办《天义》《衡报》等刊物，宣传无政府主义。次年回国，入两江总督端方幕府。1913年任成都国学院副院长。后参与发起"筹安会"，拥袁世凯称帝。1917年被聘为北京大学教授。1919年任《国故月刊》总编，寻病逝。著有《刘申叔遗书》。

天不假年[2]，慭遗一老；

世之显学，博极群书。

【注释】

〔1〕选自胡君复原编，常江点校重编《古今联语汇选》第四册。

〔2〕天不假年：上天不为其增寿。假，借也。

【评析】

杨守敬，字惺吾，号邻苏老人，湖北宜都人。清同治元年（1862）举人，任北京景山官学教习。光绪初作为外交使团随员两赴日本，归国后任黄冈县教谕及黄州府教授，继任两湖书院地理教习及勤成、存古两学堂教长、京师礼部顾问官、民国参政院参政等职。杨守敬博闻强记，长于考证。尤精历史地理、金石文字、版本目录之学。著有《水经注疏》《日本访书志》《湖北金石志》等。上联哀杨氏之逝，下联称其学。

挽邹福保联〔1〕

冯　煦

原名冯熙，字梦华，号蒿庵，晚号蒿叟、蒿隐，江苏金坛人。少好词赋，有江南才子之称。清光绪八年（1882）举人，光绪十二年进士，授翰林院编修。历官安徽凤阳府知府、四川按察使、安徽巡抚。辛亥革命后寓居上海，以遗老自居。曾创立义赈协会，承办江淮赈务，参与纂修《江南通志》，著有《蒿庵类稿》等。

渊明赋停云诗〔2〕，八表同昏，空剩遗诗编甲子〔3〕；
灵均抱怀沙痛〔4〕，九天难问〔5〕，底须初度溯庚寅〔6〕。

【注释】

〔1〕选自胡君复原编，常江点校重编《古今联语汇选》第三册。

〔2〕停云：语出陶渊明《停云》："停云霭霭，时雨蒙蒙。八表同昏，平陆成江。"

〔3〕遗诗编甲子：语出《宋书·陶潜传》："潜弱年薄宦，不洁去就之迹。自以曾祖晋世宰辅，耻复屈身后代。自高祖王业渐隆，不复肯仕，所著文章，皆题其年月。

义熙以前，则书晋氏年号，自永初以来，唯云甲子而已。”

〔4〕灵均：指屈原，字灵均。《离骚》：“皇览揆余于初度兮，肇锡余以嘉名。名余曰正则兮，字余曰灵均。”怀沙：《楚辞·九章》篇目，《史记·屈原贾生列传》谓此篇为屈原自投汨罗前之绝笔，述其怀沙沉江之由。

〔5〕九天难问：屈原有《天问》之作。

〔6〕初度溯庚寅：语出《离骚》：“摄提贞于孟陬兮，惟庚寅吾以降。”

【评析】

邹福保是逊清遗老，辛亥革命后，绝食自杀未成，仍奉宣统年号。有未刊诗稿《彻香堂诗集》《古霞仙馆古今体诗初稿》《听秋阁诗存》《十玲珑山馆诗存》等，故上联以陶渊明拟之。下联言邹福保有殉清之志，如屈子之抱有怀沙之哀痛。“八表同昏”“九天难问”，指其对时局之不满。此联是遗民思想在对联中的投射。

挽邹福保联[1]

吴　梅（1884—1939）

字瞿安，号霜崖，江苏长洲（今苏州）人。工度曲，精研戏曲。先于苏州东吴大学堂、存古学堂、南京第四师范、上海民立中学任教。后在北京大学、国立东南大学、国立中央大学、中山大学、光华大学、金陵大学等高等院校任教授，造士极多。著有《霜崖诗录》《霜崖曲录》《霜崖词录》《顾曲麈谈》《曲学通论》等。

五旬余长揖归山[2]，忽惊故国沧桑，忍读西台恸哭记[3]；
十载前填词吊古，赠我新诗珠玉[4]，怕歌南曲暖香楼[5]。

【注释】

〔1〕选自胡君复原编,常江点校重编《古今联语汇选》第三册。

〔2〕归山:谓退隐。白居易《早送举人入试》诗:“春深官又满,日有归山情。”

〔3〕西台恸哭记:南宋遗民谢翱撰,为私祭文天祥而作。

〔4〕珠玉:比喻妙语或美好的诗文。《晋书·夏侯湛传》:“咳唾成珠玉,挥袂出风云。”

〔5〕暖香楼:邹福保所撰传奇,共一折。作于清光绪三十二年(1906),取材于《板桥杂记》中姜如须、李十娘事。后易名《湘真阁》,改一折为四折。

【评析】

此联并未写及邹福保之死,在挽联中可谓别具一格。上联写邹福保辞官归隐,数载后即易代,因生亡国之悲。邹福保为逊清遗老,辛亥革命后“悲愤填膺,欲绝粒以殉”,此后“稍啜粥糜”,以示“不敢忘国难”。故联中有“故国沧桑”“西台恸哭”之语。下联叙交情。“填词吊古”“赠我新诗”,皆二人的文字交谊。邹、吴二人又是姻亲。末句中“南曲暖香楼”指邹福保所撰传奇。为此,联下有吴梅自注曰:“芸巢为予外伯舅。丙午岁,予取姜如须事作《暖香楼曲荷题》六绝。”此联慷慨淋漓,情文相生,信为佳作。

挽许钰联[1]

冯　煦

蹇蹇此孤忠[2],每感君精卫填海[3],愚公移山[4],向日难回垂没景;

漫漫若长夜,空剩我灵均问天[5],杜陵哭野[6],临风重赋大招篇[7]。

【注释】

〔1〕选自胡君复原编,常江点校重编《古今联语汇选》第三册。

〔2〕蹇蹇：忠直貌。蹇，通“謇”。《易·蹇》：“王臣蹇蹇，匪躬之故。”高亨注：“謇謇，直谏不已也。”

〔3〕精卫填海：古代神话中的鸟名。《山海经·北山经》：“发鸠之山，其上多柘木。有鸟焉，其状如乌，文首、白喙、赤足，名曰精卫，其鸣自詨。是炎帝之少女，名曰女娃。女娃游于东海，溺而不返，故为精卫，常衔西山之木石，以堙于东海。”任昉《述异记》卷上：“昔炎帝女溺死东海中，化为精卫。其名自呼，每衔西山木石填东海。偶海燕而生子，生雌状如精卫，生雄如海燕。今东海精卫誓水处，曾溺于此川，誓不饮其水。一名鸟誓，一名冤禽，又名志鸟，俗呼帝女雀。”后多用以比喻有仇恨而志在必报，或不畏艰难、奋斗不懈的人。

〔4〕愚公移山：见《列子·汤问》所载。言愚公面太行、王屋二山而居，出入为二山所苦，遂发志移山，乃率子孙叩石垦壤，运于渤海之尾。山神惧其不已，乃告于天帝，移二山于朔东与雍南。以喻知难而进、有志竟成。

〔5〕灵均问天：谓心有委屈而诉问于天。王逸《楚辞·天问序》：“《天问》者，屈原之所作也。何不言问天？天尊不可问，故曰天问也。”

〔6〕杜陵哭野：语出杜甫《哀江头》：“少陵野老吞声哭，春日潜行曲江曲。”

〔7〕大招篇：《楚辞》篇名。相传为屈原所作。或云景差作。王夫之解题云：“此篇亦招魂之辞，略言魂而系之以大，盖亦因宋玉之作而广之。”后用以泛指招魂或悼念之辞。

【评析】

许钰，字静山，晚号复庵，别号乐徐老人，江苏无锡人。清光绪八年（1882）举人，入户部尚书阎敬铭幕。光绪十一年，由阎敬铭推荐，随张荫桓出使美国、西班牙、秘鲁三国。光绪十五年，以参赞身份随薛福成出使英、法、意、比四国。光绪十九年，以参赞身份随杨儒出使美国。光绪二十八年，出使意大利。光绪三十二年，任满回国。光绪三十四年出任广东道员，设禁烟局，自任督办。辛亥革命后不出仕。遗作有《复庵遗集》《复庵文集》《复庵诗集》《复庵书札》等。胡君复评其人曰：“静山奉使欧西，极著贤声。归后屡上封章，热心救国。枢府惮其戆，斥不用。辛亥以后，家居悲愤，唯求速死。于其殁也，海内君子咸悼痛之。”冯煦此联语气极为沉痛，写出亡清遗老的心志。上联言许钰之孤忠。运用“精卫填海”“愚公移山”典故，盖知其不可而为之者。下联写冯煦之哀。用屈原《天问》、杜甫《哀江头》意，欲招亡友之魂。

挽叶昌炽联〔1〕

吴　梅

著述合集古金石而三〔2〕，海内于今几亡者；
气节与皋羽所南无二〔3〕，吴中又弱一完人〔4〕。

【注释】

〔1〕选自胡君复原编，常江点校重编《古今联语汇选》第四册。

〔2〕集古：指欧阳修《集古录》，中国最早的金石学著作，大多散佚。金石：赵明诚《金石录》。

〔3〕皋羽：谢翱，字皋羽，自号晞发子，长溪（今福建霞浦）人，徙浦城（今属福建）。宋咸淳间应进士举，不第。德祐二年（1276），文天祥开府延平，署咨事参军。文天祥兵败，避地浙东，往来于永嘉、括苍、鄞、越、婺、睦州等地，与遗民故老方凤、吴思齐、邓牧等多有交往，名其会友之所曰汐社，义取“晚而有信”。元成宗元贞元年（1295）卒于杭州，年四十七。著有《晞发集》《西台恸哭记》《天地间集》等。所南：郑思肖，字所南，号忆翁，一号三外野人，宋末元初福州连江人。少为太学上舍生，应博学宏词科。元兵南下，痛国事日非，叩阙上书，不报。宋亡，隐居吴下，寄食城南报国寺。坐卧未尝北向，闻北语则掩耳走，誓不与北人交往。善诗。工墨兰，自易代后，不画土根。有诗集《心史》，旧无传本，明末得自苏州承天寺井中，有铁函封缄，世称“铁函心史”。

〔4〕弱：丧失，指死亡。《左传·昭公三年》：“二惠竞爽犹可，又弱一个焉，姜其危哉！”

【评析】

上联写叶昌炽的学术成就，认为其所著《语石》一书可与欧阳修《集古录》、赵明诚《金石录》相提并论，鼎足成三。其金石学成就海内外无与伦比。下联言叶昌炽之气节，将其与南宋谢翱、郑思肖相比。最后慨叹叶昌炽之死。

挽瞿鸿禨联[1]

冯 煦

寤寐念周京[2]，逸社诗成[3]，每集逋臣赋鹃血[4]；

音容疑毅庙[5]，旧朝梦断，应追先帝挽龙髯[6]。

【注释】

〔1〕选自胡君复原编，常江点校重编《古今联语汇选》第三册。

〔2〕寤寐：醒与睡。常用以指日夜。《诗经·周南·关雎》："窈窕淑女，寤寐求之。"毛传："寤，觉；寐，寝也。"周京：周之京城。《诗经·曹风·下泉》："忾我寤叹，念彼周京。"朱熹《集传》："周京，天子所居也。"

〔3〕逸社：瞿鸿禨在上海所结诗社名。

〔4〕逋臣：逃亡之臣，指逊清遗老。鹃血：相传古代蜀帝杜宇让位鳖灵自逃，后欲复位不得而死，魂化为鹃，悲啼不止，乃至血出，人称冤鸟。

〔5〕毅庙：指清穆宗爱新觉罗·载淳。

〔6〕龙髯：龙之须。《史记·封禅书》："黄帝采首山铜，铸鼎于荆山下。鼎既成，有龙垂胡髯下迎黄帝。黄帝上骑，群臣后宫从上者七十余人，龙乃上去。余小臣不得上，乃悉持龙髯，龙髯拔，堕，堕黄帝之弓。百姓仰望黄帝既上天，乃抱其弓与胡髯号，故后世因名其处曰鼎湖，其弓曰乌号。"后用为皇帝去世之典。

【评析】

此联原跋曰:“公集海上遗老,流连觞咏,为逸社,予亦与焉。曾赋《杜鹃行》七章,思旧君也。公貌似穆宗,慈眷之隆,端由于是。近侍多能道之。至公政迹学术,彪炳宙合,有识同款,故不及云。”瞿鸿禨,字子玖,号止庵,晚号西岩老人,湖南善化(今长沙)人。清同治十年(1871)进士,授编修。光绪初,擢侍讲学士。先后出任福建、广西乡试考官及河南、浙江、四川、江苏四省学政。历仕工部尚书、军机大臣、协办大学士等职。入民国后不出。著有《止庵诗文集》《汉书笺识》等。此联亦就逊清遗老身份着笔,上联哀故国,下联思故君。陈灨一《新语林》载:“瞿子玖貌酷肖清穆宗,朝觐日,孝钦后见之尝呜咽曰:‘卿与穆宗有虎贲中郎之似,余见卿如见帝,令余悲不自禁。’鼎革时,子玖已罢官有年,避乱居海滨,集旧同僚流连觞咏,号称逸社,冯蒿庵亦与焉。子玖殁,蒿庵哭之甚哀,有语云(联语略)。”

挽李瑞清联[1]

狄葆贤(1873—1941)

字楚青,号平子,别署平等阁主,江苏溧阳人。清光绪举人。戊戌变法期间,宣传维新变法。变法失败后,赴日本留学。光绪二十六年(1900),在上海加入正气会,组织自立军,失败。光绪三十年创办《时报》,宣传保皇立宪。光绪三十四年,任江苏谘议局议员。创办《民报》、有正书局等。著有《平等阁笔记》《平等阁诗话》等。

书体超太傅右军以上[2],辟世高怀亦云异[3];
画笔在苦瓜雪个之间[4],流离身世恰相同。

【注释】

〔1〕选自胡君复原编,常江点校重编《古今联语汇选》第四册。

〔2〕太傅：指钟繇，字元长，颍川郡长社县人。魏明帝时为太傅。篆、隶、楷、行、草诸体俱佳，楷书尤工。张怀瓘推为“正书之祖”。右军：王羲之，字逸少，山东琅琊（今临沂）人。任右军将军、会稽内史。其书学卫夫人、钟繇、张芝等，兼撮众法，备成一家，推为书圣。

〔3〕辟世：避世。谓逃避浊世，隐居不仕。《论语·宪问》：“贤者辟世，其次辟地，其次辟色，其次辟言。”

〔4〕苦瓜：指石涛，号苦瓜，明末清初画僧，俗姓朱，名若极，广西全州人，明宗室之后。其画擅山水，崇自然，构图精妙，笔墨生动。雪个：朱耷，又号八大山人。明宗室之后。明亡后削发为僧。擅花鸟，意趣生动。

【评析】

李瑞清，字仲麟，号梅庵，晚号清道人，江西进贤人。清光绪二十一年进士，选翰林院庶吉士。历任江宁提学使、江宁布政使、两江师范学堂监督等职。民国后居沪上，以书画为生。著有《清道人遗集》。后卒于上海，归葬金陵牛首山麓。上下联分别对李瑞清的书画成就作了评价，认为其书法之品格境界高出以钟、王为代表的传统书法；绘画则取法于明末清初的石涛与八大山人。不仅如此，作者还将清道人与四位古人的出处与身世进行对比。钟繇自汉末举孝廉入仕，至曹魏代汉，位列三公；王羲之身出高门，亦出仕为右军将军、会稽内史。清道人于清民易代后隐居海上，以书画谋生，所以说与前二者怀抱有异。石涛与八大山人在明亡后为僧，身世流离，与清道人相同。此联既赞其书画艺术，并称其为人，结构甚工。

杂题联

沈周联〔1〕

沈　周（1427—1509）

字启南，号石田，又号白石翁、玉田生、有竹居主人等，南直隶苏州府长洲（今江苏苏州）人。明代画家，出入于宋元名家，画宗黄公望、吴镇，参以“二米”的笔趣，善用粗笔，圆润挺劲，厚重凝练。善山水、花卉、鸟兽、虫鱼，皆极神妙，人称“二绝先生”。与文徵明、唐寅、仇英号“明四家”。

自安清懒性；

高掩白云居〔2〕。

【注释】

〔1〕选自〔清〕吴隐摹集《古今楹联汇刻》（中国书店1994年版）。

〔2〕白云居：隐士之居所。

【评析】

此联自喻怀抱，寄寓了清高绝俗的人格志向。上联写其安于清懒，典故出自嵇康《与山巨源绝交书》。嵇康耿介绝俗，在写给山涛的信中说自己“性复疏懒，筋驽肉缓”“纵逸来久，情意傲散，简与礼相背，懒与慢相成”，以此拒绝出仕，坚持操守。在《答二郭诗三首》中也说自己：“昔蒙父兄祚，少得离负荷。因疏遂成懒，寝迹北山阿。”沈周效法嵇康，安于清懒，保持独立不羁的人格。下联写其闭门高卧，东晋陶渊明《归去来兮辞》“门虽设而常关”，表达了自己绝俗离尘的理想。白云居，隐士所居。南朝梁丘迟《石门山》诗云：“依依明月道，望望白云隅。岁寒方负载，筑室请于居。”

吴宽联[1]

吴　宽(1435—1504)

字原博,号匏庵、玉亭主,世称匏庵先生,南直隶苏州府长洲(今江苏苏州)人。明成化八年(1472)状元,授翰林修撰。孝宗即位,迁左庶子,与修《宪宗实录》,进少詹事兼翰林侍读学士。弘治十六年(1503),升任礼部尚书。卒后赠太子太保,谥文定。吴宽少好学,博览群书。擅书法,时出奇崛,虽规模于苏,而多所自得。其诗深厚醲郁,有《匏庵集》。

养心源如水里[2];
读羲经春风中[3]。

【注释】

〔1〕选自〔清〕吴隐摹集《古今楹联汇刻》。

〔2〕心源:指心性。初为佛教语,佛教视心为万法之源。

〔3〕羲经:《周易》的别称。相传伏羲始作八卦,故名。

【评析】

此联为吴宽自题"亦乐园"联句,是一则修身读书的格言联。上联言修身养性。"心源"一词原为佛教语,《菩提心论》:"妄心若起,知而勿随。妄若息时,心源空寂。万德斯具,妙用无穷。"后来道教也讲心源。金王颐中《丹阳真人语录》云:"清净者,清为清其心源,净为净其炁海。心源清则外物不能挠,故情定而神明生焉……是以澄心如澄水。"儒者也习用此术语,如颜真卿《五言月夜啜茶联句》"流华净肌骨,疏瀹清心源",说沐浴于月光下使人心灵宁静。也可指艺术独创的心灵,如唐代画家张璪论绘画艺术时所说:"外师造化,中得心源。"造化是自然,心是源源不断的创造源泉。心源需要时时蕴养，这样才不致枯竭，保持活泼泼地富有生机的状态。朱熹《观书有感》诗曰："问渠那得清如许，为有源头活水来。"下联言读书吟咏。《易经》是六经之首，此处指代经籍。灵泉汩汩，可以养心；春风习习，正宜读书，此联写出了儒者修身读书之乐。

王鏊联〔1〕

王　鏊（1450—1524）

字济之，号守溪，学者称"震泽先生"，南直隶苏州府吴县（今江苏苏州）人。明成化十年（1474）乡试、次年会试俱第一，廷试第三，授翰林院编修。弘治初，选侍讲学士，充讲官。后转少詹事，擢吏部右侍郎。正德元年（1506）起为吏部左侍郎，与诸大臣请诛太监刘瑾。刘瑾掌权，欲焦芳入阁，廷议独推鏊。刘瑾迫于公论，命鏊以本官兼学士与焦芳同入内阁。时中外大权皆归于瑾，王鏊力不能救，求去。正德四年，许之。卒赠太傅，谥文恪。王鏊博学有识鉴，文章议论畅明，德高望重，时人敬服。著有《姑苏志》《震泽集》等，《明史》有传。

壁间云雾龙蛇蛰〔2〕；
杯底烟霞蝌蚪惊〔3〕。

【注释】

〔1〕选自李仲元主编《明清楹联选》（辽宁美术出版社 1985 年版）。

〔2〕龙蛇：指草书飞动圆转的笔势。

〔3〕蝌蚪：蝌蚪文，指篆书。

【评析】

此为王鏊所书斋室联。上联写壁上草书。室内焚香，香烟缭绕，犹如云雾，壁上悬挂的草书轴上，字迹如龙蛇盘蛰于云雾中。以龙蛇喻草书，古多有之。西晋索靖《草书状》云："盖草书之为状也……虫蛇虬蟉，或往或还，类婀娜以羸羸，欻奋亹而桓桓。"唐李白《草书歌行》："恍恍如闻神鬼惊，时时只见龙蛇走。"不过王鏊此联中用"蛰"字而不用"动""舞"等字，化动为静，倒也别有意趣。下联写酒器篆文。明代酒器有的杯心中彩绘或篆字，谷泰在《博物要览》中曾提到永乐压手杯杯心之装饰图案："中心画有双狮滚球，球内篆书'大明永乐年制'六字或'永乐年制'四字，细若粒米，此为上品；鸳鸯心者次之；花心者又其次之。"联中所写当是此类酒具。酒浆滉漾，若烟霞蓊蔼、蝌蚪摇动。二句所状室中陈设颇为生动。

祝允明联〔1〕

祝允明（1461—1527）

字希哲，因右手有枝生手指，故自号枝山，世称"祝京兆"，南直隶苏州府长洲（今江苏苏州）人。明代著名书法家。明弘治五年（1492）举人，正德九年（1514）为广东兴宁县知县。嘉靖元年（1522）转任为应天（今南京）府通判，不久称疾还乡。允明擅诗文，尤工书法。与唐寅、文徵明、徐祯卿并称"吴中四才子"。又与文徵明、王宠同为明中期书家之代表。楷书法赵孟頫、褚遂良，从欧、虞而直追"二王"。草书学李邕、黄庭坚、米芾，功力深厚，晚年尤重变化，风骨烂漫。著有《枝山文集》《祝氏集略》《祝氏小集》。

竹月漫当局〔2〕；
松风如在弦〔3〕。

【注释】

〔1〕选自〔清〕吴隐摹集《古今楹联汇刻》。

〔2〕局：棋局。

〔3〕弦：琴弦。

【评析】

此联为枝山草书，上联写月照棋局，下联写松风吹琴弦。对仗工稳，意境清幽，格调高雅，是斋室联的佳制。唐代王维《酬张少府》诗有句："松风吹解带，山月照弹琴。"意境、句法与枝山此联相似。

唐寅联〔1〕

唐　寅（1470—1524）

字伯虎，后改字子畏，号六如居士、桃花庵主、鲁国唐生、逃禅仙吏等，南直隶苏州府吴县（今江苏苏州）人。明弘治十一年（1498）南直隶乡试第一。次年因徐经科举案牵连入狱，被贬为吏，以此失意不仕，以书画为生。唐寅精擅绘画，与沈周、文徵明、仇英并称"吴门四家"，宗法李唐、刘松年，工人物、花鸟。书法奇峭俊秀，取法赵孟頫。

小亭结竹流青眼〔2〕；
卧榻清风满白头。

【注释】

〔1〕选自刘再苏编辑《名人楹联墨迹大观》（湖北美术出版社 1998 年版）。

〔2〕流：流目，注目。青眼：指对人喜爱或器重。与"白眼"相对。

【评析】

唐寅半生潦倒，每以诗画自遣。此联传为唐寅所撰，风流雅致，悬于苏州环秀山庄问泉亭柱。唐寅有《画竹八首》诗，其七云："竹里通泉逶曲流，小亭结竹近泉头。清风满榻枕书卧，白眼青天何所求。”联句字面与诗语类似，或是托为唐寅撰制。上联写亭边之竹。竹素为雅士所赏，联句反用此意，说翠竹对诗人青眼相加。“青眼”用《晋书·阮籍传》典：“籍又能为青白眼，见礼俗之士，以白眼对之。及嵇喜来吊，籍作白眼，喜不怿而退。喜弟康闻之，乃赍酒挟琴造焉，籍大悦，乃见青眼。”杜甫《短歌行赠王郎司直》：“仲宣楼头春色深，青眼高歌望吾子。”下联写卧于榻上清风吹鬓的闲适之感。陶渊明说：“常言五六月中，北窗下卧，遇凉风暂至，自谓是羲皇上人。”联意似之。

文徵明联〔1〕

文徵明（1470—1559）

原名壁（或作璧），字徵明，后以字行，号衡山居士，世称“文衡山”，南直隶苏州府长洲（今江苏苏州）人。明嘉靖二年（1523），以岁贡生应吏部试，授翰林院待诏。嘉靖五年，辞官归里。卒后私谥贞献。徵明精诗、文、书、画，人称“四绝”，画史上与沈周、唐寅、仇英合称“明四家”，又与祝允明、唐寅、徐祯卿并称“吴中四才子”。

学养功成志君国〔2〕；
暇居守分待风云〔3〕。

【注释】

〔1〕选自〔清〕吴隐缩刻，陈进编著《楹联碑帖》（西泠印社出版社2008年版）。

〔2〕学养：学问与修养。君国：君主与国家。

〔3〕暇居：闲居。风云：时势。

【评析】

此为言志联。文徵明虽以绘画闻名，但作为传统文人，也有着经邦济世的情怀。所谓“修身、齐家、治国、平天下”，是儒家的主要人生价值。学养即修身，志君国即治国、平天下。但文徵明科举与仕宦皆很不顺利，他曾先后九次应乡举，均不第，最后仅以岁贡生应吏部试，得授翰林院待诏微职。下联写其里居时的怀抱，即《中庸》所云“君子居易以俟命”之意。此联当是其未仕时所制，犹存待风云而起的雄心。

王宠联〔1〕

王　宠（1494—1533）

字履仁，更字履吉，号雅宜山人，南直隶苏州府吴县（今江苏苏州）人。明代书画家。邑诸生，贡入太学。博学多才，工篆刻，善山水、花鸟，尤以书名，小楷、行草尤为精妙。著有《雅宜山人集》。

天真葆良璧〔2〕；
积善永铭心〔3〕。

【注释】

〔1〕选自〔清〕吴隐摹集《古今楹联汇刻》。

〔2〕天真：本于自然、不拘礼俗的品性。语出《庄子·渔父》：“礼者，世俗之所为也；真者，所以受于天也，自然不可易也。故圣人法天贵真，不拘于俗。”《晋书》：“餐和履顺，以保天真。”

〔3〕积善：累积善行。语出《周易·文言》：“积善之家，必有余庆；积不善之家，必有余殃。”

【评析】

上联言修身，要如爱惜玉璧一样保持自己的天真品性。下联言齐家，要牢记积善之事。

王穉登联[1]

王穉登（1535—1612）

字百谷，号半偈长者、广长闇主、松坛道人等，长洲（今江苏苏州）人。十岁能诗，长益骏发，名满吴会。与汪道昆、王世贞、屠隆、汪道贯、汪道会等在杭州共举“南屏社”。吴中自文徵明后，风雅无定属，穉登尝及徵明门，遥接其风，主词翰之席三十余年。善书法，行、草、篆、隶皆精，钱谦益《列朝诗集》云：“穉登妙于书与篆、隶。闽、粤之人过吴门者，虽贾胡穷子，必踵门求一见，乞其片缣尺素然后去。”著有《客越志》《燕市集》《燕市后集》《吴社编》《弈史》《吴郡丹青志》等。

善书开合在手腕[2]；
用兵变化见正奇[3]。

【注释】

〔1〕选自〔清〕吴隐摹集《古今楹联汇刻》。

〔2〕开合：指书法结构的铺展、收合等变化。

〔3〕正奇：古代兵法术语。古代作战以对阵交锋为正，设伏掩袭等为奇。《孙子·势》：“三军之众，可使必受敌而无败者，奇正是也。”又：“战势不过奇正，奇正之变，不可胜穷也。”李筌注：“邀截掩袭，万途之势，不可穷尽也。”张预注：“战陈之势，止于奇正一事而已。及其变而用之，则万途千辙，乌可穷尽也。”

【评析】

此联为明代书法家王穉登所撰。上联言书法。高明的书家在书写时通过手腕的翻转掌控毛笔。下联写用兵。两联形成无情对，颇有意趣。

文震孟联[1]

文震孟(1574—1636)

初名从鼎,字定之,改字文启,或作文起,号湛持,一作湛村,长洲(今江苏苏州)人。明万历二十二年(1594)举人。天启二年(1622)状元及第,授翰林修撰。因上《勤政讲学疏》,忤魏忠贤,杖八十,贬秩调外,后辞官归里。天启六年冬以"妖言"罪,斥为民。崇祯元年(1628),以侍读召,历左中允,充日讲官。崇祯三年春,进左谕德、少詹事,掌司经局直讲如故。崇祯八年七月,升礼部左侍郎兼东阁大学士。旋因与温体仁不协,落职闲住。

月深寒浦珠频弄;
雪满千山玉遍栽。

【注释】

〔1〕选自〔清〕吴隐摹集《古今楹联汇刻》。

【评析】

上联写月,下联写雪。寒浦映月如珠,千山积雪如玉,境界幽洁。化用明高启《梅花九首·其六》诗句:"云暖空山裁玉遍,月寒深浦泣珠频。"

王时敏联[1]

王时敏(1592—1680)

字逊之,号烟客,晚号西庐老人,南直隶苏州府太仓州(今江苏太仓)人。明大学士王锡爵孙,翰林院编修王衡子。仕至太常寺少卿,兼管尚宝司事。入清后,隐居不仕。工山水,学黄公望,与王鉴、王原祁和王翚并称“四王”。

深心托豪素[2];
斗酒散襟颜。

【注释】

〔1〕选自中国楹联学会编《中国名人名联墨宝大典(下)》(山西人民出版社2000年版)。

〔2〕豪素:笔与纸。

【评析】

此为王时敏所书集句联。上联出自南朝宋颜延之《五君咏》中咏“竹林七贤”之一的向秀的诗句。下联出陶渊明《庚戌岁九月中于西田获早稻》。二句对仗工稳,意思萧散。

吴伟业联[1]

吴伟业(1609—1672)

字骏公,号梅村,江苏太仓人。明崇祯四年(1631)进士,任翰林院编修。明亡后里居。顺治十年(1653)被迫应诏北上,授秘书院侍讲,升国子监祭酒。后以奉嗣母之丧乞假南归,此后不复出仕。梅村为明末清初著名诗人,与虞山钱谦益、合肥龚鼎孳并称“江左三大家”。长于七言歌行,以诗记史,高雅风华,哀感顽艳,世称“梅村体”。著有《梅村家藏稿》。复有《绥寇纪略》《秣陵春》等。

重来雪棹沧江,仿佛寒窗披画卷;
坐起梅花乱落,时因吾友长相思。

【注释】

〔1〕选自〔清〕吴隐摹集《古今楹联汇刻》。

【评析】

此联为明清之际著名文人吴伟业所撰写,联末署“癸卯仲春之四日,吴伟业”,即清康熙二年(1663),吴伟业时归隐太仓。上卷写乘棹访客,沧江雪景有如画图;下联写因睹落花而兴思友之意。意境清空,遣词幽雅,允为佳作。

冒襄联〔1〕

冒　襄(1611—1693)

字辟疆,号巢民,一号朴庵,又号朴巢,南直隶泰州府如皋县(今江苏如皋)人。少负才名,喜交游。屡试不第,为副贡生。入复社,与阳羡陈贞慧、桐城方以智、商丘侯朝宗过从甚密,称“复社四公子”。明亡,隐居如皋水绘园。清廷召应山林隐逸及博学鸿词试,不与。著有《朴巢诗选》《朴巢文选》《巢民诗集》《巢民文集》等。

风流顾曲情如绪〔2〕;
寥廓横空鉴若华〔3〕。

【注释】

〔1〕选自〔清〕吴隐摹集《古今楹联汇刻》。

〔2〕顾曲:用三国时周瑜之典。《三国志 · 吴书 · 周瑜传》:“瑜少精意于音乐,

虽三爵之后，其有阙误，瑜必知之，知之必顾，故时人谣曰：‘曲有误，周郎顾。’”此处指欣赏音乐。绪：线头，此处指春日的游丝。

〔3〕鉴：照。若华：语出《楚辞·天问》：“羲和之未扬，若华何光？”王逸注：“言日未出之时，若木何能有明赤之光华乎？”曹植《感节赋》：“折若华之翳日，庶朱光之常照。”

【评析】

此联存二件墨迹图像，联下一署“巢民冒襄年开九秩，目告强书”，一署“戊午仲春时客元墓访友看梅，属作此联。巢民冒襄年开九秩”。“戊午”为清康熙十七年（1678），冒襄六十八岁，是撰作此联的时间。“年开九秩”，指冒襄八十岁，为康熙二十九年，是这两件墨迹的书写时间。康熙十七年，冒襄到苏州玄墓山访友看梅，应友人之请，撰作了这则对联。后则题署中“元”为“玄”的避讳字，玄墓在苏州。东晋青州刺史郁泰玄晚年隐居山中，死后葬于此，故名。《〔洪武〕苏州府志》云：“玄墓山，在（吴）县西南七十里，疑即宋青州刺史郁泰玄墓。”《〔正德〕姑苏志》云：“玄墓山，相传郁泰玄葬此，故名。”清《光福志》云：“邓尉、元墓，本一山二名，山之阴在光福者称邓尉，山之阳郁泰玄墓在焉，曰玄墓。”此联写其游玄墓赏梅之见闻。上联写乐伎唱曲，引起幽情如游丝悠扬。下联写碧天如镜，映照梅花烂漫。如绪、若华，借对。若华为神木，“若”字又借作虚词，与“如”字对仗。

顾炎武联〔1〕

顾炎武（1613—1682）

字宁人，江苏昆山人。明末清初思想家、学者、诗人，学者尊称“亭林先生”。明末诸生。少时入复社，留心经世之务。清军南下，顾炎武于昆山参加抗清活动。失败后，离乡北游，往来鲁、燕、晋、陕、豫诸省，遍历关塞，访学问友。清康熙时举博学鸿儒，荐修《明史》，均不就，卜居陕西华阴以终。顾炎武学术博大精深，尤精于经史考证、音韵训诂之学，公认为清学开山。著有《日知录》《音学五书》《肇域志》《天下郡国利病书》《亭林诗文集》等。

鹤从珠树舞〔2〕；
凤向玉阶飞。

【注释】

〔1〕选自〔清〕吴隐摹集《古今楹联汇刻》。

〔2〕珠树：仙树。《山海经·海内西经》："开明北有视肉、珠树、文玉树、玗琪树。"《淮南子·墬形训》："掘昆仑虚以下地，中有增城九重……珠树、玉树、琁树、不死树在其西。"

【评析】

顾亭林为一代大儒，著述极丰，诗歌亦为大家。其联语则极罕见。此联珠联璧合，典雅工致，允为佳作。"鹤""凤"，喻君子之清操懿德。

尤侗联〔1〕

尤　侗（1618—1704）

字展成，号悔庵，晚号艮斋、西堂老人、鹤栖老人等，苏州府长洲（今江苏苏州）人。清顺治三年（1646）副贡生，授永平推官。顺治十三年辞官归里。康熙十八年（1679），举博学鸿儒，授翰林检讨，与修《明史》。康熙二十二年，告老归家。尤侗天才富赡，诗文新警。所谱杂剧、传奇风靡一时。著有《西堂全集》。

窗前一帘秋色；
天涯孤雁初飞。

【注释】

〔1〕选自〔清〕吴隐摹集《古今楹联汇刻》。

【评析】

联署“韶老年翁正之,尤侗”。六言联较为罕见,此联写初秋景如在目前,唯格律尚未讲求。

龚贤联[1]

龚 贤

偶有作述最照世[2];
总由骨气不碍狂。

【注释】

〔1〕选自〔清〕吴隐摹集《古今楹联汇刻》。

〔2〕作述:创作传述。《礼记·中庸》:“父作之,子述之。”此处泛指著述。照世:谓光耀人世。化用苏轼《过于海舶得迈寄书酒作诗远和之皆粲然可观子》:“但令文字还照世,粪土腐余安足梦。”

【评析】

龚贤为明遗民,入清后以孤介自守,于清凉山下辟半亩园自居,课徒鬻画以终。此联自道其精神。上联言其著述,下联言其禀性。此联上下句皆用拗句,上联连用七个仄声字,下联“碍”字当平而仄,格韵高绝,亦可见其独特的个性。

严绳孙联[1]

严绳孙（1623—1702）

字荪友，号秋水，晚号藕荡渔人，江苏无锡人。入清后不应科举，与朱彝尊、姜宸英并称“江南三布衣”。复与顾贞观、秦松龄等十人结云门社，时称“云门十子”。清康熙十八年（1679）举博学鸿词，授翰林院检讨，与修《明史》。历任日讲起居注官、山西乡试正考官、右中允兼翰林院编修等职。著有《秋水集》。

仰观宇宙之大，崇山峻岭；
俯察品类之盛[2]，曲水流觞[3]。

【注释】

〔1〕选自〔清〕吴隐摹集《古今楹联汇刻》。

〔2〕品类：指万物。

〔3〕曲水流觞：古代上巳习俗。众人列坐于曲水之边，置觞流水中，取饮以为乐。

【评析】

此为集句联，集王羲之《兰亭集序》。《兰亭集序》云：“此地有崇山峻岭，茂林修竹，又有清流激湍，映带左右，引以为流觞曲水，列坐其次。”又云：“仰观宇宙之大，俯察品类之盛，所以游目骋怀，足以极视听之娱，信可乐也。”联语取裁于此。

汪琬联[1]

汪　琬（1624—1691）

字苕文，号钝翁，江苏长洲（今江苏苏州）人。与宋实颖、计东、吴兆骞等人创慎交社。清顺治十一年（1654），举乡试，次年中进士。曾任户部福建司主事、刑部员外郎等。康熙九年（1670），因病辞官归家，结庐尧峰，闭户著书。康熙十八年，召试博学鸿词科，授翰林院编修，与修《明史》，逾年告归。汪琬以古文闻名，与侯方域、魏禧并称“清初三家”。著有《钝翁类稿》《钝翁续稿》。

壮士挥戟虬龙舞；
骚人醉吟青鸾鸣。

【注释】

〔1〕选自〔清〕吴隐摹集《古今楹联汇刻》。

【评析】

上联写壮士舞戟，下联写诗人醉吟。虬龙，状舞姿；青鸾，状吟声，二句有豪宕风流之致。

王翚联[1]

王　翚（1632—1717）

字石谷，号耕烟散人、剑门樵客、乌目山人、清晖老人等，江苏常熟人。善画山水,融南宗笔墨与北宗丘壑于一炉,欲以元人笔墨运宋人丘壑,而泽以唐人气韵。与王时敏、王鉴、王原祁合称“清四王”,加吴历、恽寿平,并称“清六家”。

合六法气韵为用〔2〕;
得三昧画理自神〔3〕。

【注释】

〔1〕选自〔清〕吴隐摹集《古今楹联汇刻》。

〔2〕六法:中国古代绘画术语。南朝齐谢赫《古画品录》谓绘画有六法:一气韵生动,二骨法用笔,三应物象形,四随类赋彩,五经营位置,六传移模写。见唐张彦远《历代名画记·论画六法》。

〔3〕三昧:奥妙,诀窍。唐李肇《唐国史补》卷中:“长沙僧怀素好草书,自言得草圣三昧。”

【评析】

王翚为清初著名画家,此联以简明的二句概括了其画学理论。谢赫绘画六法以气韵生动为首,是绘画的艺术效果,骨法用笔及以下五法为具体技法层面。五法可学,而气韵不可学。气韵是在掌握五法的基础上的升华。下联讲绘画的境界,唯有体悟到绘画的真味,方能达到绘画的神境。王翚将其绘画的经验与理解概括为七言短联,具有较高的美学价值。

吴历联〔1〕

吴　历(1632—1718)

号渔山、桃溪居士,因所居有言子墨井,又号墨井道人,江苏常熟人。幼学画,稍长学琴。早年多与西人牧师、神父往来。清康熙二十一年(1682)入耶稣会,常居圣保禄教堂。工绘画,为“清初六家”之一。著有《三巴集》。

倒屣笑承旧雨[2];
避焰自安渔人[3]。

【注释】

〔1〕选自〔清〕吴隐摹集《古今楹联汇刻》。

〔2〕倒屣:急于出迎,把鞋倒穿,形容热情迎客。《三国志·王粲传》:“时邕才学显著,贵重朝廷,常车骑填巷,宾客盈坐。闻粲在门,倒屣迎之。粲至,年既幼弱,容状短小,一坐尽惊。邕曰:‘此王公孙也,有异才,吾不如也。’”

〔3〕焰:指气焰,引申为名利等。

【评析】

上联言待客之道,旧友来时倒屣含笑相迎。下联言处世之法,名利如焰,当趋避之,如隐世之渔人,安贫乐道。

恽寿平联[1]

恽寿平(1633—1690)

初名格,字寿平,以字行,号南田,江苏常州人。其山水画以神韵、情趣取胜,与王翚、王时敏、王鉴、王原祁、吴历并称“清初六大家”。著有《南田画跋》《瓯香馆集》。

相知远别为持手;
厚德爱重当叩头。

【注释】

〔1〕选自〔清〕吴隐摹集《古今楹联汇刻》。

【评析】

当知交好友远别之时,执手相送;与德望厚重的前辈相见时,要持晚辈恭敬的礼节。联语极为平实,其中寓含着与尊长及友朋相处的道理。

王原祁联〔1〕

王原祁(1642—1715)

字茂京,号麓台,江苏太仓人。清康熙九年(1670)进士,历任顺天乡试同考官、任县知县、刑部给事中、侍讲学士、侍读学士。以画供奉内廷,任《佩文斋书画谱》总裁。王原祁为清初"四王"之一,山水以黄公望为宗,书法以"二王"为宗。著有《罨画楼集》《麓台题画稿》《雨窗漫笔》等。

画图取法中窾要〔2〕;
古人用意宜有无。

【注释】

〔1〕选自〔清〕吴隐摹集《古今楹联汇刻》。

〔2〕窾要:关键。

【评析】

联署:"康熙乙未中秋节,麓台王原祁,年七十有四。"知为王原祁于康熙五十四年中秋节所作。是年十月十二日甲戌,王原祁即卒。此二句可视作王原祁画学理论之精粹。上联言绘画取法应求其关键之处。下联讲如何学习古人,与《麓台题画稿》中的两则正好可以参看。第一则云:"画之有董、巨,犹吾儒之有孔、颜也。余少侍先奉常,并私淑思翁,近始略得津涯,方知初起处,从无画看出有画,即从有画看到无画。为成性存诚宗旨,董、巨得其全,四家具体,故亦称大家。"第二则云:"余弱冠时得先大父指授,方明董、巨正宗法派,于子久为专师,今五十年矣。凡用笔之抑扬顿挫,用墨之浓淡枯湿。可解不可解处,有难以言传者。余年来渐觉有会心处,悉于此卷发之。艺虽不工,而苦心一番,甘苦自知。谓我似古人,我不敢信;谓我不似古人,我亦不敢信也。究心斯道者,或不以余言为河汉耳。"

张玉书联〔1〕

张玉书(1642—1711)

字素存,号润甫,江苏丹徒人。清顺治十八年(1661)进士,为庶吉士。康熙三年(1664)授翰林院编修,累官文华殿大学士兼户部尚书。康熙十八年主修《明史》,先后任《平定朔漠方略》《佩文韵府》《康熙字典》的总裁官。康熙四十九年以病乞归,慰留之。次年随清圣祖巡幸热河,病卒。赠太子太保,谥文贞。著有《张文贞集》。

志欲翔千仞;

功须惜寸阴。

【注释】

〔1〕选自李仲元主编《明清楹联选》。

【评析】

上联言立志欲高远,下联言用功须勤奋。古今做大事业、成大学问,二者不可缺一。立志不高,则委鄙凡庸,无以自致崇高;用功不勤,则才迂志疏,玩愒度日，卒以无成。此联极为警策。

禹之鼎联[1]

禹之鼎(1647—1716)

字尚吉，号慎斋，本籍扬州兴化(今属泰州)，后寄籍江都(今扬州)。清康熙中供奉内廷，任鸿胪寺序班。康熙二十一年(1682)随册使汪楫出使琉球。早年山水师蓝瑛，后取法宋、元诸家，临摹旧本，画艺大进。以精写人物、仕女著称，亦能山水、花鸟，尤工写像。白描画法得李公麟遗意。为康熙时第一名手，一时名人小像皆出其手。

看潇洒青衫[2]，一夜春风艳桃李；
爱高阳白酒[3]，三山秋月醉神仙[4]。

【注释】

〔1〕选自〔清〕吴隐摹集《古今楹联汇刻》。

〔2〕青衫：青衣。

〔3〕高阳：高阳酒徒。《史记・郦生传》："初，沛公引兵过陈留，郦生踵军门上谒……使者出谢曰：'沛公敬谢先生，方以天下为事，未暇见儒人也。'郦生瞋目案剑叱使者曰：'走！复入言沛公，吾高阳酒徒也，非儒人也。'"后用以指嗜酒而放荡不羁的人。李白《梁甫吟》："君不见高阳酒徒起草中，长揖山东隆准公。"

〔4〕三山：在金陵西南长江边上，三峰并列，南北相连。陆游《入蜀记》云："三山，自石头及凤凰台望之，杳杳有无中耳。及过其下，则距金陵才五十余里。"

【评析】

联下署"己酉三月，禹之鼎"，知为禹之鼎康熙八年三月所撰。上联春风赏花，下联秋月饮酒，颇有飘洒风流之致。

汪士鋐联[1]

汪士鋐（1658—1723）

字文升，号退谷，江苏长洲（今苏州）人。清康熙三十六年（1697）会元，授翰林院编修，入值南书房，官至中允。著有《秋泉居士集》。

松篁无俗韵[2]；
金石有遗音[3]。

【注释】

〔1〕选自〔清〕吴隐摹集《古今楹联汇刻》。

〔2〕松篁：松与竹。俗韵：世俗的趣味。陶渊明《归园田居》："少无适俗韵，性本爱丘山。"

〔3〕金石：指钟磬一类的乐器。《国语·楚语上》："而以金石匏竹之昌大、嚣庶为乐。"韦昭注："金，钟也；石，磬也。"遗音：不绝之余音。《礼记·乐记》："《清庙》之瑟，朱弦而疏越，壹倡而三叹，有遗音者矣。"

【评析】

集句联，上联出自宋释契嵩《书毛有章园亭》，原作"松篁非俗韵"。下联用宋石介《留守待制视学·其四》原句。松竹是君子高雅品格的象征，所以说无俗韵。"金石"句用鲁恭王坏孔子宅事。《汉书·鲁恭王余传》："恭王初好治宫室，坏孔子旧宅以广其宫，闻钟磬琴瑟之声，遂不敢复坏。于其壁中得古文经传。"

何焯联〔1〕

何　焯（1661—1722）

字屺瞻，号义门，江苏长洲（今苏州）人。先世曾以“义门”旌，学者称“义门先生”。清康熙四十一年（1702），直隶巡抚李光地以草泽遗才荐，召入南书房。次年，赐举人，试礼部下第，复赐进士，改庶吉士。仍直南书房，兼武英殿纂修。何焯博通经史百家之学，长于考订，著有《义门读书记》《何义门集》等。

亮怀璠玙美〔2〕；
眷言兰杜幽〔3〕。

【注释】

〔1〕选自〔清〕吴隐摹集《古今楹联汇刻》。

〔2〕亮怀：忠直、坦荡的胸襟。璠玙：美玉，比喻君子之才德。

〔3〕眷言：回顾貌。言，词尾。《诗经·小雅·大东》：“眷言顾之，潸焉出涕。”《荀子·宥坐》引作“眷焉”。兰杜：兰草与杜若，香草，喻君子之节操。

【评析】

此为集句联，上联出自魏晋曹植《赠徐干诗》，下联出自唐武元衡《酬李十一尚书西亭暇日书怀见寄十二韵之作》。璠玙与兰杜，以美玉与香草比喻君子的才德与节操。

王澍联[1]

王　澍（1668—1743）

字若霖，号虚舟，江苏金坛人。绩学工文，尤以书名。清康熙五十一年（1712）进士，入翰林，以善书，特命充五经篆文馆总裁官。雍正初改吏部员外郎。王澍书以摹古名拓殆遍，四体并工，于唐贤欧、褚两家，致力尤深。著有《淳化阁帖考正》《古今法帖考》《虚舟题跋》。

蓬莱有雪识松性[2]；
碧落无云称鹤心[3]。

【注释】

〔1〕选自李仲元主编《明清楹联选》。

〔2〕松性：像松柏那样的坚贞秉性。江淹《知己赋》："我筠心而松性，君金采而玉相。"

〔3〕碧落：青天。鹤心：高远之心；出尘之想。孟郊《送李尊师玄》："松骨轻自飞，鹤心高不群。"

【评析】

此联分写松、鹤，寄托高雅坚贞之士的心性。蓬莱为海上仙山，松性耐寒，因雪而可识；碧落为道教之天，鹤心无羁，无云而称心。

蒋廷锡联[1]

蒋廷锡（1669—1732）

字酉君，号南沙、西谷，江苏常熟人。清康熙四十二年（1703）进士，授翰林编修。历任礼部侍郎、户部尚书等职。雍正六年（1728）拜文华殿大学士，仍兼理户部事。雍正七年加太子太傅。任《古今图书集成》总裁、《大清会典》副总裁、《圣祖仁皇帝实录》总裁。卒后谥文肃。著有《尚书地理今释》《青桐轩诗集》《片云集》等。

梅老格高，横枝贵疏瘦[2]；
笔奇腕弱，饮兴转粗豪[3]。

【注释】

〔1〕选自〔清〕吴隐摹集《古今楹联汇刻》。

〔2〕疏瘦：清瘦。《晋书·王献之传》："献之虽有父风，殊非新巧。观其字势疏瘦，如隆冬之枯树。"

〔3〕饮兴：酒兴。

【评析】

联下署"康熙己丑三月十日"，则是蒋廷锡于康熙四十八年所作书。上联写画梅以疏瘦为高格。下联自评其画，以笔奇为长处，腕弱为缺点。"饮兴转粗豪"为自嘲语。

边寿民联[1]

边寿民(1684—1752)

字颐公,号苇间居士,晚号苇间老民、绰翁、绰绰老人,江苏山阳(今淮安)人。清代诸生,后薄帖括,寄情绘事。善画花鸟、蔬果和山水,尤以画芦雁驰名,有"边芦雁"之称。复能诗,后人辑为《苇间老人题画集》。

稻田留野老;
烟翅破寒江[2]。

【注释】

〔1〕选自〔清〕吴隐摹集《古今楹联汇刻》。

〔2〕烟翅:代指秋雁。李贺《昌谷诗》:"渔童下宵网,霜禽竦烟翅。"

【评析】

此联赋雁。上联写野老徜徉于稻田间;下联写雁羽飞来,打破寒江的岑寂。造境如画,诗意盎然。

李鱓联[1]

李　鱓(1686—1762)

字宗扬,号复堂,别号懊道人、墨磨人,江苏兴化人。清康熙五十年(1711)中举,后被召为内廷供奉,遭忌落职。乾隆三年(1738)任山东滕县知县,因忤上司被罢官。后居扬州,以卖画为生。李鱓工画,法石涛，擅花卉、竹石、松柏，早年画风工细严谨，颇有法度。中年画风丕变，擅写意，为“扬州八怪”之一。

脂红粉白春消息；

淡墨浓烟老画翁。

【注释】

〔1〕选自〔清〕吴隐摹集《古今楹联汇刻》。

【评析】

上联写春花，下联自写身份。脂红粉白与淡墨浓烟作对，极为生动。二句意思不甚相关，似无情对，因用绘画颜色对仗，故而饶有意趣。

邹一桂联[1]

邹一桂（1688—1772）

字原褒，号小山、让卿，晚号二知老人，江苏无锡人。清雍正五年（1727）进士，授翰林院编修。历官云南道监察御史、贵州学政、太常寺少卿、大理寺卿、礼部侍郎等。擅花卉，学恽寿平画法，风格清秀。著有《大雅续稿》《小山画谱》。

性秉乔松表劲质[2]；

气钟岩岭立贞心[3]。

【注释】

〔1〕选自〔清〕吴隐摹集《古今楹联汇刻》。

〔2〕劲质：刚劲的本质。

〔3〕气：元气。贞心：贞固的本心。

【评析】

此联道气充盈。上联讲缮性，以乔松为喻，言人当秉持本性，表明刚劲高直的本质。下联讲养气，以岩岭为喻，言人当聚集正气，树立贞固不移的本心。

郑燮联〔1〕

郑 燮

书从疑处翻成悟；
文到穷时自有神。

【注释】

〔1〕选自中国嘉德公司嘉德四季第四期拍卖会拍品。

【评析】

上联七字，读书法。下联七字，作文法。上联说要带着疑问读书。孟子云："尽信书则不如无书。"即使对于经典，也必须持有怀疑精神去阅读。朱熹论读书之境界极好，他说："读书始读，未知有疑；其次则渐渐有疑，中则节节是疑。过了这一番后，疑渐渐解，以至融会贯通，都无所疑，方始是学。"从不知疑问到渐有疑问，到处处疑问，再到疑问的消解，最后到融会贯通后的无疑。经过体悟、理解、会通的整个思考过程，从而获得知识的真谛与精神的升华。下联从"穷而后工"这一创作观念中翻出。欧阳修在《梅圣俞诗集》的序中说："然则非诗之能穷人，殆穷者而后工也。"指的是作者处于困厄的境况下积郁出"忧思感愤"的情感，从而写出优秀的作品。板桥此处更进一步，认为这种境况下不仅“穷而后工”，而且穷而有神。另外，从具体的文学创作的经验来看，创作中要竭尽思虑、呕心沥血，方能撰出“神品”。

于敏中联[1]

于敏中（1714—1780）

字叔子、仲常，号耐圃，江苏金坛人。清乾隆二年（1737）状元，授翰林院修撰。历任日讲起居注官、山西乡试考官、山东学政、浙江学政、侍讲学士、内阁学士、礼部侍郎、兵部侍郎等。乾隆二十五年，命军机处行走，任方略馆副总裁。乾隆三十八年，诏议开馆校书，任《四库全书》正总裁。参编《钦定临清纪略》《钦定满洲祭神祭天典礼》《钦定钱录》《钦定皇舆西域图志》《国朝宫史》《钦定户部则例》等书，著有《素余堂集》。

膏雨暗滋三径草[2]；
好风徐起谢庭香[3]。

【注释】

〔1〕选自李仲元主编《明清楹联选》。

〔2〕膏雨：滋润作物的霖雨。《左传·襄公十九年》：“小国之仰大国也，如百谷之仰膏雨焉。”

〔3〕谢庭：语出《艺文类聚》卷八一引晋裴启《语林》：“谢太傅问诸子侄曰：‘子弟何预人事，而政欲使其佳？’诸人莫有言者，车骑答曰：‘譬如芝兰玉树，欲使生于阶庭耳。’”后遂用以“谢庭兰玉”比喻能光耀门庭的子侄。

【评析】

这是一副居室联。“三径”“谢庭”，皆显示主人的雅致与门庭的清贵。

“暗滋”写雨,“徐起”写风,下字精妙,是联中的句眼。杜甫《春夜喜雨》“随风潜入夜,润物细无声”,即“暗滋”;苏轼《后赤壁赋》“清风徐来,水波不兴”,即“徐来”。

秦大士联〔1〕

秦大士(1715—1777)

字鲁一,号涧泉,又号秋田老人,江宁(今江苏南京)人。少聪颖,十岁能文章。清乾隆十七年(1752)殿试一甲第一名,授修撰。历任咸安宫总裁官、翰林院侍讲学士、顺天乡试副考官等。后服父丧,不复出仕。工诗,与袁枚、蒋士铨相往来。著有《蓬莱山樵集》《抹云楼集》等。

五岳圭棱河气势〔2〕;
六经根柢史波澜〔3〕。

【注释】

〔1〕选自李仲元主编《明清楹联选》。

〔2〕圭棱:圭的棱角。泛指棱角,比喻锋芒。《礼记·儒行》:“聚贤而容众,毁方而瓦合。”汉郑玄注:“去己之大圭角,下与众小人合也。”孔颖达疏:“圭角谓圭之锋芒有楞角,言儒者身恒方正,若物有圭角。”

〔3〕根柢:草木的根。柢,即根。汉邹阳《狱中上书自明》:“蟠木根柢,轮囷离奇。”比喻事物的根基,基础。

【评析】

上联讲为人之道,以五岳、黄河为喻,为人当方正不阿,如五岳之圭角棱嶒;复当蕴养浩然之气,如黄河之浩瀚流转,气势无伦。下联讲为学之法，当精熟六经作为学问的根柢，泛览史籍以广见闻、增识见。经史之重要性不仅体现在治学上，也可以用于为文章之法。此联胎息深厚，气势雄浑，对仗亦极工稳。

毕沅联〔1〕

毕　沅

心洗一湾秋水；
胸藏万卷好书。

【注释】

〔1〕选自〔清〕吴隐摹集《古今楹联汇刻》。

【评析】

毕沅是乾嘉汉学的代表人物。上联讲以秋水清心涤虑，屏除杂念，使此心澄澈光明。下联讲要博览群书，万卷罗胸。

王文治联〔1〕

王文治

人间岁月闲难得；
天下知交老更亲。

【注释】

〔1〕选自〔清〕吴隐摹集《古今楹联汇刻》。

【评析】

岁序匆匆,人事碌碌,难得闲暇时候。天下悠悠,知交寥寥,垂老更觉相亲。联语简质有味。

钱伯垌联〔1〕

钱伯垌(1738—1812)

字鲁斯,江苏阳湖(今常州)人。国子监生。工书,宗李邕,为时所重。

彝鼎图书自典重;

兰苕翡翠相鲜新〔2〕。

【注释】

〔1〕选自上海大众2005春季艺术品拍卖会拍品。

〔2〕兰苕翡翠:兰苕,兰花。翡翠,鸟名,嘴长而直,生活在水边,吃鱼虾之类,羽色鲜明。《文选》郭璞《游仙诗》:"翡翠戏兰苕,容色更相鲜。"杜甫《戏为六绝句·其四》:"或看翡翠兰苕上,未掣鲸鱼碧海中。"

【评析】

这则对联论文艺。典重与鲜新是两种美学风格,典重来源于彝鼎图书等人文资源,鲜新来源于自然中的花卉禽鸟。人文与自然相参,是很高的美学境界。

潘奕隽联[1]

潘奕隽(1740—1830)

字守愚,号榕皋,江苏吴县(今苏州)人。清乾隆三十四年(1769)进士,授内阁中书,官至户部主事。乾隆五十一年,任贵州乡试副主考,旋归。道光九年(1829)重宴琼林,年九旬。书宗颜、柳,篆、隶入秦、汉之室。山水师倪、黄,写意花卉尤得天趣。著有《三松堂集》。

观天地生物气象;
用圣贤克己功夫[2]。

【注释】

〔1〕选自中国嘉德国际拍卖公司嘉德四季第二十一期拍卖会拍品。

〔2〕克己:约束自我。《论语·颜渊》:"克己复礼为仁。"何晏集解:"马曰:'克己,约身。'孔曰:'复,反也。身能反礼,则为仁矣。'"

【评析】

题识云:"书为蓉裳姻长世台大兄鉴,榕皋潘亦隽。"蓉裳为杨芳灿。此联纯用理学语。上句是周敦颐语。程颢、程颐兄弟从周濂溪学习时,见其窗前草不除,问之,濂溪答云"观天地生物气象",即从自然事物中感受道理。"克己功夫",指儒者平时用功法,即孔子所云"克己复礼"。理学家向外观察宇宙自然之象,体会其中蕴含的天理流行。向内反求诸己,约束身心,以求合乎礼节,归于仁道。

汪中联[1]

汪　中（1744—1794）

字容甫，江苏江都（今扬州）人。少孤寒，七岁丧父。清乾隆二十八年（1763），补诸生。乾隆四十二年拔贡。先后为太平知府沈业富、宁绍台道冯廷丞、安徽学政朱筠幕僚。乾隆五十九年，往杭州文澜阁检校《四库全书》，是年冬，积劳成疾，卒于西湖葛岭园僧舍。汪中读书赅博，精通考据训诂之学，兼工为文，著有《述学》《广陵通典》等。

清节王阳仍令子[2]；
说文许慎有功臣[3]。

【注释】

〔1〕选自郑晓霞、吴平标点《扬州学派年谱合刊》（广陵书社2008年版）。

〔2〕清节：清高的节操。《汉书·王贡两龚鲍传赞》："是故清节之士于是为贵，然大率多能自治而不能治人。王、贡之材，优于龚、鲍。守死善道，胜实蹈焉。"王阳：即王吉，字子阳，西汉琅琊皋虞人。兼通五经，能为《驺氏春秋》，以《诗》《论语》教授。举贤良，为昌邑王中尉。王以行淫乱废，吉以常谏王得减死。宣帝时征为博士、谏大夫。上疏言得失，帝以为迂阔，未采纳。后以病辞归。元帝立，复召为谏大夫，未至京，死于途中。子王峻，亦有令名。

〔3〕许慎：字叔重，东汉汝南召陵（今河南漯河）人。少博学经籍。曾仕郡功曹，举孝廉，历任洨长、太尉南阁祭酒。师事贾逵，受古文经，为马融所重，时称"五经无双许叔重"。作《说文解字》并叙目共十五篇，为我国最早的文字学专著，创按部首列字体例，集古文经学训诂之大成。又著《五经异义》，已佚，有辑本。

【评析】

此为汪中赠王念孙联。二人皆为乾嘉时期扬州学派的杰出代表,汪中博通而能文,王念孙专精训诂,此联弥足可珍。据汪中之子汪喜孙所撰《汪容甫先生年谱》记载,王引之以所著之书寄汪中教正,汪中读后称誉不已,为王念孙书此楹帖。上联称誉高邮王氏父子之为人俱有令节,下联称赞高邮王氏文字训诂之学。

吴锡麒联[1]

吴锡麒(1746—1818)

字圣征,号榖人,别署东皋生,浙江钱塘(今杭州)人。少时聪颖好学,手不释卷。清乾隆四十年(1775)进士,改翰林院庶吉士,授编修。嘉庆六年(1801),官国子监祭酒。晚年主讲扬州安定、乐仪书院。清代"骈文八家"之一。

春雨有时寻蠹简[2];
秋风相约饭雕胡[3]。

【注释】

〔1〕选自盛晓光、赵宗乙主编《中华语海》第4册(黑龙江人民出版社2000年版)。

〔2〕蠹简:被虫蛀坏的书,泛指破旧书籍。

〔3〕雕胡:茭白子实,即菰米,煮熟为雕胡饭。《史记·司马相如列传》:"其卑湿则生藏莨蒹葭,东蔷雕胡。"司马贞《史记索隐》:"雕胡,案谓菰米。"

【评析】

此为题焦循雕菰楼联。雕菰楼是焦循的书斋,故址在今扬州市邗江区黄钰镇。焦循《半九书塾自记》:“嘉庆己巳,纂修郡志,得脩脯金五百,以少半买地五亩,在雕菰淘中,其形盘曲若蠃,以为生圹……起小楼,方丈许,四旁置窗,面柳背竹。黄珏桥在东北里许,桥外即白茆湖。行人往来趋市,帆樯出没,远近渔灯牧唱,春耕秋获,尽纳于牖。楼下置椟,以生平著述草稿贮之,以为殁后神智所栖托。圹以藏骨,楼以息魂,取淘之名以名楼,曰雕菰楼。”吴锡麒晚年在扬州安定、乐仪书院任山长,与焦循交往颇多,此联即反映了二人的友谊。二人一起搜罗、研讨故籍,相约共食雕胡饭。“春雨”“秋风”,是互文的手法。

洪亮吉联〔1〕

洪亮吉

传家学业推中垒〔2〕;
人世才名号小坡〔3〕。

【注释】

〔1〕选自四川博物馆藏联。

〔2〕中垒:西汉有中垒校尉,掌北军营垒之事。刘向曾任此职,后世因以“中垒”称之。此处指梁祖恩父梁履绳。

〔3〕小坡:指苏轼子苏过。《宋史·苏过传》:“过,字叔党……其《思子台赋》《飓风赋》早行于世。时称为‘小坡’,盖以轼为‘大坡’也。”此处指梁祖恩。

【评析】

此联以小篆书,上下联分题“久竹孝廉世长”“北江洪亮吉”。久竹为梁祖恩别号,则此联为赠梁祖恩而撰。梁祖恩,梁履绳之子。原名常,字眉子,号久竹,浙江钱塘(今杭州)人。举人,官广东始兴知县。梁履绳,字处素,梁同书次子。清乾隆年间举人,通《说文》、训诂,尤精《左传》,著《左通补释》三十卷。西汉刘向、刘歆父子并精《左传》,故上联言“传家学业”,以此推论梁氏父子的《左传》学。下联推誉梁祖恩的才华,以苏轼之子苏过为喻。梁祖恩又号小坡,与苏过的别号相同。“中垒”“小坡”,以刘向之官职与苏过之别号作对仗,极为工妙。

赵怀玉联〔1〕

赵怀玉

博览归德性;
广交得观摩。

【注释】

〔1〕选自中国楹联学会编《中国名人名联墨宝大典(中)》(山西人民出版社2000年版)。

【评析】

上联讲治学,赵氏主张博览群书而归于德性,既受乾嘉汉学的影响,又主张以理学来统束。下联讲交友的作用,独学无友,则孤陋寡闻,应广交良友,得相互观摩切磋,彼此受益。此联文约义丰,虽未尽符对联格律,仍不失为佳作。

孙星衍联〔1〕

孙星衍（1753—1818）

字渊如，号伯渊，别署芳茂山人，江苏阳湖（今常州）人。少时与杨芳灿、洪亮吉、黄景仁等并以文学见长，袁枚呼曰“天下奇才”。清乾隆五十二年（1787）进士，殿试榜眼，授翰林院编修，历任刑部主事、刑部郎中、山东布政使等。历主南京钟山书院、扬州安定书院、绍兴蕺山书院、杭州诂经精舍等书院。孙星衍博极群书，著述宏富，著有《尚书今古文注疏》《平津馆文稿》《芳茂山人诗录》等。

雕虫绝技追秦相〔2〕；

挥麈清谈似晋人〔3〕。

【注释】

〔1〕选自〔清〕吴隐摹集《古今楹联汇刻》。

〔2〕雕虫：即雕虫篆刻。“虫”指虫书，“刻”指刻符，各为一种字体。扬雄《法言·吾子》：“或问：‘吾子少而好赋？’曰：‘然，童子雕虫篆刻。’俄而曰；‘壮夫不为也。’”秦相：指秦相李斯（？—前208），字通古，楚上蔡（今河南上蔡）人。入仕于秦，秦始皇兼并六国，以李斯为丞相。李斯善小篆，有《峄山石刻》等传世。

〔3〕挥麈清谈：晋人清谈时，常挥动麈尾以为谈助。

【评析】

题识云：“乾隆庚戌重阳后两日篆奉梦湘四弟正句，南兰陵孙星衍。”庚戌为乾隆五十五年，梦湘俟考。上联赞其人之篆书，可追摹李斯。下联写其挥麈清谈的风度，有如晋人。

王芑孙联[1]

王芑孙（1755—1817）

字念丰，号惕甫，又号楞伽山人，江苏长洲（今苏州）人。清乾隆五十三年（1788）举人，先后任国子监典籍、咸安宫教习、华亭县教谕。后辞官归，任仪征乐仪书院山长。学问宏博，以诗古文名于一时，工书，遒厚浑古，著有《碑版广例》《楞伽山房集》《渊雅堂集》等。

珠林墨妙三唐字[2]；
金匮文高二汉风[3]。

【注释】

〔1〕选自〔清〕梁章钜等撰，白化文、李鼎霞点校《楹联丛话》卷十一。

〔2〕珠林：指佛寺。三唐：指初唐、盛唐、晚唐。

〔3〕金匮：铜制的柜，用以收藏文献或文物。贾谊《新书·胎教》："胎教之道，书之玉版，藏之金柜，置之宗庙，以为后世戒。"二汉：指东汉与西汉。

【评析】

联署"晓峰先生鉴正，长洲王芑孙"。晓峰，不详。联语辑自唐太宗撰《大唐三藏圣教序》，对仗甚工。

石韫玉联[1]

石韫玉（1756—1837）

字执如，号琢堂、花韵庵主人、独学老人等，江苏吴县（今苏州）人。

清乾隆五十五年(1790)一甲第一名进士,授翰林院修撰。乾隆五十七年,任福建乡试正考官,旋视学湖南。历官四川重庆府知府、山东按察使。因事被劾革职,念旧劳赏编修,乃引疾归,主讲苏州紫阳书院二十余年。著有《独学庐诗文集》《晚香楼集》《花韵庵诗余》等。

书翻梁苑金楼子〔2〕;
墨试文山玉带生〔3〕。

【注释】

〔1〕选自李仲元主编《明清楹联选》。

〔2〕金楼子:南朝梁元帝萧绎在藩时的别号,所著书亦名《金楼子》。

〔3〕文山:文天祥,号文山。玉带生:文天祥所用砚名。清于敏中《西清砚谱》卷九:"砚高五寸许,宽一寸七分,厚如之。形长而圆,旧端溪子石也。下砚面三分许,周界石脉一道,莹白如带。墨池上高寸许,镌'玉带生'三字篆书;侧面石脉下周,镌宋文天祥铭三十八字;末署'庐陵文天祥制'六字。"

【评析】

联中以"金楼子"与"玉带生"作对,嵌萧绎所著书名与文天祥所用砚名,妙趣自生。

钱泳联〔1〕

钱　泳

百首新词填白石〔2〕;
一枝妙笔补仓山〔3〕。

【注释】

〔1〕选自〔清〕梁章钜编纂《楹联续话》卷四。

〔2〕白石：指姜夔，自号白石道人。

〔3〕仓山：指袁枚，曾于江宁小仓山筑随园隐居。

【评析】

赠杨芳灿联。上联誉其词似姜夔，下联谓其诗学袁枚。杨芳灿有《芙蓉山馆词钞》，诗风婉约。下联写诗受袁枚影响。杨芳灿曾下榻随园，颇受袁枚赏识。“白石”“仓山”为借对，“仓”借作“苍”，用颜色对仗。

孙原湘联〔1〕

孙原湘（1760—1829）

字子潇，又字长真，号心青，江苏昭文（今常熟）人。清嘉庆十年（1805）进士，为翰林院庶吉士、武英殿协修官。告假归，罹怔忡疾，遂不出。历主昆山玉峰、旌德毓文、通州紫琅、常熟游文等书院。论诗法随园，主性情、风韵，与舒位、王昙合称“乾隆后三家”。

莲子杯斟金谷酒〔2〕；
桃花笺赋玉台诗〔3〕。

【注释】

〔1〕选自上海文物商店编《名家楹联精品集（上）》（中国出版集团东方出版中心2009年版）。

〔2〕金谷酒：指文人雅集的酒宴。金谷指晋石崇所筑的金谷园。

〔3〕桃花笺：即桃花纸。苏易简《文房四谱·纸谱》：“桓元诏平淮，作桃花笺纸，缥绿青赤者，盖今蜀笺之制也。”玉台诗：诗体名，以南朝陈徐陵所编诗集《玉台新

咏》得名。

【评析】

此联虽无深意,但才气盎然,属对精能,可称珠联璧合。“莲子”“桃花”为植物对,“金谷酒”“玉台诗”用六朝典对。“莲子杯”与“金谷酒”,“桃花笺”与“玉台诗”又构成句中对,结构颇为精妙。

张惠言联〔1〕

张惠言(1761—1802)

字皋文,号茗柯,江苏武进人。清嘉庆四年(1799)进士,改庶吉士,授翰林院编修。少孤,早工辞赋,尝从金榜问学,邃于经学,尤精《虞氏易》和《仪礼》。著有《周易虞氏义》《仪礼图》《茗柯文编》等,辑《七十家赋钞》《词选》等。

上古下今,所思不远;
诵经绎史,其乐在斯。

【注释】

〔1〕选自司惠国、张爱军、王玉孝主编《名家篆书楹联集粹》(蓝天出版社 2010 年版)。

【评析】

此联是茗柯为学的自得之语。上联讲为学之法,要融会贯通,博通古今,则所思虑的问题当可获解。张惠言治学往往推源溯流,探求微隐,这一治学特色贯穿于他的诸多著述之中。“上古下今”或用《离骚》“上下求索“之意。“所思不远”,用(题)司空图《二十四诗品》中的成句。下联讲为学之乐,研习经史，则乐在其中矣。

阮元联〔1〕

阮　元

与古为稽，随兴所适；
天怀若水〔2〕，春静于年。

【注释】

〔1〕选自〔清〕吴隐摹集《古今楹联汇刻》。

〔2〕天怀：出自天性的心怀。袁宏《三国名臣序赞》："岂非天怀发中，而名教束物者乎？"李周翰注："岂非自出天性之怀，发于心中。"

【评析】

题识云："梅溪学长，阮元。"当是赠钱泳之作。钱泳，字立群，号梅溪，常州金匮（今江苏无锡）人。诸生，以游幕为生。钱泳著作甚丰，著有《说文识小录》《守望新书》《履园金石目》《履园丛话》等。此联集《兰亭序》帖字而成，上联称赞钱氏学能稽古，复能随兴适性，不受羁束。下联论其为人，谓其天性澄明，既静且寿，允为仁者。末四字骤读之不易索解，盖寓"仁"义于其中。孔子说："智者乐水，仁者乐山；智者动，仁者静。"又，清王文治亦集禊帖为二联，与阮氏此联略同，但不知孰先孰后。王联一则曰："古与为稽，兴随所托；天清若水，春静于年。"二则曰："古与为稽，兴随所托；天闲若水，春静于年"。

郭麐联[1]

郭　麐（1767—1831）

字祥伯，号频伽，晚号复翁，江苏吴江（今苏州）人。监生，少有神童之誉，屡试不第，遂绝意仕进。曾游于袁枚随园，工诗词，主性灵。著有《灵芬馆诗集》。

东溟量深，西岳测峻；

秋月俪洁，春风酿和。

【注释】

〔1〕选自上海文物商店编《名家楹联精品集（上）》。

【评析】

东溟、西岳、秋月、春风，这四个意象都是为人的标准，即要有深广的雅量、峻伟的节操、高洁的人格、温和的气度。上下联内两句各自对仗，是联中常格。

江沅联[1]

江　沅（1767—1838）

字子兰，号铁君、韬庵，江苏元和（今苏州）人，江声孙。世传家学，邃于许氏书，复为段玉裁弟子，助段玉裁校刊《说文解字注》。清道光十一年（1831）于常州天宁寺受戒。工诗善书，著有《染香庵文集》《诗录》《词钞》《外集》等。

待足何时足,知足常足;
求闲是曰闲,得闲且闲。

【注释】

〔1〕选自北京更乐2011年春季拍卖会拍品。

【评析】

篆书联,题署曰:“丁亥九秋书,子兰江沅。”作于清道光七年。联语自晚明陈继儒《小窗幽记》“人生待足何时足,未老得闲始是闲”二句翻出,而义理较陈眉公更为通透洒脱。不知足则足无以餍,不得闲则闲终难求。知足则不须待足,得闲则不必求闲,整副对联充满人生的智慧。联中连用四“足”字、四“闲”字,却不觉得板滞,展示了高超的对联技艺。

李兆洛联〔1〕

李兆洛

同心之言,可与道古;
闻过则喜〔2〕,能自得师〔3〕。

【注释】

〔1〕选自白文煜主编《沈阳故宫博物院院藏精品大系·书法卷(上)》(万卷出版公司2017年版)。

〔2〕闻过则喜:听到别人指出自己的过失就高兴,谓虚心接受意见。语出《孟子·公孙丑上》:“子路,人告之以有过,则喜。”

〔3〕能自得师:语出《尚书·仲虺之诰》:“能自得师者王。”

【评析】

李兆洛主讲江阴暨阳书院数十年,造士甚众。讲学之余,精研学术,复与友朋论学切磋,以求进益。这副对联即是其论友道的佳作。上联讲得学术知音,可以一起讨论学术;下联讲获友朋商榷,指出过失,则为之欣喜,如得良师。此联可作箴铭观。

又一联〔1〕

直节照人能免俗;
素心入座欲忘言。

【注释】

〔1〕选自上海文物商店编《名家楹联精品集(上)》。

【评析】

此当为咏竹、兰之联,上联写竹,下联写兰,而妙在不提及竹、兰,有类诗钟。竹有直节,故能令人免俗,兰有素心,对之真欲忘言。此联可用以自励。

潘世恩联〔1〕

潘世恩

东鲁雅言〔2〕,诗书执礼;
西汉明诏,孝弟力田〔3〕。

【注释】

〔1〕选自荣宝斋(上海)2023秋季艺术品拍卖会拍品。

〔2〕雅言:雅正之言。古时指通语,同方言对称。《论语·述而》:“《诗》、《书》、执礼,皆雅言也。”杨伯峻注:“雅言,当时中国所通行的语言。”刘师培《文章源始》:“言之文者,纯乎雅言者也。”自注:“仪征阮氏曰:雅言者,犹今官话也。”“雅”与“夏”通,“夏”为中国人之称,故“雅言”即中国人之言。

〔3〕孝弟力田:汉代选拔官吏的科目之一。始于惠帝时,名义上是奖励有孝的德行和能努力耕作者。高后朝置“孝弟力田”官。到文帝时,与“三老”同为郡县中掌教化的乡官。《汉书·惠帝纪》:“春正月,举民孝弟力田者复其身。”《汉书·高后纪》:“初置孝弟力田二千石者一人。”颜师古注:“特置孝弟力田官而尊其秩,欲以劝厉天下,令各敦行务本。”

【评析】

此联以《论语》“诗书执礼”与汉代诏书“孝弟力田”对仗,典雅方正,可谓天然对仗。联语体现了士大夫修身与持家的理想。

汤贻汾联〔1〕

汤贻汾(1778—1853)

字若仪,号雨生,江苏武进人。以祖荫袭云骑尉职,历官扬州三江营守备、浙江抚标中军参将、乐清协副将、温州镇副总兵等。解职后居金陵琴隐园。清咸丰三年(1853),太平军攻克南京,投水而死。著有《画眉楼集》《琴隐园诗集》《画筌析览》等。

自古才人多会合〔2〕;

从来豪杰岂埃尘。

【注释】

〔1〕选自中国楹联学会编《中国名人名联墨宝大典(中)》。

〔2〕才人:有才能或才情的人。王充《论衡·书解》:“故才人能令其行可尊,不能使人必法已。”会合:聚集;聚合。

【评析】

题识云:“己酉嘉平月,书于琴隐园。雨生汤贻汾。”知为汤氏于清道光三十年(1850)十二月在金陵琴隐园所书。此联脱胎自元赵孟頫《题温雪峰诗迹》颈联:“自古神仙皆旷达,由来豪杰岂埃尘。”易神仙为才人,因时代风会而致某个时代文史极盛,名士汇聚,光耀一时。清代文士辈出,亦多为雅集酬唱之举。

翁心存联〔1〕

翁心存(1791—1862)

字二铭,号邃庵,江苏常熟人。清道光二年(1822)进士,选翰林院庶吉士。散馆授编修,累迁大理寺少卿,以母老乞养归。历官国子监祭酒、内阁学士、礼部侍郎、工部尚书、户部尚书。咸丰八年(1858),拜体仁阁大学士。后引疾休致。咸丰十一年召还,命以大学士衔管理工部事务。同治元年(1862)入直弘德殿授读。著有《知止斋诗集》《知止斋文集》等。

根柢盘深,枝叶峻茂;
惊才风逸,壮志烟高。

【注释】

〔1〕选自朵云轩2015春季艺术品拍卖会拍品。

【评析】

对联题识曰:“筱窗年兄雅属。遂龕翁心存。”对联集自刘勰《文心雕龙》。上联出自《宗经》篇:“至根柢槃深,枝叶峻茂,辞约而旨丰,事近而喻远。”下联出自《辨骚》篇:“不有屈原,岂见《离骚》! 惊才风逸,壮志烟高。”合二句观之,此联大意是文章当宗经,才志当师屈。

严保庸联〔1〕

严保庸(1796—1854)

字伯常,号问樵,江苏丹徒人。清道光九年(1829)进士,翰林院庶吉士,散馆任山东栖霞知县。以母忧归,遂不出。严保庸能诗善画,尤工戏曲。著有《红楼新曲》《同心言》《奇花鉴》《盂兰梦》《吞毡报》《双烟记》《兰花生》等。

关心夜雨疏帘,费半盏寒灯,为来日谋朝齑夕韭;

回首春风上苑,剩一枝秃管,与诸君写近水遥山。

【注释】

〔1〕选自〔清〕梁章钜编纂《楹联续话》卷四。

【评析】

此为赠黄均联。《清史稿·艺术列传》载:“黄均,字穀原,元和人。守娄东之法,尽其能事。游京师,法式善、秦瀛为之延誉,得官,补湖北潜江主簿,未之任。于武昌胭脂山麓筑小园,居之二十年,以吏为隐。画晚而益工,于吴中称后劲。”此联见于梁章钜《楹联续话》:“元和黄穀原贰尹均工书画,嘉庆间,供奉内廷有年。后出官湖北,淡于进取,引疾归里,小有园林,日以笔墨自给,有‘辞官卖画’小印。严问樵尝制一联为赠,云:‘关心夜雨疏帘,费半盏寒灯，为来日谋朝齑夕韭；回首春风上苑，剩一枝秃管，与诸君写近水遥山。’榖原大喜曰：‘此即余卖画招牌也。’”上联写黄氏以书画谋生，“夜雨疏帘”“半盏寒灯”“朝齑夕韭”均写其清贫之况。下联“春风上苑”，写其任清廷书画供奉。

张纶英联〔1〕

张纶英（1798—？）

字婉紃，江苏阳湖（今常州）人。张琦女，适同里孙劼。清同治中随其子需次武昌。工书，善学北碑，笔力超劲。著有《绿槐书屋集》。

勋德著称〔2〕，明哲佐世〔3〕；
文为辞首，学实宗儒。

【注释】

〔1〕选自北京瀚海千禧拍卖会·中国书画（古代）拍品。

〔2〕勋德：功勋与德行。《晋书·刘弘传》：“以勋德兼茂，封宣城公。”

〔3〕明哲：明智；洞察事理。《尚书·说命上》：“知之曰明哲，明哲实作则。”孔传：“知事则为明智，明智则能制作法则。”

【评析】

对联题识曰：“集云峰山摩崖句，蕙生都转大人法鉴。婉紃张纶英。”此为集字联，赠庄受祺。上联颂其道德与事功，下联美其文章与学术。庄受祺，字卫生，一字蕙生，江苏阳湖（今常州）人。清道光二十年（1840）进士，授编修，任福建漳州知府，官至浙江布政使。著有《湖北兵事述略》《随时录》《维摩室随笔》《维摩室遗训》《枫南山馆遗集》。云峰山摩崖，指郑文公碑，又名《郑羲碑》，系北魏摩崖刻石，宣武帝永平四年（511）刻。有两碑：一在今山东平度市天柱山崖，称上碑；一在今山东莱州市东南云峰山摩崖，称下碑。

吴熙载联[1]

吴熙载（1799—1870）

字让之，号让翁，江苏仪征人。诸生，博学多能，从包世臣学书。恪守师法，篆分功力尤深。清咸丰中避兵火寓居泰州。

商彝周鼎宣和谱[2]；
玉检金泥宛委书[3]。

【注释】

〔1〕选自李仲元主编《明清楹联选》。

〔2〕商彝周鼎：商周的青铜礼器。宣和谱：《宣和书谱》，宋宣和二年（1120），内臣奉命编纂《宣和书谱》，共二十卷，记载宋徽宗时内府所藏名家法帖。其中历代帝王书一卷、篆隶一卷、正书四卷、行书六卷、草书七卷、八分书一卷。

〔3〕玉检金泥：以玉制成，以水银和金为泥作饰的检，古代天子封禅所用。《太平御览》卷五三六引晋司马彪《续汉书·祭志》："有玉牒十枚列于方石旁，东西南北各三，皆长三尺、广一尺、厚七寸。检中刻三处，深四寸，方五寸，有盖；检用金缕五周，以水银和金为泥。"因指封禅所用的告天书函。宛委：传说禹登宛委山得金简玉字之书，因以借喻书籍之珍贵难得。

【评析】

题识："汝成大兄正。"此联罗列古器图书，无深意，但对仗甚工。

杨沂孙联[1]

杨沂孙（1812—1881）

字子舆，号咏春，晚号濠叟，江苏常熟人。清道光二十三年（1843）举人，官至凤阳知府。著有《观濠居士集》。

异书远斠吾妻镜[2]；
宝器犹存己父彝[3]。

【注释】

〔1〕选自李仲元主编《明清楹联选》。

〔2〕吾妻镜：日本镰仓幕府官修编年体史书，又称《东鉴》。共五十二卷，记述自治承四年（1180）源赖政举兵至文永三年（1266）宗尊亲王回京的史事。为日本最初的武家记录，亦是研究镰仓时代的基本史料。

〔3〕己父彝：当作父己尊彝，商晚期青铜祭器。

【评析】

日本史书《吾妻镜》曾在清初传入中国，作为一部"海外奇书"，受到中国学人的珍视。朱彝尊、尤侗、曹寅、翁广平等皆曾阅读或收藏此书。翁广平曾广稽日本史籍，作《吾妻镜补》。吾妻，意为"东"。"吾妻镜"字面可与下联的"己父彝"借对。在杨沂孙之前，阮元赠汪适孙一联已经运用这一技法。阮联作"异书远购吾妻镜；好古常携己子彝"，可谓同一机杼，当是杨氏此联所本。

又一联[1]

有水有山,来游者乐而忘返;
半村半郭,隐君子雅称所居。

【注释】

〔1〕选自中国嘉德2023秋季拍卖会拍品。

【评析】

题识曰:“花田草堂主人在虞山北郭筑室闲居,其后园隙地手植梅花百余树,每当雪后春初设馔招饮,必尽兴醉归,得撰句书联,尤为称快。主人酷嗜余书,时时以古书佳酿见贻,何区区笔墨竟见重于公,若是耶,愧甚,愧甚。光绪己卯二月朔日,濠叟杨沂孙象。”花田草堂主人无考,当为杨沂孙友人。联中状写了其别业中的景致,有山有水,半村半郭,勾画出幽居的环境,同时也写出宾主相得甚欢之况。

翁同龢联[1]

翁同龢

不使气自无外患[2];
能安分便是好人。

【注释】

〔1〕选自李仲元主编《明清楹联选》。

〔2〕使气：恣逞意气。

【评析】

此为修身联。言人能不逞意气，遇事冷静，客观地分析实情进行协调处理，则不至引发他人的不满或激化矛盾，从而辨明是非，妥善处理。韩愈《与崔群书》：“将息之道，当先理其心。心闲无事，然后外患不入。”就是这个道理。做人如此，治国也当如此。晚清政府与列强的冲突，固然出于列强的侵侮，但与以慈禧为首的清政府使气任性、颟顸自大也不无关系。翁同龢身为帝党、“清流”领袖，主张变法。“百日维新”失败后遭到保守党的排摈。如此联作于斥“永不叙用”后，当是有所感发。下联讲安分守己，做个好人。联语质朴，富有义理。

吴大澂联〔1〕

吴大澂（1835—1902）

字清卿，号愙斋，江苏吴县（今苏州）人。清同治七年（1868）进士，授翰林编修。出任陕甘学政，迁左副都御史，历任广东巡抚、湖南巡抚。甲午战争爆发，率湘军赴前线作战，因兵败被革职永不叙用。吴大澂精研六书，通贯金石，工书画。纂辑《十六金符斋印存》《恒轩所见所藏吉金录》《千玺斋古玺选》，著有《愙斋集古录》《愙斋诗文集》《古字说》等。

手藏玉虎金鱼佩；
心喜黄龙白鹿图。

【注释】

〔1〕选自林雅杰、朱万章主编《五桂山房藏元明清书法集》（岭南美术出版社

2006年版)。

【评析】

题识:"黼门五兄同年大人属。吴大澂。"吴氏嗜金石书画,收藏甚富。玉虎金鱼佩和黄龙白鹿图当为其藏物。"玉虎金鱼""黄龙白鹿",以古物与祥瑞对仗,甚为工致。

屠寄联[1]

屠　寄(1856—1921)

字敬山,号结一宧主人,江苏武进人。清光绪十八年(1892)进士,授翰林院庶吉士。任浙江淳安知县、工部候补主事。光绪二十一年赴黑龙江,次年任黑龙江舆图总纂,主持测绘和纂修事宜。光绪二十八年任扬州仪董学堂总教习。辛亥革命后,任北京大学国史馆总纂。屠寄长于史地之学,尤专于蒙古史,著《蒙兀儿史记》。另著有《黑龙江舆图说》《结一宧骈体文》等。

异书校字依初本[2];
岩石题名有裂文。

【注释】

〔1〕选自中国楹联学会编《中国名人名联墨宝大典(下)》

〔2〕异书:珍稀书籍。《后汉书·王充传》"著《论衡》八十五篇",李贤注引晋袁山松《后汉书》:"充所作《论衡》,中土未有传者,蔡邕入吴始得之,恒秘玩以为谈助。其后王朗为会稽太守,又得其书,及还许下,时人称其才进。或曰:'不见异人,当得异书。'"初本:此处指书籍的原始版本。

【评析】

题识:“香生仁兄大人正谬,弟屠寄。”上联讲校雠学的原则,校勘异书时当以初本为准,他本为校本。而校勘目的则是为了恢复书籍原本的面貌。下联讲石刻文献的特点。石刻文献虽然材质坚固,但受自然因素影响较大,往往会受到风化侵蚀而开裂漫漶。

江标联[1]

江　标(1860—1899)

字建霞,号萱圃,江苏元和(今苏州)人。清光绪十五年(1889)进士,官翰林院编修。光绪二十年入强学会,后出任湖南学政。光绪二十三年创办《湘学报》,立南学会。变法失败后被革职,永不叙用。著有《宋元本行格表》《黄荛圃年谱》《沅湘通艺录》等。

入世文章自平淡;

束身名教亦风流[2]。

【注释】

〔1〕选自上海文物商店编《名家楹联精品集(上)》。

〔2〕名教:指以正名定分为主的封建礼教。晋袁宏《后汉纪·献帝纪》:“夫君臣父子,名教之本也。”在魏晋玄学中,名教是自然相对的概念。三国魏嵇康《释私论》:“矜尚不存乎心,故能越名教而任自然。”

【评析】

题识:“晋伯仁兄大人属书,建霞江标。”上联论文章。文章以入世为用,则不必过求高奇恢诡,而以平淡为宜。下联论修身,以名教作为规范来检束身心,这也是一种风流潇洒,正如晋乐广所说“名教中自有乐地”。